AFTER DARK

宵禁殺機

JAYNE COWIE

珍・考伊——著　林零——譯

序幕
潘蜜拉
現在，早上六點二十分

在我還是個念警校的年輕女生時，學到兩件重要的事：第一，你永遠不能忘記你的第一個死者。第二則是，每個死去女人的身後，都會有個發誓她是此生摯愛的男人——即使他正穿著沾滿鮮血的T恤站在那兒，手中緊抓著刀子。但那是很久以前了，準確地說，是三十年前，從那以後一切已經改變。如今我們安安全全待在自己家中，因為現在要逃離有問題的關係比較容易，而且我們在公共場合也很安全。

正因如此，才使今日顯得不太尋常。

她在一個平凡無奇的十月早晨被人發現，當時天空是淺淺的灰色，地面散落輕脆的秋天落葉，男人還在宵禁。電話準時在早上剛過六點打來，簡短且精確到位。我是當時值勤最資深的警官，所以第一個到現場的是我。丟棄屍體的人試圖把她藏在一大堆光澤閃亮的月桂樹綠葉下面，不過做得非常失敗。如果他們藏好一點，她可能會過好幾天才被發現，而不是只過幾小時。

我一點也不想待在這兒。我距離退休只剩幾個禮拜，本希望接一些順手牽羊竊案、甚至一、兩起破壞公物當作收尾——或是被丟棄的小狗或家暴之類。但這工作就是這樣。

我和兩名警官一起走過公園。相較於繁茂的大片草地與從花床炸出來的各種三色堇，我們的深色制服和沉重靴子與之形成強烈對比。這裡很美，特別是天剛亮起來的時候。氣氛十分祥和，安靜又乾淨。

看見湖邊長椅上縮在一起的兩個女人時，我們三人自動加快腳步。其中一人穿著白色夾克，繃得緊緊，裹住了一副豐滿的中年身軀。另一人比較年輕，穿著內搭褲和亮粉紅色運動鞋，頭髮拉到頭頂綁了一個隨性的包包頭。她們是搶在七點鐘男人被放出來以前進行每日運動的早鳥。「我想是她們找到她的。」瑞秋說。她只當了幾年警察，雖然敏銳，但還年輕，而且是在正式實施宵禁時才入行，不知道以前是怎麼樣的。她不曉得。她只是努力維持鎮定而專業的態度，可是我看得出她心裡很興奮，而我因此覺得擔憂。對瑞秋來說，這是全新體驗、大事一樁。她腎上腺素狂飆，我也能感覺到。可是我並不興奮。我很害怕。

「我先去跟她們談話，」我說，「她們一定嚇壞了。」

「我懂她們的感覺，」瑞秋回答，「我只是……怎麼會發生這種事？」

「我們不曉得，」我說，「所以在弄清楚前，就先保持開放心態。就目前所知，她遇到了某種意外，很有可能不會有比這更複雜的原因。」即使我這麼說，心裡也曉得不是這麼回事。女性就算遇上意外，也不會落得半埋在公園的灌木堆裡。

年輕女人一手攬著年長女子的肩膀。當我靠近，她們轉過頭來。年輕的那個抽身，有點不穩地站起來。「她就在那裡。」她顫抖著指向那堆樹枝。「我……我把我的夾克蓋在她身上；我不知道還能怎麼辦。」

「妳做得很好。」我撒了謊，不想讓她們兩人再更沮喪。我要艾莉森（也就是另一個警官）記下她們提供的細節，並且盡可能安撫她們。我拿出通話平板開始記錄。多年前，通話平板取代了智慧型手機，現在每個人都有。它們什麼都能做，可說是一種祝福，也是一種詛咒。因為你所有東西都放在同一個籃子裡，要是弄丟了這該死的玩意兒，或者打從一開始就負擔不起，那就完蛋了。

我鎮定心情，朝那厚厚一堆的葉子走過去。我看到的第一個畫面，是屍體的一雙赤腳，腳趾甲是桃紅色。顏色真漂亮，讓我想起花朵、脣膏，還有小女孩的夏日洋裝，完全是不該出現在這裡的那種漂亮又討喜的事物。她被稍微包在一塊白布中，肩膀和臉面用一件藍色運動夾克蓋住。

當我在她身旁蹲下，便知道這將成為引爆點，就和十六年前發生在下議院議員蘇珊·朗恩及另外四個女人身上的事一樣。在那可怖的五個月，她們都於公共場合遭鈍器擊打致死。

女人都被警告要留在家中，直到凶手落網，言外之意就是如果我們出了什麼事，都是自己的錯。可是女人已因男人的行為受到夠多責難，因此我們決定抵抗。我們開始在網上進行組織；我們上街遊行。當這一切都沒能起作用，我們決定罷工，不再去做讓這個社會能夠運作的無償家務。我們想要改變，最終也得到改變。說那些殺人犯催生了宵禁法不算誇大其詞，而我實在忍不住要想這次事件會帶來什麼。

我快速將那想法拋開。眼下狀況完全不同。如今男人晚上都待在家，從晚上七點到白天七點，一舉一動都由腳踝上掛的追蹤器鎖定。假使違反宵禁法，我們會立刻得到通知。如果有任何男人做出這種事，我一定會早早知道。

即便距離我上回處理這狀況已是很久之前，受過的訓練還記憶猶新。當它再次回歸，我感激不盡。我調整平板角度，好記錄下眼前所見的一切。我從口袋拿出一副橡膠手套戴上，小心翼翼掀起蓋住她臉和肩膀的夾克邊邊，膽汁霎時從喉嚨深處湧起，我努力嚥下，徒留一股強烈酸澀的餘味。我直起身體、抬起臉，望著迅速亮起來的天空，深深呼吸，然後再退後一些，好讓瑞秋能看一眼。

「發生在她身上的不是意外。」瑞秋似乎十分不安。

我沒時間安撫她。「我們必須關閉公園。」我對她說，「所有入口都要安排警員，不能讓任何人進來。」我們恐怕無法把這件事情壓得太久，可是我得盡可能爭取時間。我們必須移走屍體、徹底搜索公園的每一吋，而且得找出這女人的身分、通知她的家人——我的天，她的家人。

「收到。」瑞秋說。她將手伸進口袋拿平板，並用顫抖的手指打字輸入訊息。警局只有幾分鐘距離，所以不用花多久就能叫來更多警員。「身分鑑定怎麼辦？」

「這就要交給病理學家了。」

我恐怕無法用平板掃描她的臉找出姓名。不管幹出這件事的是誰，都打算讓我們無法輕易得知她的身分。但我們會找到的，這麼一來就能找出他們是什麼人。

第一章

莎拉

四個禮拜前

開往監獄的路途遙遠。莎拉將音樂開得很大聲，拇指在方向盤上點啊點，隨著音樂節奏扭動肩膀。她希望什麼也不去想，除了開車、除了放在方向盤上的手，還有在變換車道及打排檔時大腿的肌肉收縮。她絕對不要去想他。

但她還是想了。

距離最後一次看見前夫差不多過了三個月，她忍不住猜想他有沒有變。她自己當然變了。她冒險從後照鏡看了自己一眼，舉起一手，摸了摸頭髮上的幾綹深色挑染，發現自己對新髮型有些後悔。這次探訪她計畫了好幾個禮拜，只想讓他看看自己沒有他也過得順風順水，他對她早就沒有任何影響。髮型本該是計畫的一部分，就和身上的新衣服一樣。

然而此時她卻意識到自己希望能藏起這些改變。這只屬於她，是她一個人的。她應該直接轉頭回家。沒有任何事情能夠阻擋，她根本不需要去見他。

可是她還是繼續開。

她必須最後再見他一面，她需要做點什麼，確認自己的行為沒錯，將偶爾鬼鬼祟祟冒出來的疑惑推到一邊。像是，當她又和兩人的女兒凱絲吵架，或者她一夜無眠直到清晨，心裡怎麼也不肯停止重播那些她寧可忘記的回憶。

她打了方向燈，轉入匝道，放緩油門，朝坡道最上方的號誌開上去。她等待紅燈變綠，然後再次發動，眼角餘光注意到另外四輛跟在後面的車。簡直像一條要去拜訪她們男人的可悲列車。

她沿著通往監獄的白色標線開。長在路邊的針葉樹又高又壯，遮擋住了建築物。莎拉很感激那些巨大橘色標誌能告訴她該往哪兒走。她將車停在看到的第一個車位。解開安全帶和打開車門花了她相當大的力氣。當她做完這些，發現自己車停得很爛，幾乎沒剩多少空間能出來。她思考著要不要退出來再停一次，可是這只會拖延時間，給她太多臨陣退縮的機會。

她將袋子甩到肩上，開始朝入口走去。柵欄像漏斗一樣，引導訪客走成單一行列，進入一扇自動門。莎拉看不見毛玻璃後面的一切，也不和其他女人直接對眼。有了眼神接觸就等於被看見，被看見就如同承認你有來到這裡的理由。而她不想要那樣。

她前面有個身穿綠色上衣的女人得到守衛揮手准許通過，莎拉上前補進她的位置。有個身穿海軍藍制服、肩上夾無線電、和她差不多年紀的守衛擋住莎拉，直到門滑開來。進去之後，她很快就曉得自己該做什麼。她朝空著的櫃檯走上前時仍在猶豫不決。窗口有個一臉無聊的女人，手中拿著好大的平板。「妳要探望誰？」

「葛雷格．強森。」

女人檢查平板上的名字。「妳的名字是？」

「莎拉．華勒斯。」

「和葛雷格．強森的關係？」

「前妻。」

離婚很快，無痛又便宜，只要在葛雷格違反宵禁四個禮拜後線上申請，並於二十四小時內確認。那是非常美好的一天。

女人作勢比畫著通往安檢掃描的輸送帶。「麻煩包包放這裡。」

莎拉一個口令一個動作，接受引導通過金屬探測門。走過去的感覺就像跨過一道門檻，從外面到裡面、從無罪到有罪。她等待機器把她的包包吐出來。當包包被吐出來，另一名守衛遞出一個破破爛爛的黃色托盤，「放裡面。」她比了比包包。

「妳要我把東西都拿出來？」

「對，麻煩。」

莎拉倉促打開包包，在托盤上倒過來，極力表現出她沒有什麼要隱藏。筆和脣膏和鑰匙發出的刺耳吭噹聲令她瑟縮。守衛戳戳那些物品，然後用手電筒去照她的空包包裡面。基本上對方就是揮一個手，告訴莎拉這個步驟就此結束。她一把撈起自己的東西，隨波逐流走上一條走道——灰藍色，長長的——只有嘎吱響的地板，沒有窗戶。她順著脫漆的黑色箭頭，直到發現自己來到一個滿是小方桌和塑膠椅的悶熱房中。

這裡的流程是怎樣的？她是要挑張桌子？還是等人帶位？她往前走了幾步，心臟立即在耳中跳得超級大聲，空氣似乎頓時凝重起來，四壁收縮靠攏。因為他在這裡。

葛雷格在一張空桌坐下，雙手擱在桌面，望著她。

她張開嘴，舌頭不久之前明明還是正常大小，現在在口中卻感覺好大一個。她能感到唾液聚集在牙齦附近，想要吞嚥卻做不到。她想不起要怎麼吞。

這是曾與她共享一個家、一張床還有自己人生的男人，是曾沉重地伏在她身上、大汗淋漓地進入她身體、創造出女兒凱絲的男人。她看見他們這輩子在一起的每一瞬間閃過眼前：從她第一次見到他，直到他在警車後方被載走。整個空間地轉天旋。

有人碰了她肩膀，莎拉眨眼，剎時回到當下。是那個穿綠色上衣的女人。「妳沒事吧？」

「我……」莎拉吞了口水。「我不知道。」

「第一次探訪？」

莎拉點頭。「爛透了對吧？」那女人生了個尖削的鼻子，戴著形狀像海星的耳環。「妳就對自己說，只有十分鐘，不管妳要說什麼，儘管說，說完就走。就十分鐘，妳一定撐得過。」

她都撐過和葛雷格的十八年了。「我會的，」莎拉說，「謝謝妳。」

女人拍了她肩膀一下，走到一張桌前。坐在那裡的年輕男人望著空盪處，也長了一樣的尖鼻子。

十分鐘，就這樣。莎拉轉過頭，逼自己看往葛雷格的方向。他是老樣子，她卻幾乎認不出來。他變瘦了，頭髮整個灰白，而且比她印象中更稀疏，更加凸顯他發亮的頭皮。他的汗衫就和四壁一樣是髒髒的黃色。她必須強迫自己才有辦法走到他坐的地方。

「莎拉，」他說。她都快忘了他是怎麼喊她名字的，彷彿那兩個字會在他口中留下酸味。突然之間，她打算說的一切都從腦中消失。她試圖尋找，但除了一片空白外什麼也找不到。這麼多天的預演，在浴室和車上那些自我練習，全成一場空。在無盡延伸的漫長數秒裡，他們就只是看著彼此。莎拉先感受到的是憤怒，緊繃著充斥在他結實的身體裡。她並不意外。

畢竟，讓他落到此處的人就是她。

她坐下來，讓兩人能夠平視，卻立刻希望自己沒這麼做。「我已經提出申請，希望你釋放後重新安置。」她對他說，連打招呼都省去。她沒有問他過得如何。她不想知道。

他不打算讓她輕鬆逃脫。「妳好，莎拉。」他說，「妳過得如何？我們的女兒過得如何？」

「她很好。你聽到我說的話了嗎？」

「我聽到了。」

「那你沒有什麼要說的嗎？」

他在椅子上往後靠，嘆了口氣。「妳想要我說什麼？謝謝妳告訴我嗎？」

「我只是想——」

他打斷她。「妳要把我送到哪裡？」

「我不知道。只要有地方能讓你去都行，我想。」但不會是河畔居，那是市內讓剛出獄的男人住的公寓大樓。這才是最重要的。

「所以離凱絲很遠。」

莎拉咬緊牙關。即使現在，他對他們女兒的占有欲依舊讓她想狠踹他一頓。如果他做出這種行為，就沒有資格裝什麼充滿關愛的家長。「她快十八歲了。」

「我知道我們女兒幾歲。」

「父母的責任到十八歲就結束，所以你不需要住在我們附近。」

「妳千里迢迢來到這裡只是要告訴我，妳要切斷我和我們女兒的關係？」他問。

莎拉拒絕上鉤。「對。」

「為什麼？」

「我覺得應該讓你知道。」

葛雷格從桌上抬起一手，檢查自己的指甲：很短、很乾淨。「我很確定這裡能有人幫忙傳訊。」他嗓音中隱約透出些許苦澀，不會有錯。

「我想要你親耳從我口中聽到。」莎拉對他說。

「全世界最重要的就是『妳想要』怎樣，是不是？」

別這麼做，莎拉，不要這麼做。「你什麼意思？」

他交叉雙臂。「凱絲和我需要妳，可是妳懶得理。妳永遠都不在，總是太忙碌。」

「才不是這樣！」

「不是嗎？」

「我得工作，」她對他說。她感到自己的臉變得熱燙，可是字句不斷從口中翻滾而出。「我們有帳單要付，還有房貸。宵禁……」

「繼續說啊，都怪給宵禁。比起面對真相，我想這樣一定簡單多了。妳當不了好妻子，絕對也不是當母親的料。妳覺得我為什麼會做出那些事？要是妳在，那種事就絕對不會發生——如果我們擁有一點點類似美好婚姻的東西。」

莎拉打住。她要自己最後再看他一眼，看著他眼角的皺紋，還有他脖子上因為鬍子漏刮而留下的一塊毛髮。她逼自己回想以前的人生，回想那些私下抹去的淚水，因為工時過高排山倒海而來的疲憊，在她想到房貸和那些看不見盡頭的信用卡帳單時，腦中無止境的壓力。她在葛雷格面前總是掛著積極的表情，畢竟他為了宵禁法被迫放棄那麼多，她知道那對他一定也不容易，甚至還得擔起絕大部分照顧孩子的重擔。她真是笨蛋。她回憶最後那天發生了什麼，並忍不住想：他竟覺得這一切都是她的錯，多麼傲慢。

她往前靠。「事實上，」她低聲說道，「我不怪宵禁，我怪的是你，而我唯一後悔的就是沒早一點把你扔出家門。」她站起身、心臟狂跳。綠色上衣的女人對她微笑了一下；有個守衛在房間邊緣焦躁地走來走去，可是沒有其他人多做注意。

「再見了，葛雷格。」她說完，走了出去，因為再也不用看見他而滿心感激。

第二章 凱絲

在三十英里外的一間學校，凱絲．強森正忙著釐清自己帳戶裡的錢夠不夠在回家路上的二手書店買本雜誌。舊版《柯夢波丹》是她的最愛。雖說，如果他們沒有，那麼宵禁前的《紅秀》（*Grazia*）她也能接受。

課還剩二十分鐘。精確地說，這門科目是女性歷史，但所有人都叫它宵禁課。沒有人把這堂課當一回事，除了坐在前排手拿昂貴平板的艾咪．希爾。而且她髮型超完美，令凱絲超火大。

他們的老師泰勒小姐正對著螢幕上一張照片揮動乾巴巴的手，用單調的嗓音喋喋不休講述二〇二三年的殺害女性防治法，同時也叫宵禁法。那是在一名叫蘇珊．朗恩的下議院議員於街上遭前男友殺害的六個月後提出。根據當時政府，對此事最恰當的應變方式就是一到晚上就將男人關在家中。

這麼重要的事竟然可以這麼無趣，真是令人驚訝不已。

凱絲從平板叫出一支貓影片，推了推好友比利。他看了，但只看幾秒。凱絲又戳他一下，調整平板角度，讓他比較容易看到。這次他完整將注意力轉到影片。凱絲把平板拿穩，半看著比利、半注意泰勒小姐，確保他們不會被抓到。

「哈哈。」比利在影片最後低聲說。

然後他拿起觸控筆在自己平板上潦草寫了些什麼，凱絲想，應該是給她的訊息。可是不是，他是在寫筆記。她翻翻白眼，試圖用自己的觸控筆去戳他，可是他在最後一秒閃開，結果她敲到桌子邊緣，發出的聲響吸引了泰勒小姐的注意。她停下講課，注視著他們。

「有什麼問題嗎？」她問。

「沒有。」比利含糊地說，臉漲得通紅。

課堂只剩十分鐘，凱絲決定找點樂子。「其實呢，有問題。」她說。

「什麼問題？」泰勒小姐問她，揚起一邊眉毛。

凱絲在椅子上往後靠，交叉雙臂。「宵禁。我實在看不出在男人身上掛追蹤器、叫他們晚上待在家能給這社會帶來什麼。」

教室到處傳來竊竊私語，泰勒小姐用一個眼神讓大家安靜。「妳不是第一個提出這意見的人，凱絲。很多人——有男有女——在最開始提出宵禁法時也有相同意見。可是打從宵禁法實行，暴力犯罪的數量大幅下降，這也是不爭的事實。」

「那不表示就是因為宵禁法。」

「確實就是因為宵禁法。」

這話說得如此堅定又確信，凱絲忍不住大笑出聲。她真的忍不住。「妳又沒辦法證明。」

「一般來說，男性犯下的暴力犯罪更多，」泰勒小姐繼續冷靜說道，「宵禁之前，他們就得為接近百分之八十的謀殺負責，其他暴力犯罪則在百分之七十五。甚至，在孩童裡，數據也顯示男孩比女孩做出更多攻擊舉動。」

「但妳可以讓統計資料顯示出任何妳想要的結果，這大家都曉得。」

「平均每週會有三名女性死在男性手裡。」

「女人也會殺男人！」

「是這樣沒錯，大約一個月一個，可是作案模式不同。女性大多是自衛殺人，或因為有精神方面的問題。男性殺人只是因為他們可以。」

「那也不代表宵禁法就是正解。把男人鎖起來有什麼意義？有更多女人是被認識的人殺害，不是在晚上七點後跑到街上的男人。」

「蘇珊．朗恩正是在街上被她認識的男人殺死。」

凱絲嘆氣。每次都會回到聖人蘇珊和她的瘋子男友身上。那人還以為只要殺死另外四個女人，就能讓警察誤會這只是毫無關連的陌生人謀殺案，不會仔細追查到他身上，這樣他就能逃脫殺害她的指控。「而且那真的非常可怕，」她說，「沒有人會否認。我只是不認為宵禁法是適合的解答。我們只因為一個神經病就把所有男人關起來。」

包括她父親，他本來不會進監獄的。要不是因為腳踝上的追蹤器，他根本就不會進監獄。

「其他人怎麼認為？」泰勒小姐問道。「宵禁法是解決男性犯罪的方法嗎？」

「是的，」艾咪．希爾說，雙手緊緊交叉在胸前，嘴巴堅毅地抿成一條線。「有用啊，不是嗎？」

只要牽扯到為宵禁法辯護，有些女孩可是極其凶猛。泰勒小姐則善盡職責約束她們。有些男孩會說自己支持宵禁法，可是情況不可能像泰勒小姐說得那麼糟吧？女人才沒有在無償的狀況下揹負社會重擔。他們會堅稱女性對性騷擾的謊報十分常見，而且說之所以性別之間有薪資差距，是因為女人不像男人工作得那麼努力，特別在有小孩之後，更難在兩者之間找到平衡。他們說不是所有男人都像蘇珊．朗恩的男友那樣，男性暴力非常少見。他們無法理解沒見過的事。

「我們可以確定一件事：殺害女性防治法徹底改變了女性的人生。」泰勒小姐說，「你們有多少人在晚上時被路上的男人吹口哨？你們有沒有只因為某條路比較安全，就繞遠路回家？雖然無法負擔，還是叫了計程車，因為這樣比較安全——可是心裡知道即使這個選項也有風險？」

女孩面面相覷，卻沒有人舉起手。

「那是其他改變的一個跳板。」泰勒小姐繼續說，「例如同居諮商，這麼一來，我們就能辨認出哪些伴侶在關係中發展出暴力模式的風險最高，並阻止他們住在一起；獨立基金，這樣就不會有女性雖決定結束關係，卻因為沒錢而被困在原地。」

「同居許可只是讓女性感覺更弱，」凱絲指出，「一副我們自己搞不清楚哪個男人比較正派似的。」

泰勒小姐放下投影機的遙控器，走到凱絲和比利的桌前。她穿了一雙紅色天鵝絨鞋子，鞋尖位置繡了一張老虎的臉。凱絲很嫉妒，而且帶有惡意。「我能感受到妳對這件事有很強烈的意見，這樣很好。知道自己在其中處於什麼位置非常重要。可是，知道一切為什麼會變成現在這樣，也同樣重要。」

「我們都知道為什麼。」凱絲說。

「不，」泰勒小姐回答，「我不認為妳知道。我們來試試看真實世界裡的例子。比利，我要你和凱絲比腕力。」

「什麼？」比利在位置上不安挪動。

「快啊，」泰勒小姐說，似乎對比利的不自在視若無睹。「和凱絲比腕力。」

「為什麼？」凱絲問，「這又沒辦法證明什麼。」

「那就沒有理由不比了，對吧？」

其實理由很多，但在那一瞬間，凱絲一個也想不出來。比利像個白痴一樣坐在那兒也毫無幫助。

「快啊，」艾咪．希爾發聲助威，「快比！」

「隨便啦，」凱絲碰一聲將手肘放在桌面。她穿了件淺藍色上衣，用家裡的鏡子裡看時感覺不錯，現在她則痛苦地發現腋下溼答答，而且所有人都會看到。這讓她更加惱怒。

比利也慢慢將手肘放在桌上。他張開五指、手掌朝上。凱絲調整著自己手的角度，小心翼翼和他手貼手。他的小指抽動。凱絲有個計畫，打算一開始先慢慢來，然後趁他一不注意，狠狠將他的手直接壓到桌上。就是這樣，謝謝大家。

當她的手掌擦過他手，便立刻付諸行動，將二頭肌繃緊、並且使出吃奶的力氣。可是比利的手指緊握住她的，幾乎連一吋都沒移動，彷彿不費吹灰之力，直接將她的手朝桌面壓回去。她拚命抵抗，卻沒有任何效果，好像在推一面磚牆。

她的手背一碰到桌面他就放開了。「他作弊！」凱絲高呼，張望四周，試圖吸引其他女孩注意。「你們都看到了！」

「我才沒有！」比利喊道，然而沒有人跳出來和他爭論。

「我想我已經表達得很清楚了。」當泰勒小姐轉身回到教室前方，她說。「男性在生理上比女性強壯，這也是使他們成為威脅的關鍵要素。這不是他們的錯，可是也改變不了這個事實。」

凱絲沒有機會再繼續爭論，因為下課鐘響了。但泰勒小姐似乎還有更多話要對她說。「凱絲，」就在凱絲快碰到門、快碰到自由之前，她輕聲喊道。如果凱絲說自己沒有瞬間閃過假裝沒聽到的念頭，就是在說謊。她轉過身，她不會走出去，但也不表示她打算保持禮貌。「怎樣？」

泰勒小姐靠在她桌子一角。「這堂課對妳來說很辛苦。」

「我想大部分是因為妳的教學方式，不是因為我，老師。」凱絲屏住呼吸，等著看泰勒小姐會怎麼回應，暗暗希望她拔高分貝，或脹紅了臉——她失望了。

「妳這樣想，我很遺憾，」泰勒小姐平靜說道。她穿了件深藍色斜紋棉褲，和鞋子形成完美搭配。凱絲火大死了，而且她腋下沒有溼溼的痕跡。

「宵禁蠢斃了，」凱絲對她說，「那樣不公平，而且我們應該想辦法廢除。」

「我懂妳為什麼有這種感覺。」

「是嗎？」凱絲問。

「當然。但我希望和比利的示範能幫妳看清宵禁多麼重要。男性在生理上比我們強壯，這並不公平，可是那也是人生這場遊戲發給我們的牌，宵禁則是試圖讓天平平衡的一種方式。」

我恨這堂課，凱絲甚至懶得回應，一面轉身走出去一面這樣想。走廊已經空盪無人，可是外面喧喧嚷嚷，父母都等著要從小學將比較小的孩子接回家。有個開紅色福特六和的男人呼嘯而過，幾乎就要超過速限。他將方向盤握得死緊。瘋狂時刻——她媽媽都這麼稱呼。這是一天中男人急忙衝回家的時段，比六點到七點之間還糟。可是即使才這個時候——才快五點，衝刺就開始了。

這更像是個該死的瘋狂國度吧。沒有任何國家會以電子方式在一半的十歲以上人口身上掛追蹤器，只因為他們帶著Y染色體出生。有些人在宵禁剛實施時就移民了，打算住在男人不會受限的地方。凱絲問過爸爸一次為什麼他們不搬到海外，他則說因為媽媽不想。

比利正在公車站等她。「我不知道妳為什麼要那樣，」他說，「妳為什麼老是要和泰勒小姐吵架？這有什麼意義？」

「總要有人去爭，」她對他說，「你真的想要一輩子被宵禁法綁著嗎？比利？」

他沒有回答。

第三章
莎拉

莎拉熱愛宵禁。她希望這法律能無限期施行下去。曾有段時間，她覺得這件事有點微妙（也無須否認）。可是如今葛雷格離開了她的人生，感覺真是美好。她自由了。有好長一段時間，她甚至不曉得自己被困住，起先感覺起來不是那樣。他們有過追求，也有婚禮和白紗，以及十八個月後準時來臨的圓滾滾粉紅小娃娃。莎拉欣然迎接這一切。

然後宵禁來了。葛雷格辭去工作，變成家庭主夫，而她的工時從兼職變得比以前還要長很多。在許多方面這其實很合理，畢竟他不能增加工作時數，但莎拉可以，那就表示總得有人在家裡照顧凱絲，而他們兩人都同意這很重要。莎拉只是一直假設那會是自己，因為本來就是這樣運作，即便那等同父權主義，而且並不正確。可是她卻在同時間偷偷地、悄悄地希望是那樣就好。但是這責任落到葛雷格身上，而她想不起到底是從什麼時候開始，她因此好恨他。

她將那個感覺埋藏起來，並因此感到羞愧，於是縱容葛雷格逃脫了不應輕饒的過錯。在撒下漫天大謊這方面，葛雷格倒是做得很好，可是莎拉擺脫不了自己也心甘情願相信他的事實；她不肯看清究竟發生了什麼事。

至少她生活中的一切並非都是災難。葛雷格進監獄後，她辭了工作，重新接受訓練、擔任追蹤員。一切進展順利。她飛快度過試用期的一個月，現在工時合理，獲得的薪資也很優渥，而且她很喜歡一起共事的女人們。她覺得自己做的事情有目標，真的可以做出改變。

凱絲並不同意。但話說回來，凱絲對莎拉說的、做的每一件事好像都不同意。

莎拉去看完葛雷格後早早去上班。中心管理人哈荻亞已經到了。莎拉問候哈荻亞新車如何，哈荻亞則問起凱絲，而莎拉說，噢，妳知道的，青少年嘛，然後翻了個白眼。哈荻亞咧嘴一笑回應，表示她完全懂莎拉的意思，並且很高興自己的女兒已經過了那個階段。莎拉忍不住想，要是她告訴哈荻亞真相，不曉得她會說什麼。她那個圓滾滾的粉紅小娃娃，已經徹底變成一個討人厭的青少年。

在那之後，莎拉進自己的辦公室，確定一切都安置妥當。她打開窗，讓喜歡棲息在外頭樹上的黑鳥的吱吱叫聲流瀉進來，才打開自己的平板、登入追蹤中心的預約系統。她檢視那些名字、地址、出生日期，並在心中為每個男人描繪一個形象。接著，開著的門上傳來敲門聲，她一抬頭便看見了哈荻亞，她身後緊跟著瑪波，她是接在莎拉之後幾個禮拜才上工的新追蹤員。由於都缺乏經驗，她們便建立起友誼。

「我得確認一下妳的追蹤器和鑰匙。」哈荻亞說。莎拉比比她桌子最上面的抽屜，哈荻亞在旁邊蹲下，開始點數未使用的追蹤器，進行測試鑰匙的流程。她沒花多久。「完成。」

她說，一面悠悠走出辦公室一面點擊她的平板。

瑪波在辦公室中間一張軟墊大椅子坐下，一腿放在腳墊上，往後一靠。她戴著金色圈圈耳環，穿了寬鬆黑色運動衫。「凱絲怎麼樣？」

「難搞，」莎拉承認，「她一直在問葛雷格的出獄日期。」

「她知道他要去別的地方嗎？」

「還不知道，我也不期待她要是發現了會怎樣。她是爸爸的小寶貝，向來如此。」

「現在也是嗎？在他違反宵禁後？」

「尤其是現在，」莎拉說，「凱絲認為，宵禁就是將爸爸從身邊奪走、讓她被困在老巫婆母親身邊的惡魔。」

瑪波笑著說，「妳應該問哈荻亞能不能帶她來這裡待一天，讓她看看這一切都是為了什麼，這搞不好會改變她的想法。」她一個晃腿踩到地面、坐起了身，然後抬頭看著牆上的鐘。「該來工作了。」她的辦公室就在隔壁。她離開後，莎拉還能透過牆壁聽見她自顧自的在哼歌。

莎拉就像瑪波一樣衣著簡約。她們都是如此。進入她辦公室的男人只會有過目即望的印象。在她想這件事的同時，身上穿的工作制服則是深色褲裝和剪裁寬鬆的上衣。她從不說太過多餘的話，即使面對的是一個想找人聊天的寂寞靈魂。她更喜歡憤怒的那種，怒火在表面之下滋滋作響，從咬緊的牙關和脹紅的臉頰透出來。追蹤他們易如反掌。她覺得自己做的事非常正確，沒有一點疑惑。

那些帶著孩子一起來的就難一些。他們往往會告訴她宵禁挺不錯，因為他們能獲得更多高品質的相處時間。同時，他們的子女會擺個臭臉坐在那裡，死黏著平板。莎拉總會在確認他們父親的追蹤器時對孩子微笑。如果有男孩在十歲生日為了配戴第一個追蹤器進來，她會給他們一根用五彩繽紛的包裝紙包起來的巨大水果棒棒糖。他們只是孩子，太過年幼，無法理解追蹤器真正代表什麼意義，而她會為他們稍微感到心痛。這些男孩將無法擁有宵禁之後的游泳課或童軍營，並過著處處受限的生活。

可是還是值得。這些天性善良的可愛十歲男孩將長成男人，而男人不能夠信任。

她還記得自己坐在兩人窄小起居室的棕色燈芯絨沙發邊邊，臉埋在手中。同時，西敏寺的下議院議員正在投票，正式將宵禁訂為法律。關於這件事的討論吵吵鬧鬧了好幾個月，可是她本來不相信真會發生。一個討論男性暴力這麼久卻永遠做不出任何處理的國家，怎麼可能會踏出這麼極端的一步。但這一步成真了。

莎拉看看自己的手錶，按鈴讓第一個預約進來。他年近三十，有一頭刻意弄得蓬亂的深色頭髮，這樣就能蓋過前額，外加大約留了兩天的鬍渣。她立刻曉得他是哪一類型的人，並在心裡翻了個白眼。「嗨，」他說，並對她微笑。

「請坐，」莎拉轉頭確認螢幕。「可以和你確認一下姓名嗎？」

「湯姆．羅伯茲。」他說。

他坐進椅中，把牛仔褲的褲腳捲起，露出白色運動襪以及晒過的多毛小腿。他的追蹤器就在襪子上方。莎拉檢查了一下，確認帶子和扣環。

「一切都沒問題吧？」他問，語氣好像在說他絕對有自信沒問題，而且打算多說一些、開啟對話，因為他想要答案。

「沒問題。」

「很好，」他回道，然後往前靠了點，這樣她就能稍稍聞到他的古龍水（不過不怎麼好聞），並在將牛仔褲腳捲回去前自己也檢查一下追蹤器。「我要多久才會需要換新的？」

「讓我確認一下。」莎拉移動帶輪的椅子，注意力回到螢幕上。「至少要到明年。」

「那我想我們就三個月後見了。」

「我想是的。」

她更新他的資料，把他的椅子擦乾淨，一拿起水杯才發現裡面空盪盪。去辦公室外頭的飲水機裝水只要花一分鐘。走廊上，她看見瑪波在和湯姆．羅伯茲講話，瑪波越過他肩膀注意到莎拉的眼神；她似乎不怎麼開心。他慢慢朝出口方向走去。出於好奇，莎拉跟著瑪波進了她辦公室。

「老天，他真是個討厭鬼。」瑪波在莎拉還沒問之前就先開口。

「妳怎麼認識他的？」

「他是我好友的男友。」瑪波坐在自己椅子上，兩腳離地，讓椅子轉起圈來。「她覺得他神聖到散發聖光。問題在於，她滿腦子想要小孩，而且看不見那張漂亮臉蛋的真面目。」

「妳有嘗試說服她嗎？」

「沒有，」瑪波承認，「我是能說什麼？說我認為她想要小孩想到不擇手段、常理都不管了？她一定會很受傷。他是她自己選的人，我必須尊重。只是……」

「他真的很討人厭？」莎拉幫她補完。

「一點也沒錯。問題在於，我甚至沒辦法告訴妳我為什麼不喜歡他。海倫超愛那傢伙，所以顯然他一定有些優點。」她嘆口氣。「很可能是我的問題吧。」

「不是，」莎拉說，「我剛檢查過他的追蹤器，我也不喜歡。」

「妳沒有一個男人喜歡。」

莎拉笑了出來。她走回自己的辦公室，邊走邊啜飲自己的水。有些男人遲到了，但是她予以通融。而等到她將自己的追蹤器鑰匙拿去充電，往抽屜重新補滿新追蹤器，快速看一眼明天的預約名單，再十分鐘就要七點了。

她回家路上在超市停了一下，比往常逗留得稍久一些，儘管她一心只想來一袋沙拉和煮雞肉，可是她是真心享受這介於公司和家裡、短暫安靜與自由的魔法時刻。在葛雷格坐牢很久以前，這就成了她的習慣。而這個習慣之所以留存下來，有一個原因，就那麼一個原因。

凱絲。

莎拉把買的東西拿去付錢，完全懶得確認花了多少。她把袋子扔到副駕駛座，思考要不要再回去拿瓶紅酒，卻又作罷。最好還是回去看看女兒，即使這個念頭不會讓她滿懷喜悅。

映入眼簾的慈母之家更助長了這個感覺。她和凱絲兩個月前搬進這棟大樓。這裡以前是小學，古老的維多利亞建築改建成許許多多間公寓，加上共用廚房、餐廳和洗衣間。這裡嚴格只限女性居住，給那些想住在沒有男人的場所的女人。

「但這樣爸怎麼辦？」當莎拉帶凱絲逛她分配到的安靜兩房公寓，她這麼問。「等他出獄之後要住哪裡？」

四壁是白色，地上鋪的地毯是淺粉紅，浴室空間深廣且嶄新。莎拉一看到就想馬上入住。錦上添花的亮點是共享空間。慈母之家的女人可以在那裡一同煮飯和用餐。她當下就決定：要怎麼安置葛雷格的住處，與她無關。「妳有自己的浴室，」她這麼回應，一面指著第二間臥室的獨立衛浴，「妳看。」

莎拉付了押金，兩人三天後就搬進去，並發現慈母之家簡直是她夢寐以求的一切。然而，若要找個最適合她和凱絲關係的說法，便是還在努力中。她打開她們公寓的門，發現凱絲的靴子放在門墊上，彷彿主要目的就是要將她絆倒。她伸腳把擋路的靴子推開，進入廚房，發現檯上擱了一條麵包，旁邊有塊打開的奶油，柔軟的黃色之中有一道深深刀痕，流理檯上還有一小團果醬。當她經過凱絲的臥室，她正坐在床上、手拿平板、嚼著一塊三明治。

「來吃雞肉和沙拉了。」莎拉喊道，一面繼續走向自己的房間。她聽到凱絲從床上下來，輕手輕腳走在走廊上。

「我以為我們要吃中國菜，」凱絲站在門口說。她穿著貼腿牛仔褲（一邊膝蓋撕破）和莎拉的新紅色套頭毛衣。她扯了扯衣襬，彷彿在挑釁莎拉有沒有注意到。

莎拉無所謂凱絲借穿自己的衣服；那很適合她。但她希望她先開口問一聲。「我不怎麼想吃。」

「那我呢？」

莎拉輕輕脫下鞋子，動一動腳趾。「想吃別的，歡迎妳自己動手。」她說，卻在話出口的瞬間立刻後悔。她等著凱絲大爆發，幾乎能感到張力在整個空間遽增，在空氣中變厚，使她血液沸騰；她聽到凱絲呼吸一頓一頓。其實她可以選擇打退堂鼓、退一步，讓她們兩人有臺階下。可是她決定不要。凱絲把廚房搞得一團亂又偷穿她衣服，她都已經不追究了。

「我有作業，」凱絲用堅決不饒人的語氣說：「我也沒時間弄晚餐。」

「我有全職工作，」莎拉指出，「妳卻還是期望我做晚飯。」

「爸都會做晚飯。」

「但是爸不在這兒。」

「都要感謝妳。」凱絲說，

莎拉看得出女兒的火氣越來越大，嘆了口氣。「我們真的又要再這樣嗎？凱絲？」

凱絲張開嘴又閉起，然後轉過身回到自己臥室，碰一聲將門關了起來。裡面沒有傳出任何聲音，毫無疑問，她大概是在用自己的平板傳訊息給比利，痛罵莎拉有多可惡。

知道凱絲這麼不把她當一回事，莎拉痛苦萬分。但話說回來，她確實是爸爸的寶貝女兒。他的痕跡在她身上無所不在。從眼睛的形狀，到她前額中央微微的美人尖，還有她生氣時拉長的臉，而且她大多時間都在生氣。

莎拉回到廚房，再看了流理檯上的一團亂，拿起鑰匙前去共享餐廳。今晚不輪她在那裡吃飯，但其他女人不會在意。她需要好好聊一聊，見一些友善的面孔。那些這裡都沒有。也許其他人會曉得該怎麼對付凱絲。莎拉真的該死的再也沒招了。她想拉近和女兒的距離、讓凱絲信任她，對她吐露各種祕密，一起歡笑。而她希望住在這裡、住在女人的避風港能幫助她找出方法，可是目前為止，一點用也沒有。

如果真要說，甚至還讓情況變得更糟。

第四章
海倫

市內另一端的教室裡，海倫．泰勒打開袋子，在最後檢查教室之前將平板收好。她在地上發現一支壞掉的觸控筆，還有一本在架上放顛倒的書，迅速處理好兩者。她喜歡讓一切處於有條不紊、井然有序的狀態。

她穿上夾克時平板嗡嗡響。是瑪波。她們每週三都一起吃晚餐，而且已經持續一年了。有時她們會去酒吧，或是接著去俱樂部，在一群陌生女子中跳舞跳到雙腳不支。雖然她們最近越來越少這麼做。

今晚還想去嗎？

當然！海倫回覆。

從學校走到市中心很近。海倫切過公園，享受著早秋陽光，以及萬物在秋陽下一副生氣勃勃的模樣。花床的盛放程度有些消退，一些樹的樹皮也在脫落，但美好的綠意依舊足夠。有個中年女性跑過去，身穿濃豔的粉紅萊卡質料衣服，戴著全罩耳機，經過時還對海倫微笑。她也報以笑容。

另一群女人聚在一起做瑜珈，她也見到一群青少女將野餐墊鋪開。宵禁之後，整個世界都活了起來。女人主宰這些公共空間，能夠自由去做想做的事、說想說的話、穿任何想穿的衣服。她們可以在大半夜喝醉走回家，不用擔心被騷擾。

她走過公園另一邊的鬧門時，平板又嗡嗡響起。是湯姆。**妳在哪裡？和瑪波吃晚餐**。她回覆。

等不及這週末見到妳。已經距離同居日這麼近了！和瑪好好玩。晚點打給我？？？

她手中仍拿著平板時，有人在路另一頭嘗試吸引她的注意力。是瑪波。她一手高舉在空中、瘋狂地揮，彷彿覺得海倫——或任何一個人會看不到她。儘管她身高將近六呎，還外加那頭頭髮。

海倫橫過馬路，小跑上前擁抱瑪波。她們勾起手臂時，海倫發現自己被帶著往店鋪去，但她也沒抗拒。她們看著鞋店的櫥窗，海倫大讚一雙藍色麂皮靴，接著兩人去了珠寶店和書店。她們在最喜歡的餐館——布其諾——找了張外面的桌子，女侍給她們拿了一壺加檸檬片的水和一籃子麵包棍。海倫拿起一根、折成兩半。巨大的暖氣將暖意往下灑在她背後。

「老天，我好愛宵禁。」瑪波快樂地嘆息，一面打量四周。「妳有想過法律實行之後會是這樣嗎？」

「我那時才十五歲，」海倫說，「我只想要在上完游泳課走回家時，不要有一堆住在我家同一條路盡頭的男生對我大呼小叫。」

「說到男生，我今天看到湯姆了，」瑪波說，「來中心檢查他的追蹤器。」

「他提過那東西已經到期了，」海倫說。女侍再次出現，她們點了便宜紅酒和義大利臘腸披薩、起司增量。「是妳檢查的嗎？」

「不是，是其他人。怎麼了？」

「隨便問問，」海倫回答。可是她其實想問他看起來怎麼樣？他有提到我嗎？你們聊了什麼？可是她忍了下來。瑪波和湯姆是她生活中比較棘手的那部分。瑪波不喜歡湯姆。她在他面前會裝得人很好，可是湯姆眼睛沒瞎，而且在他對海倫挑明之後，真相就明顯到她不曉得怎麼再無視。海倫養成了忽略這件事的習慣，不然她不曉得還能怎樣。有些人就是處不來。「妳工作似乎很順利，顯然非常適合做追蹤這行。」

她的平板又嗡嗡響，她稍微挪空去看。湯姆。**我想妳**。

「我也覺得，」瑪波說，「我已經開始抓到訣竅，而且薪資很好。此外，能讓那些女孩不被恐怖男人跟蹤回家，我也出了一分力。妳知道的，我很喜歡那樣。」

「我也是，」海倫說，一面快速敲打、回覆湯姆傳來的訊息，一面微笑。**我也想你**。

她們吃完披薩喝完酒，又加了第二瓶。海倫一般在下課的晚上不會喝那麼多，但她們度過了非常美好的時光，而且今天真的壓力很大。凱絲．強森實在是個超級燙手山芋。這幾個月對凱絲來說很不容易，因為她父親在坐牢。可是海倫已經對她手下留情太多次。凱絲也該放下一切、好好長大了。

瑪波把空瓶子舉在杯子上方，看著最後一丁點兒酒滴下來，臉頰因為酒精紅通通。當她對海倫咧嘴一笑，牙齒都變成了紫色。

「妳能順利我也很開心，」海倫說，「說到這個，我有事情想跟妳聊聊。」

「什麼事？」

酒精在海倫肚子裡感覺很舒服，暖呼呼的。「我和湯姆。」

「妳和湯姆怎樣？」瑪波問。

「我們……我們在考慮要同居。」

瑪波在椅子上往後靠。「已經到這樣了嗎？」

「妳表現得像我們是在一起六個禮拜，而不是六個月，」海倫覺得頭有點暈。也許喝太多酒了。「我們已經開始做諮商，在市內的諮商中心和芬恩醫生一起進行。她真的很棒。」

「這是大事一件，海倫。我真不敢相信妳沒告訴我妳在諮商。」

「我不知道情況會不會順利啊，」海倫有點火大。湯姆也不斷提醒她，說她是可以有私人生活的，不需要什麼都和瑪波分享。「我不覺得在我確定拿到許可前有什麼告訴妳的必要。」

「妳當然有告訴我的必要！」

「對不起。」就像膝反射，這幾個字就這麼溜了出來，因為這是人在面對怒氣時會說的話；這是安全詞，是緩和氣氛的咒語，是只要另一個人別再對你生氣，你便答應承擔一切責難的咒語。「妳說得沒錯，我應該說點什麼的。」

「就只是太快了，」瑪波說，「我有點訝異，只是這樣。」

「我知道，」海倫回答，「確實是很快，真的很快。」她吐出一口氣。她的平板又嗡嗡響。這一次她沒有理會。「可是我們都覺得這樣是對的。我們已經談了很多次，我知道他和我也有一樣的感覺。」

「妳怎麼知道？」

又來了。憤怒地刺出一擊，彷彿黃蜂一螫。「因為我瞭解他。」海倫說。

「妳怎麼可能六個月就瞭解他？」

海倫能感到頭痛開始發作。「拜託，瑪波，我知道妳不喜歡他，可是他很可愛。我不懂妳為什麼看不出來。」

「我從來沒說我不喜歡他。」瑪波對她說。

女侍帶著帳單過來，海倫付了錢。她們兩人拿起包包離開，走一向固定的路線穿過公園回去。她們經過湖邊，噴水池仍在噴水，讓湖面擴散開一圈圈漣漪。

「但是妳確實不喜歡他對吧？」海倫問。她實在不曉得自己為什麼要問這個問題，或到底想得到什麼答案。

「不要這樣。」瑪波說。

「不要哪樣？」

「總之不要。」她將手從海倫臂彎裡抽出來，拉開一小步距離，感覺卻有如拉開巨大鴻溝。「我晚點打給妳好嗎？」

這個晚上的快樂全在暗下的天空蒸發殆盡。海倫踉踉蹌蹌回到自己空盪的公寓，感到受傷又難過。她開了燈，拿茶壺燒水，在爐上留一杯茶讓它煮，逕自檢查起手機，並發現她又收到好幾則湯姆的訊息。她頹然倒進沙發、回傳訊息給他。在這些訊息中間，她去看最近熱中的懷孕話題論壇新貼文。又有三個女人宣布自己懷孕，所有人都要生女兒。海倫感到一陣清晰的渴望和羨慕。她想像著自己也能發布訊息的那天。一定很快，她對自己說，很快就會的。她已經停止吃藥、開始吃葉酸。她還沒告訴湯姆，因為不想給他壓力，可是她很確定，如果她懷孕，他一定會又驚又喜。

第五章 凱絲

凱絲坐在車子副駕，頭靠窗戶。外面還黑漆漆，她打起呵欠。一般而言她不會這麼早起床，也不夠時間喝咖啡。莎拉逼她來追蹤中心進行一天的職業體驗。凱絲本來很期待能有一天時間逃離學校，直到兩人針對她的穿衣風格吵了一架。凱絲贏下一城，穿上自己挑的裙子，而不是莎拉想要她穿的寬鬆長褲。

在一天的這個時間，在宵禁結束之前，世界看起來不太一樣。凱絲看見一群身穿相襯紫色T恤的跑團，有幾個女人推著嬰兒車，或牽著剛學會走路的小孩。有個穿深藍色夾克和黃色雨鞋的小男孩踢著落葉。趁著還有機會好好享受吧，孩子。她在心裡想。沒見到青少年，沒有成年男性。他們全在家裡。

莎拉正在說話，可是全成了背景白噪音。「……所以妳完完全全按照我的指示非常重要。追蹤是個正經的行業，凱絲，我們有必須遵守的流程。我們最不希望的就是讓男人戴著沒有正常運作的追蹤器離開，妳瞭解嗎？」

「我又不笨。」

「我沒這麼說。」

她們開進追蹤中心的停車場。進去前，莎拉把凱絲從頭到腳檢查一遍。「擦掉唇膏。」她說。

凱絲用力噘起嘴，後面的牙齒咬得緊緊。「這是很正式的工作穿搭。」她說。

「也許根據妳沉迷的那些垃圾雜誌是這樣，但在現實世界裡不是。」莎拉遞出從口袋抽出來的幾張紙巾。

「好啦。」凱絲說，一把將紙巾從母親手中奪過來，小心地將口紅擦淡，可是沒有完全抹掉。

這不是她第一次造訪追蹤中心。在她還小的時候，葛雷格帶過她一起來做追蹤器檢查，儘管在她開始上學後就停了。她跟著莎拉進去裡面時，想起等候室裡擦得乾乾淨淨的塑膠椅和轉到兒童頻道的電視。永遠都是兒童頻道，從來沒有別的。這裡有用壓克力玻璃擋起來的前臺，還有自動販賣機，她也記得這個。葛雷格總會讓她買點什麼，通常是海鹽和醋口味的洋芋片，而她好喜歡看販賣機運作。

等候室另一邊有一排關著的門，每扇都以不同字母來區分。有個鬈髮的深膚色女人從寫著H的門探出頭來微笑。「早安！」她愉快地說。

「嗨，瑪波，」莎拉說，「這是我女兒凱絲。」

「妳好，凱絲。」瑪波衝上前，伸長了手。凱絲握住。「很高興見到妳。」

凱絲挺直肩膀，對瑪波露出一個大大的微笑。「我也很高興見到妳，」她說，「我喜歡妳的耳環。」雖說她不喜歡鬆垮的黑色長褲──或上衣。那看起來實在和她母親穿的太像了。

「謝謝！」瑪波回答。

她沒有反過來評論凱絲的打扮，甚至沒提她精心挑選的項鍊，可是凱絲也沒時間掛在心上，因為莎拉已經打開另一個房間的門，等她進去。

那裡的空間很小，其中一整面牆都被巨大窗戶占滿，一半用百葉窗遮起，發黃的葉片一側拉高，可從窗戶看見非常美麗的景色，有一棵半枯的樹和停車場。房間中央有張看起來類似牙醫診所的椅子，有著厚厚的襯墊和頭枕，以及可怕的長條日光燈。

牆壁上貼了海報，內容大致是十歲男孩有義務必須配戴追蹤器，告知父母**注意收信！**還有**避免罰款！**另一張則提到追蹤器檢查。根據上頭男人的髮型，海報大概已經在那兒貼了一段時間。上面每個男人都露出燦爛笑容，彷彿追蹤器是他們這輩子拿到最棒的玩具。真是爛透了。

莎拉的桌子也一樣陰沉，連個好東西都沒有。沒有吊蘭，沒有一筒五彩繽紛的筆，沒有照片或小裝飾。凱絲望著母親，她穿著那套沒趣的衣服，坐在沒趣的房間做著沒趣的工作。她整個湧上一股嫌惡。這才不是什麼好工作，這工作爛死了。凱絲馬上對自己承諾，她絕對不會像母親一樣成為追蹤員，永遠不會。她要做能幫助人的工作。

「我們八點開始，」莎拉說，「大部分男人會來這裡做例行檢查，確保追蹤器狀態良好、正常運作。我們的目的是盡可能加快他們進出的速度。我們不是他們的社工或朋友，雖然有些人似乎不這麼覺得。」

莎拉桌上有個小黑盒，她熟練地打開，從裡面拿出某樣東西。「這是追蹤器的鑰匙。」她邊說邊舉起來。那東西看起來有點像筆電的記憶卡，只是一端凸出了一根金屬勾狀物。「這能把追蹤器鎖上和打開。如果需要置換，新的就在這裡。」她俯身打開一個抽屜，凱絲見到裡面都是盒子，全裝了十分熟悉的黑色追蹤器。「尺寸各有不同，因為讓追蹤器尺寸合適、不帶來任何不適非常重要。目前為止妳有什麼疑問嗎？」

有，凱絲逕自想道，妳怎麼有辦法這麼做？妳不覺得追蹤是錯的嗎？為什麼男人不能想跟妳說話就跟妳說話？妳為什麼這麼痛恨男人？「沒有。」她說。

「好。」莎拉回答。她比了比角落一個座位。「妳坐那裡，只要看就好。我會解釋妳為什麼會在這兒。不過如果有任何人不喜歡，妳可能得在外面等到他們結束為止。不過我可以確定不會有事。」

凱絲看著地面，接著再看牆壁。只要可以避免和莎拉眼神接觸都好。她的目光落在房中一個明亮的物體，它就在牆上，是一顆距離桌子上方不遠的紅色按鈕。「那是做什麼用的？」

莎拉轉身看著凱絲指的東西。「那是警報器。」

「警報器？」

「對。以防我需要協助。」

「噢。」

她沒有機會再多問。莎拉點擊試算表上的第一個名字，沒過多久就有一個男人進來。他確認了自己的名字後坐在中央的大椅子上，拉起西裝褲的褲腳，露出條紋襪和他的追蹤器。莎拉戳了戳，又在螢幕上點了幾下，才對男人說他可以離開。男人迫不及待地閃人。她用難聞的藍色液體噴了噴椅子，擦拭乾淨，再次點擊表單。接下來的兩個小時，凱絲看著男人無精打采地排隊進出，對於她的在場沒有抱怨。大多男人甚至沒意識到她存在。

她無聊到不行。

有個短暫休息時間，然後更多不變的流程。穿著裙子和靴子的凱絲開始感到身體僵硬不自在，渴望能換件褲子，這樣就坐著時膝蓋就能稍微分開一些，減緩背上不斷增加的僵硬感。

另一個小時過去。只有一回，凱絲見到一絲像是情緒的東西，那是莎拉為一個十歲男孩別上第一個追蹤器的時候：他哭了。男孩父親再三為自己兒子的眼淚道歉，莎拉則給了他一根棒棒糖。「老天，我討厭幫小孩子掛追蹤器。」那兩人離開後，她說。

「那就別掛啊。」凱絲說。莎拉對小男孩的反應令她訝異。她總認為母親懶得照顧小孩。在凱絲還小的時候，她也確實沒多費心思照顧她；她總是在上班。

「這是我的工作，」莎拉說，「很不幸，我沒有權力選擇想要做哪個部分。這差不多就是人生的大半縮影。」

凱絲還來不及回應，音量拔高的聲音就從隔壁辦公室牆壁透進來。

「該死，怎麼回事？」莎拉低喃，已半從座位上起身。她猛摔開門、一頭往外衝。凱絲待在原地大約五秒，然後決定不要錯過任何精采畫面（不管是什麼），跟著莎拉衝了出去。

瑪波辦公室裡發生了點狀況，十分刺激的大場面。等候室裡的男人全伸長了脖子想看清楚點，有些還半離開了椅子。凱絲從打開的門衝進去。椅子上有個面紅耳赤、體型巨大的胖男人。「太緊了！」他指著自己的追蹤器大喊，「我只不過是拜託妳把那該死的玩意兒放鬆一點！」

瑪波站在椅子旁邊。「鬆緊剛剛好！」她對他吼回去。

然後是莎拉。她就站在門口左側，手裡握著某個東西。「這是最後警告，」她對那個男人說。她沒有大吼大叫，語調冷酷且銳利。不知怎麼似乎更顯可怕。

可是男人渾然無覺。他去撓抓追蹤器、試圖扯掉。

「住手！」莎拉厲聲對他說道，同時上前一步。某個東西從她手中的物體末端飛出，正面擊中男人胸口。他的面容扭曲，變成了嚇壞的表情，嘴型像是正要罵出憤怒的話語，接著便仰天倒回椅子。他躺在那裡劇烈抽搐，發出動物似的詭異聲音，凱絲這輩子從沒聽過任何人發出過。她注視著他，眼中只見到一個全然無助的人類。

她望向母親，見到的則是一頭禽獸。

第六章
潘蜜拉

現在，早上八點三十分

將屍體從公園移到停屍間花了兩小時。我們盡可能動作快，因為我們在趕時間，而且心中也很清楚這件事。關閉公園已在網上產生很多議論。一旦人們發現還有屍體，就會問出更難回答的問題，而且當下的我完全無法解答。我還是不曉得她是誰，可是我知道會在某個地方、有某個家庭，收到對身為女兒、姊妹或妻子來說最糟糕的消息。只要一思及此，我就替他們感到心痛。現在他們對我還是陌生人，等到一切結束時就不是了。

局裡一片混亂。夜班警官還在，日班的人也在這裡。我派了警官到那兩個發現屍體的女人家中，詳細和她們談過，確保她們沒把消息告訴任何人或貼到網路上。目前為止還沒人被舉報失蹤，儘管我希望這通電話可以快點打進來。在我弄清楚她是誰之前，要找出誰對她下這毒手就像海底撈針。

但是那不代表我沒去試。可是說實在沒有什麼能夠著手。我等著病理學家的電話，等她通知我可以看屍體並檢驗她的衣服。公園裡也有警官在搜索那裡的證據。瑞秋正和我一起坐在警局會議室，用大螢幕看公園裡監視攝影機的影片。我們已經快速確認過什麼鬼都沒有的七個小時，而且畫質頗差。我們目前看到最有趣的東西只有一隻狐狸跑過小徑，低伏著頭，好像在獵捕著什麼。

追蹤程式太貴，因此議會沒剩多少錢能維護監視攝影機。而且，既然男人晚上都在家中，不會從酒吧和俱樂部傾洩而出，喝得爛醉又管不住自己，我們就沒那麼需要監視攝影機。

等到終於看到能讓我坐挺身體、集中注意力的畫面，螢幕一角的時鐘已顯示凌晨兩點四十八分。當時公園已空，儘管主要道路仍亮著燈，使一切顯得灰灰白白，因此讓任何動靜都顯得可疑。可是，這所謂動靜遠不只是夜行性動物找食物而已。

這有問題，絕對有問題。我的嘴巴變乾了。

「我的天啊。」瑞秋用氣音說。

黑暗之中可見一個身影，穿著寬鬆衣服大步走在路上。那人手中抱著某種東西。而即使它包得密密實實，我都能看得出那是我們的受害者。那道身影只出現短暫幾秒，立即消失在視線範圍、沒再出現。我倒帶影像、放慢速度，兩人看了一遍又一遍。不管那人是誰，都拉起了帽兜。我們看不清楚那人的臉。

「不管那女的是誰，都滿壯的。」瑞秋說。

「那女的？」我在螢幕上能看到的唯一女性，就是包在布裡面那個。「那是男人。」

「不對，那不是。」瑞秋的困惑顯而易見。「那是女人。」

我忍不住思索我們看的是否真是同個影像。對我來說，這畫面的一切如假包換就是男性。「妳看看那身高，還有身材的比例，以及那個人的一舉一動。」

可是瑞秋看不出來。「那不可能是男人，」她說，「如果是這樣，他的追蹤器會響警報，我們一定會知道。他絕對不可能來到公園。」

她聽起來是如此確定，我知道如果我告訴任何其他年輕女警，也會得到類似答案。這不是她們的錯。她們接受的教育是宵禁絕對可靠，得到的警察訓練也強化了這個概念。對她們來說，這個世界就是這麼運作。可是對我來說不是。所有系統都有漏洞破綻。規則是透過各種例外訂定出來的。沒錯，晚上宵禁會把男人關在家中，可是盲目堅持宵禁沒有任何出錯或失敗的空間？只有笨蛋才會這樣想。

儘管我應該假設此人也可能是女性的機率——假使她身高超過平均數字，衣服也寬鬆得可以藏起胸部和臀部，走路方式也可能因為抱著的重量而改變。「妳很可能說得沒錯，」我想起正躺在停屍間臺面上的屍體，這一日還很漫長，為了撐過去，我可能需要精力，並不想浪費在和年輕警官爭執上。

「很可能？」瑞秋邊問邊搖頭。「妳認真的嗎，潘蜜拉？」

「我只是覺得不該先排除其他可能。」

「至少可以排除那是男性的可能！」

我想指出沒有任何系統是堅不可摧的，我想說，在這個階段最重要的是不要忽視任何蛛絲馬跡。可是我忍住沒說。我知道其他女人都怎麼看我。我在這裡年紀最大，再幾個禮拜就要退休，被當成作風老派、跟不上流行、仍抓著過時恐懼感不放的恐龍。她們相信科技、相信追蹤器和平板。我確實喜歡科技，也認為那讓我們的生活變得更好、更輕鬆，可是仍認為應該聽從心中直覺。

監視攝影機的影像仍凝結在大螢幕上，我注視著它。瑞秋的平板嗡嗡響，沒過多久，我的也響了。我收到兩則訊息：一則來自病理學家，告訴我一有空就可以來看我們的受害者；另一則來自我們區的警察局長。

「他們要派一支專家團隊，」瑞秋說，「那就表示我們不再負責調查了嗎？」

「很可能。」我說。但是在收到正式通知之前，我會繼續善盡職責。

第七章
莎拉

莎拉並不常電擊男人。第一次的經驗糟糕透頂，她第二天晚上幾乎無法入眠，因為清晰的記憶閃回而醒來，恐懼感揮之不去、喘不過氣。裝置的滋滋聲、男人昏厥時發出的叫喊、在地上擴散開的黃色液體。在那之前，一切都只是腦中演練，在現實中執行則是一大衝擊。她第二次使用時比較有心理準備，這是第三次，而她幾乎無感。

可是她忘了一件事。

凱絲。

提醒她凱絲在門口的是瑪波。「媽的，」莎拉說，然後一個轉身發現自己的女兒站在那裡，臉色超級蒼白，好像隨時都會昏倒。她看著莎拉，然後看著那個人，接著又看回莎拉，下唇顫動。

「帶她去休息室好嗎？」莎拉對瑪波說，「我得處理他一下。」

凱絲迅速被帶走，哈荻亞進來，看了他一眼後嘆口氣，接著就是叫警察。莎拉對此不太關心。這是例行程序。現在重要的是讓所有人冷靜下來。等候室的男人一定會十分低落，有些可能會不檢查追蹤器就想離開，那就必須重新排約。

那傢伙真是有夠麻煩，莎拉邊想邊打量那個仍軟綿綿坐在椅子上的人。身為剛電擊他的追蹤員，她有義務和他待在一塊兒，直到警察抵達，並確保他意識清晰、還有呼吸。舒不舒服是其次。

然而還有文件得寫、表格得填。所以她在瑪波桌前坐下、開始著手。根據系統，那個男人叫做保羅．湯森，六十三歲，離婚，有兩名成年子女，在倫敦路的收發中心兼職。上一個處理他的追蹤員備註他態度有敵意。如果他打算把事情鬧大，這正中莎拉下懷。她正要簡短描述剛剛發生了什麼，門便打開。又是哈荻亞。「警察到了。」她說。

其中一人風掃落葉似的現身，沉重的厚底靴嘎吱響。莎拉一看見她深色的制服就放鬆了心情，覺得一切都會沒事。警官對莎拉點了個頭打招呼，接著轉向那個攤在椅子上的男人。「好了，這位先生，」她說，「我們帶你離開這裡吧？」

另一名警官跟著她進來，這一位比較年輕，而且是男性。他們兩人將手穿過男人腋下、一把將他拉起，試圖讓他站好。他不肯就範。

「稍微用點兒勁，」男警官對他說，「你應該知道，我們可以來軟的，也可以來硬的。軟的就是你現在就和我們一起走出這裡，安安靜靜上去箱型車後面。確實，會需要丟幾分鐘的臉，走過那段經過等候室的路，可是你是個大人了，可以承受。硬的就是：我們給你上手銬，叫更多警察進來把你抬出去。」

男人發出恍若被勒住的聲音，頸子上的血管簡直要爆開來。他勉強吸一口氣，再試一次。「軟的。」他說。

「識相，」女警對他說，沒再浪費時間，他迅速被帶出去、離開視線範圍。莎拉聽見等候室降下一陣死寂，張力持續增長。同時，他們都等著看誰會第一個開口說點什麼——結果出聲的是個小男孩。她聽見他高亢而孩子氣的嗓音，以及參雜其中的困惑，接著是他父親壓低音量的含糊回應。

她做完報告，然後離開瑪波的辦公室，走過那些等候的男人面前。所有人都看見她跑進裡面，所有人都曉得，就是她電擊了那個在眾目睽睽下被護送出去的男人。她也喜歡他們知道這事，並希望這會讓他們三思而後行——她甚至希望他們會有一點點害怕。

當她來到休息室，凱絲正坐在角落桌子玩弄一罐可樂。瑪波在一臺自動販賣機前面投入幾枚硬幣，按了幾顆按鈕。某個東西吭噹落到底下，她俯身去拿。莎拉走過去，往她手臂上安慰地捏了一下。

「那個追蹤器調整得剛剛好。」瑪波說。

「我知道。」莎拉說，「有些男人就是愛吵。」然後她轉向女兒，「凱絲，我想妳可能先回家會比較好。」

凱絲馬上挺起身體。「什麼？為什麼？」

「拜託別跟我爭，」莎拉說。她沒有解釋，甚至沒試著替自己的行為正當化。她根本不覺得有需要。凱絲會礙手礙腳。所有追蹤員的預約現在都延遲了，還有報告要寫，而且她們全都需要談談今天發生的事，稍微紓個壓。而她們不能在一個青少女面前這麼做——特別是她還穿著迷你裙。

「我應該要進行全天的職業體驗，不然就不算數了。」凱絲抱怨。

「看在老天的分上——我叫妳走就走！」現在才剛十一點半，莎拉已經累積了整天份的壓力。當她看見自己塗上口紅、穿迷你裙的女兒，只是感到火氣更盛。有時莎拉就是比凱絲懂得多，她為什麼就是無法接受？

「隨便啦，」凱絲非常用力地把椅子往後一推，使椅子在地上發出刺耳嘎吱聲。「我把包包留在妳辦公室了，我得去拿。」然後她連個字都沒再說，直接衝出去。可是不知怎麼，也許因為她試圖偷偷將裙子往下拉一些，這股氣勢就被她自己毀了。

「今天有點超出她的負荷。」瑪波說。

「對我們都有點。」莎拉伸手抹了抹臉。「我很高興星期五了。」

「用這種方式結束這週實在有夠勁爆。」

莎拉笑了笑。「我想今晚我要來杯特大號紅酒。」

她回到自己辦公室，想起自己初次面對男性怒火的經驗。那不是發生在追蹤中心，而是在自己家裡；那個男人也非陌生人，而是她的丈夫。可是葛雷格已經沒有機會再那麼對她了；她確保這件事再也不會發生。她可以清晰回想起他站在他們家外頭的小路上對她大吼大叫、命令她讓他回去。而她又是怎樣心跳加速地站在走廊，幾乎恐懼到無法呼吸。她唯一做的動作只有阻止凱絲開門。就莎拉看來，他是活該，可是那也沒有讓他的怒火比較不嚇人。

她一走過前臺，哈荻亞就逮住機會，問她想不想回家。莎拉說不想，她只想回去繼續工作。剩下的時間她不想待在慈母之家的公寓，因為凱絲會在，而莎拉目前還沒有和女兒說話的心情。她看見了凱絲看她的眼神，她真的受夠這些了——她每次努力去做一些凱絲可能會覺得受用、覺得有趣、說不定能幫兩人重修舊好的行為，最終總是事與願違。

至少，這兒的男人都得聽她的話。

第八章 凱絲

凱絲心臟一面狂跳一面走出大樓。那聲音在耳朵裡極度響亮，即使曉得不可能，卻覺得好像所有人都能聽到。周遭的世界似乎顯得銳利且迫近，落葉呈現明豔的橘色，天空的灰比往常更為強烈，空氣中有著刺激氣味，由於一再淺淺呼吸，她因此產生缺氧的感覺。

她深埋於口袋的手中，正握著追蹤器的鑰匙。

她能感到那個物體硬梆梆的形狀貼在溼黏的手指上。她進去拿包包時，那個東西就躺在母親辦公室地板，她一走進門就看見了。她將包包從莎拉抽屜拿出來，確認自己的皮夾和平板，拚命裝作沒看見鑰匙。真的，她努力過了。她本來沒打算拿，甚至不曉得自己真會這麼做——直到她真的拿了。

她迅速將鑰匙一把撈起、塞進夾克口袋，然後逕直走了出去。沒人擋她，就連前臺的女人都沒有。她只感到些許罪惡。如果這些人這麼漫不經心，那這也是她們活該。

凱絲尋思著鑰匙會不會有用。

她飛快思索著男性願意付多少錢移除追蹤器。她想像自己創立一個進行這服務的地方。

她可以精挑細選委託人，並以最高等級的敬意來接待，絕對和追蹤中心不一樣，雖然她內心深處知道這並不可能。但反正，她還是將所有情節想像過一遍，盤算著要穿什麼、說什麼，那些男人會是什麼樣。不要多久，她便將那天早上發生的可怖、骯髒畫面拋諸腦後。

然而只有一個念頭揮之不去，就是莎拉電擊那男人的模樣。雖說凱絲對母親的印象也不算特別正面，她早就曉得莎拉是個臭臉賤貨——看看她對爸做了什麼。可是現在……因為身為她的女兒，凱絲覺得好丟臉。

至少葛雷格很快就會獲得釋放。凱絲在平板的日曆上標起那個日期。她不能夠去監獄探望他，因為她還是十八歲以下，一定要有莎拉陪同才能去，而莎拉拒絕這麼做。可是她很確定，只要他一出來就會聯絡自己，然後一切就會改變。她不再需要和莎拉一起住在愚蠢的慈母之家，被她們那些愚蠢規則綁住。她甚至連邀比利來做功課或看電影都不行，因為他不被允許進入大樓。她想像到時告訴莎拉她要搬出公寓、和爸爸一起住，不知道她會露出什麼表情。這讓凱絲感覺好了些。

當她一路前進市中心，心中感覺更好了。有何不可？又不是說她還有別的事情要做。凱絲喜歡去市中心。她可以輕鬆耗掉好幾小時，逛逛精品櫥窗，想像自己想買什麼就能買下去。可是早上的事帶來的情緒疲勞只過了半個小時就湧上，隨之而來也冒出對糖份的渴望。她直接前往市中心廣場賣新鮮可頌和加榛果糖漿的熱巧克力的咖啡店。

當她發現那裡幾乎空盪無人，十分驚訝。與其在週六早上去那裡、不得不和別人沾了唇膏的馬克杯共用髒兮兮的桌子，這好太多了。

「請坐。」櫃檯後面有個男人說，「我很快會過來服務。」

私人服務也可以嗎？凱絲在靠近後方的座位坐下，這麼一來，櫃檯便一覽無遺。一排排閃著光澤的肉桂卷、巧克力馬卡龍還有水果蛋糕；白色馬克杯精準整齊疊放成排；櫃檯一塵不染，奶油和香草的溫暖香氣從流理檯上的爐子吹送而來。

要點什麼呢？要點什麼呢？

也許熱巧克力，或一杯加了鮮奶油的摩卡。

但當那人從櫃檯另一邊繞過來，這些念頭盡數從凱絲腦中溜走。這不是她第一次注意到他。有的時候，他週六早上會在這兒。雖不是每次，但是夠常見到了。她通常只會瞥見他幾眼，大多是在高及胸口的櫃檯後方，或藏在那一大臺加熱牛奶時會噗嘶叫的巨大銀色機器後頭。她對落在他額頭的那綹深色頭髮十分熟悉，還有顏色相仿的深色眼睛，以及撐起右胸上綠色咖啡店標誌的短袖polo衫的肩膀。他的衣架子身型撐起了衣服，令凱絲心神蕩漾。雖然有感，卻還無法詳細分析。她還沒辦法，因為她太年輕，因為這體驗太讓人神魂顛倒。

由於強烈意識到他的存在，在他將另一排杯子疊在放好的杯旁時，她忍不住追隨他的一舉一動。他手的模樣和大小使她皮膚竄起一股官能上的顫動，讓人感到振奮的同時也覺得恐懼。此時，她很高興自己塗了脣膏、穿了短裙。

當最後一只杯子放好，他將注意力轉向她，並對她露出友善微笑，她也微笑回去。他認得她嗎？他在她來光顧的許許多多個週六有注意過她嗎？她早就曉得他的名字——柏堤。幾個禮拜前她偷偷拍了照，在平板上反向搜尋那張圖片。

「嗨，」他說，「想要點什麼呢？」

「嗨，」凱絲回答，努力讓語調聽來隨性。「我要點一杯香料奶茶。」她有點說不出口自己真正想喝的特大奢華焦糖熱巧克力。凱絲挺直了背，試圖讓自己看起來高一些、成熟一些。

「還有要吃些什麼嗎？法式甜甜圈還是熱的喔。」

她不想表現得太貪吃，可是話說回來，她也不想拒絕，讓他誤以為她很踐。「真的嗎？那好啊，麻煩。」

「沒問題。」他伸手去拿馬克杯。他穿著牛仔褲，口袋部分有些褪色，外加紅色皮帶。這些小細節在她眼中特別凸出，好像以高解析度注視他一樣。

她將平板從袋子拿出，假裝確認訊息、裝個忙，讓他知道儘管她一個人在這兒，卻一點也不孤單。他將她的茶和甜甜圈——如他所說，還散發著熱氣——一起放在托盤拿過來，外加一條折得整整齊齊的餐巾和發亮的餐刀。她用平板付好款，他則停留在桌邊，直到自己的平板發出叮一聲、確認收到款項。他回去繼續將櫃檯另一頭的玻璃杯擦亮。凱絲以整潔的方式小口吃著甜甜圈，一次一點點，不像以往那樣狼吞虎嚥。整個空氣彷彿突然凝重、她的呼吸變好大聲。

她繼續玩平板，反覆確認訊息，但什麼也沒收到。所以她傳了幾條給自己，只是要讓自己看起來有點事做。她慢慢啜飲著茶，因為真是難喝透頂。可是那是她自己點的，所以她假裝喜歡。

幾個西裝筆挺的男人走進來，拿外帶咖啡離開前在櫃檯徘徊了一下。其中一人出去時鬼祟祟看了凱絲一眼，她對他揚起一邊眉毛。這是她對鏡練習過幾次的表情，而他立刻別開眼神。她喜歡那樣。男人才不需要掛追蹤器，你只要知道怎麼操控他們就好。如果她母親知道這個訣竅，就沒必要電擊那個男人了。她喝了一大口茶，因為沉浸在勝利之中，忘了那有多難喝，然後她一定是發出了什麼聲響，因為柏堤從櫃檯後方看了看她，咧嘴一笑。不知怎麼，他微笑的模樣令凱絲心中出現某種異樣的感覺。

「妳的飲料還行嗎？」

「很不錯。」

「噢，我只是沒想到妳是喜歡香料奶茶的人。」

「我不像嗎？」

「不像，」他說，「喝香料奶茶的人總是有點……好吧，我不該說這種話。」

「有點怎樣？」

他聳聳肩。「和妳不一樣。」

凱絲腹中的異樣感變得更強烈。「是啊。」她說，因為她也想不到其他話可說，只能在內心祈禱他不要覺得她是個白痴。

「不如我幫妳選吧?」他問。

「這個嘛……」

「我請客,」他繼續說,「這是我們的政策。如果妳不喜歡,就免費替換。」

「既然如此就沒問題了,」她說,「如果是你們的政策。」

他將雙肘放上櫃檯,一手撐著下巴,將她看了個仔細。「我正好有個適合的。」

他轉過身,開始擺弄糖漿、牛奶和加熱機。凱絲坐在那裡看他,努力想說點詼諧聰明的話,卻什麼也想不出來,所以只好乖乖坐在位置上,讓自己顯得性感有自信又難追。《柯夢波丹》說這樣很重要。

他把飲料拿過來時,她聞到焦糖和一點其他香氣。飲料裝在高腳杯中,上面擠了一團形狀完美的鮮奶油。他放在她面前,遞出一支長柄湯匙。「慢慢享用。」

凱絲接下湯匙。「謝謝,我一定會的。」

他回櫃檯接待新客人,讓凱絲好好和飲料相處(並過度解析剛剛那幾分鐘)。是她的想像嗎?她從他手上接過湯匙時,他是不是真的有多握個一秒鐘?

平板上的時鐘讓她意識到自己已在咖啡店待了快一小時。感覺並沒有經過那麼久,可是這地方已經忙碌了起來,進入午餐時間。凱絲因此開始擔憂。要是有人看見她、向學校打小報告該怎麼辦?或者更糟——向她媽媽打小報告?

她最後再偷看了櫃檯後面的男人一眼，本來非常確定他給的絕對不只是一般的咖啡服務，可是現在再看著他，她又不那麼確定了。他快速朝她方向看了一眼，她立刻壓低下巴、噘起嘴，可是他卻沒再看過來。有個綁了辮子的女人轉過頭來望著她，凱絲發誓，那女的笑了。她剛感受到的興奮垂直墜落、變成尷尬，洶湧的程度讓她甚至不想把飲料喝完。

她把平板塞進包中，帶子一甩揹上肩膀。去他的，去他們所有人。她受夠了那些把她當空氣的傢伙。瞧瞧她母親，先在那邊堅持她去追蹤中心，卻又沒讓她完成整天的體驗就把她踢出去，她瞬間惱怒起來。

她去到外頭。市中心十分繁忙，兩種性別的人滿滿都是，和她早上去中心路上看到的街道截然不同。她應該要開心，卻完全沒心情，完全沒有。早上發生的一切再次在腦中翻騰，這回感覺就沒那麼好了。

她從中心拿走了追蹤器鑰匙。不，不只是拿走，是偷走。

她將手伸進口袋確認。當敏感的指尖感受到鑰匙，她同時產生想吐又鬆一口氣的感覺。到底該拿它怎麼辦，她毫無頭緒。她不能留著，可是也不能就這麼隨便丟進旁邊的垃圾箱，她擔心會有人看到她的行徑。

她搭公車回家，坐在後方位置看著車上所有人。沒人多注意她。終於，她能放鬆一下稍做思考。她並不算偷走鑰匙，只不過是撿起來罷了。畢竟，與其讓男人撿到，還不如是她。

她還沒將鑰匙插進慈母之家的門鎖，門就打開。歐布萊恩太太探出頭。「已經放學回家了？」她以刻薄語氣問道。

慈母之家所有女人中，凱絲最恨歐布萊恩太太。她是居民委員會的主席，對於誰能住在這裡有決定權。凱絲私底下認為她被權力沖昏了頭。此外，她也不喜歡歐布萊恩太太那件彷彿從來沒脫下來的運動服。用珍珠裝飾刷毛上衣並不會比較好看。

「好像是呢。」凱絲說，挪動身體越過那隻老蝙蝠進大樓。

「妳不是應該在學校嗎？」

「不是。」凱絲沒有詳細說明。這不關她的事，而她也沒把真正想說的話說出口。因為她深深知道，不管用什麼方式叫歐布萊恩滾一邊，最後都會傳到母親耳中，然後導致一小時長的說教，說對其他女人態度友善多麼重要，特別是住在慈母之家的女人。凱絲覺得她們可悲至極，竟然住在這兒，拒絕和男人扯上任何關係。她們真的需要走出來了。不是所有男人都那麼糟糕。

她慢吞吞地走在走廊上，靴子在粉紅地毯留下痕跡，再碰碰碰上樓梯回她們的公寓。她要搶在這兒其他正義魔人探出頭、找到可以品頭論足的事之前趕快進去。她痛恨住在這裡，她想和爸爸一起回舊家住。他很有趣，不介意她做什麼或怎麼打扮，不會把她當成小孩。她總覺得這裡的女人都在監視她，她什麼也做不了。

凱絲一進房間，立刻踢門一腳、讓它關上，再噗通一聲倒在床上。她將追蹤器鑰匙從口袋拿出來看仔細一點，接著藏進自己的內衣抽屜最後方，又洗了一個很久的澡。她仍因莎拉電擊那男人感到震驚。可是如果要事後諸葛，她也該有心理準備了。她早就知道母親的真面目，畢竟她目睹了母親是怎麼將爸爸推出門外。

鑰匙不成問題，除非她被逮個正著，而且解決方法也很簡單——因為她不會被抓。她想過沖進馬桶，可是，萬一它卡在裡面堵住了怎麼辦？不行，一定有更好的方法，雖然她還想不出來。她又花了一小時費煞苦心化妝，試圖把眼線畫好。今天是週五，也就表示母親會叫她下樓到共用餐廳吃晚餐，所以她又擦掉，因為實在不值得為此受罪。她好希望能住在一個可以做自己的地方；一個沒有那麼多規矩的地方。

至少爸爸很快會出獄，然後情況就能改變。莎拉下班回家時，她仍在想這件事。由於凱絲正放任電視在背景嗡嗡響，自己則在沙發上放鬆身體看雜誌，所以一瞬緊繃起來，以為莎拉會問她鑰匙的事。可是莎拉直接進了房間，甚至在換上牛仔褲和羊毛衫出來時也沒有提到。「走吧，」她說，「我們得下樓去幫忙準備食物。」

那地方以前是舊的學校廚房，有人給了凱絲一堆馬鈴薯削皮。她戰鬥力全滿地處理起先幾顆，將皮扔進塑膠桶。莎拉本來應該幫忙，可是她只顧著和歐布萊恩太太講被她電擊的男人，因此凱絲得包辦全部。她的手指因為澱粉漿汁越發溼冷，所以越來越慢、越來越隨便。她本來想抗拒，可是那是鮮魚派，是她的最愛，而且她也餓了。等到布丁上桌，她已將自己那份草莓慕絲吃了一半。至此情況已經再清楚不過：莎拉完全不曉得凱絲拿走了鑰匙。她甚至沒提到鑰匙不見了。莎拉一個勁兒猛講被她電擊的男人，其他女人爭相奉承，一副她勇敢到不行的模樣，一次都沒問過凱絲有何感受。

所以，凱絲決定留下鑰匙。

第九章 海倫

海倫在週六早早醒來，比鬧鐘起得還早，躺在床上盯著天花板、想著湯姆。她將羽絨被拉高到下巴，手伸到床空下來的另一半。湯姆很快會在這側，她會在早上醒來，伸出手碰到他。那一定會很美好。

她起床，穿上海軍藍的上衣和牛仔褲。上衣有著珍珠母的鈕釦，布料也有低調的條紋，別緻又不至於太出風頭。她對於每次諮商的穿搭總是非常用心，積極營造好印象，因為她不想冒任何風險。芬恩醫生一定要發給他們許可；她一定要拿到。

海倫三個禮拜前開始不再吃藥。在那天早晨，她不願吞下藥的念頭正式升級，變得生理層面真的無法入口。她知道自己應該告訴湯姆，可是老是找不到正確時機。她對自己說那不成問題，反正她的身體也需要時間適應。又不是說她立刻就會懷孕。一定要說的話，其實這合情合理。因為等到他們拿到同居許可、住在一起，她的身體裡就不會殘留任何人工荷爾蒙，完完全全做好準備。

距離她和湯姆見面還有一小時，她決定現在動身，以確保能找到停車位。一般而言，她會因為想省油錢用走的，其實不遠。可是如果開車，那天下午他們就能有更多窩在床上的時間，不用匆忙。也許甚至還能做個兩次。

開到市中心只花了幾分鐘，她也輕而易舉找到停車位。大多店家還關著門，但她還是逛了幾家店的櫥窗，對著一只綠色皮革手提包和一雙別出心裁的雕花皮鞋發出讚嘆。這兩樣都不是必需品，但也許，她該買些新內衣了。湯姆是很有魅力的男人，海倫也沒那麼傻。她知道他有其他選擇，並不一定要和她在一起。如果她太放縱，他會直接回到iDate的懷抱、找別的人。

她順了順上衣前襟，再次試圖安撫自己。他們愛著彼此，她沒有什麼好擔心。沒有錯，她和他前女友之間必有重疊，可是那是時機不好的緣故，只是這樣而已。

當她來到諮商中心，便坐在外頭的牆上，拿出平板。她一直看著書的同一頁，直到裝置自己關上，就連那時她都花了一會兒才意識到，自己腦中完全在想別的事。芬恩醫生今天會問他們什麼？她要怎麼回答？要是他們拿到許可，她會有什麼感覺？要是沒拿到，又會是怎麼樣？

湯姆躺在她床上，那一晚、每一晚；驗孕反應陽性；一個小女娃。

她的平板響起噹一聲，是湯姆傳來的訊息，讓她知道他已經出門，但可能會晚個約二十分鐘。牆壁又硬又冷，坐在上頭讓她的屁股不怎麼愉快，所以海倫決定再到市中心晃一圈打發時間。城市醒了過來。咖啡店門打開，煎培根的香氣從其中一間飄出。海倫思考要不要去吃個三明治，但那念頭被響起的平板推到一邊。是她母親。

海倫一上大學，她的父母便去了位於法國南部的度假屋定居。他們從沒表示讓海倫隨他們同住。她還是學生時，在那裡度過了幾次夏天。她沒有別處可去，可是總覺得自己像個外來者。如今，她一年會去一週，有時甚至連那樣都感覺太久。她剛到的時候父母會充滿熱情，但是到了第三天，父親就會去打高爾夫，不見人影，母親會因為生活節奏被打亂心煩意亂。他們不會來探望她，因為她父親拒絕在機場付錢掛上臨時追蹤器。

海倫決定不接電話。她掉轉腳跟、回到諮商中心，繼續坐在牆上的位置。這次她沒費心拿書看，而是坐在那裡交叉著腳踝，雙手緊扣，保持鎮定等湯姆來。他八點三十分準時抵達，穿著褪色的黑運動衫和牛仔褲，看見她時露出微笑。

海倫從牆上跳下來跑向他。「湯姆！」她伸出手一把將他抱住，感受著手底下他寬闊而熟悉的肩膀，迅速將臉埋進他頸子，這樣便能嗅進他美好的味道。比培根還要好太多了。

「妳準備好了嗎？」他問。

「完全準備好了。」

在預約時段前，他們仍有一點時間能打發。海倫提議直接走進去。等候室非常舒適，而且比起到市中心某間咖啡店花半小時又二十鎊好得多。

椅子上鋪的墊襯很薄，角落盆栽的棕櫚樹則十分茂盛。前臺的女人開著廣播，海倫便跟著哼歌。湯姆仍緊緊用雙手握住她右手，這正是她認為兩人關係有諸多正向徵兆的代表之一。

他們邊等邊閒聊，多半是海倫在說話。倒不是她有什麼話想講，可是她心情澎湃而亢奮，非找個出口才行。她靠在他身上。「愛你。」並低聲說。他對她微笑，親吻她的頭頂，讓她感覺心臟彷彿漲大到超出身體。

走廊另一端有門打開，一對伴侶走出來。女人先出現，她交叉著雙臂，走路的姿勢僵硬、步伐也快，後面緊跟著一個夾克鬆垮、差不多表情的男人。他在她後面拖著步伐出來，能走多慢就多慢。

「可憐的傢伙，」湯姆說，「感覺他今天過得不是很好。」

「確實，」海倫回答，儘管她心裡想的是那女人真可憐，得和那種人同床共枕。她含住拇指，用門牙啃咬指甲尖。這是她幾年前就想戒掉的壓力習慣。

「不知道他們是不是被駁回了。」湯姆說。

「也許吧。」海倫說。不是所有人都能拿到許可，這是真話。至少她認為那兩人也不合適。她無法判斷這到底是讓她心情更好還更壞。如果伴侶遭到駁回，可以再申請一次，可是就得多等一年，而且要表現出兩人的關係有重大改善——不管這該死的代表什麼意思。而且第二次諮商就不是免費了。海倫拍了拍自己頭髮，希望自己梳了不一樣的髮型。

門再次打開，芬恩醫生探出頭來。她將短髮染成刺眼而強烈的紅色，戴了同色系眼鏡，還配戴了副好大的銀色耳環，穿著長裙。海倫常覺得她一定能成為很棒的小學老師。「早安！」她爽朗地說道。

「哈囉！」海倫說，嘗試效仿她輕快的語調。她站起身，回頭望了湯姆一眼，確認他有跟上來，然後急忙進入已很熟悉的辦公室。她坐在窗戶旁邊的座位。窗沿上有一只水晶花瓶，裡面插著人造花；桌子後方有個放滿書的書架，上面多半是些《心理治療工具書》和《諮商技巧第十二期》之類的書籍。

她看起來緊張嗎？希望沒有。她不想做出任何讓芬恩醫生認為他們處不來的舉動，因為他們處得很好，真的很好。海倫非常確定。除了他以外，她再也不會和別人相處得那麼好。湯姆就是真命天子。

他在她旁邊拉椅子坐下，用一貫輕鬆自在的方式往後靠。

「兩位今天怎麼樣？」芬恩醫生問道。她將平板立起來，面前放了無線鍵盤，一面說話一面打字。

「我們很好。」湯姆說。

「那妳呢？海倫？」芬恩醫生問，把眼鏡挪到頭頂，轉過來面對他們。「這禮拜工作如何？」

「很好，謝謝。」海倫說。她的手掌溼答答，於是將手貼著牛仔褲。她不想讓芬恩醫生覺得他們太過用力，可是也不想讓她認為他們一點努力都沒做，因為很顯然，那也一樣很糟。

「在我想像裡，帶青少年絕對是很大的挑戰。那些荷爾蒙什麼的。他們老覺得自己什麼都懂，但根本什麼也不知道。對不對？」

「這說法實在是太精闢了，」海倫回答，「不過我很享受，這是一份很棒的工作。」

「確實是很棒，」芬恩醫生同意，「薪水也優。」

她說這句話時看向了湯姆，海倫注意到了，而且她不喜歡。「比以前好得多。」她說。

「是的，」芬恩醫生回答，將目光轉回海倫。「好非常多，我絕對不會想回到以前，妳說是吧？做家務和照顧小孩都沒有酬勞，以女性為主的職業薪資也極為低劣，特別是和照顧小孩還有老人有關。至少現在我們做的事都能被認真看待。」

她將眼鏡從頭上移回鼻梁，又去戳她的鍵盤。「所以，」她說，「第九次諮商！今天我們會來談談家庭責任，以及你們對這件事的看法。我發現呢，如果伴侶能在同居前研討出一致的意見，往往很有幫助。」

「這個嘛，我們都有工作，」湯姆說，「所以我們都會出一分力。」

海倫感到背上所有肌肉都繃緊了起來；芬恩醫生不喜歡模稜兩可。「湯姆說過煮飯可以大部分由他負責，對不對啊？親愛的？」

「這是當然，」他拂過她的雙手。「我絕對不希望餓到我的寶貝。」

「湯姆，你一週工作幾天呢？」芬恩醫生問他。

「目前是三天半。」

「三天半，」芬恩醫生說，「我瞭解了。」她用原子筆在寫字板上匆匆記下一些什麼，海倫無從猜測。「那麼海倫，妳是全職？」

「對。」海倫說。

「我想多做一點工作，」湯姆說。海倫還來不及說別的話，他就插了嘴，「但是因為宵禁，我顯然不能上到更晚。可是我希望海倫和我住在一起後轉換跑道，那樣對我會比較輕鬆。」

「這又是為什麼呢？」

「我的公寓在一個有點微妙的地點，」他在座位上不安扭動，「海倫家距離市中心比較近，這樣我工作時間就能比較久。」

「我瞭解了，」芬恩醫生說，「你受到通勤時間限制，這問題很常見。」

「沒有錯，」湯姆說，「而且我已經在大學註冊了一個課程——電機工程。等我上完，就會有更多選擇。」

海倫不太確定芬恩醫生對湯姆的職涯計畫有何看法，從她的表情看不出蛛絲馬跡。可是不管海倫告訴自己多少次諮商不是在考試，依舊沒用，她老是覺得他們抓不到竅門。今天也毫無例外。

他們又忍受了芬恩醫生一小時的拷問——洗衣服輪值、洗澡順序、洗衣精的喜好——才終於逃脫。芬恩醫生給了他們家務時間表格，下載到各自平板，並答應下次諮商會填妥。湯姆抓住她的手，兩人走向門、下樓梯，出去外頭的新鮮空氣和真實世界中。

「真要命，」他說，「我知道這些我們非做不可，也理解原因，可是那女人讓我腦袋快要炸了——她竟然給我們回家作業！」

「很瘋狂對吧？」海倫說，轉朝向他，伸出雙臂一把環繞住他頸子。她絕對不可能告訴他她其實覺得時間表這主意不錯。「我們的未來握在她手中。」她睜大了眼睛。「想像一下。」

「我只能想像我的人生握在妳的手中。」他說，「我等不及了。」

「我也等不及了。」

他低頭親吻她，就如她所希望那樣輕輕啄了三下，而且這只是開胃菜。「我們買完東西後要去市中心吃點午餐嗎？」

「噢，」海倫說，讓腳跟落地。「好啊，當然。有何不可呢？」之所以「不可」是因為家中冰箱還有食物等著，可是到市中心吃午餐一定會很棒。他們還是有溫存的時間，也許還能在吃飯時填好時間表。應該不會花太久。

她握住他伸出來的手，好愛他溫熱手掌和帶了占有欲的力道。我的，她自顧自的想，他是我的，而且他不介意被人知道。

帶著一個吸引人又魅力十足的高大男子走在市中心感覺真是好到不行。他們緩緩走過精品店，他則提出一些認為很適合她的物品。他們進入一間大百貨公司看枕頭、床單還有燈飾，以及上面有狗狗的胖馬克杯。「我們應該給自己買些東西，」湯姆說，「為我們的公寓添點什麼。」

他說「我們的公寓」的語氣讓她忍不住嗤嗤傻笑。她獨身了那麼久，除了自己以外無人依靠。雖然有瑪波和工作，可是海倫最最渴望的是一個家庭。一個有人在的家，一個永遠不離開的人。

他們去了一間工具行，湯姆挑了一組大學課程需要的工具。就海倫的薪資來說，那東西很貴。湯姆負責拿他們的袋子。他們來到最愛的午餐地點，在一張溫馨的角落桌子擠在一塊兒。由於意識到自己花了超出預算的錢，海倫決定點火腿三明治和茶，湯姆將菜單兩面仔細看過，點了菲力牛排、增量薯條還有一瓶他最喜歡的啤酒。他們的飲料上桌時，他拿自己的酒對著海倫說：「敬這個成功的早晨。」他微笑道，「只剩下最後一次諮商了。」然後喝了好大一口，還偷偷伸出舌尖把上唇的酒舔掉。「妳敢相信嗎？只要再一次諮商，我們就終於能住在一起了。」

「等不及了。」海倫微笑回應。他們那個早上花得有點太多，但沒關係，湯姆賺的錢沒有她多不是他的錯，宵禁讓他工作不便，而她可以在接下來幾週輕輕鬆鬆從別處節省回來。她的獨立基金有足夠存款，所以不需要擔心這件事。可是養孩子很貴，而且她心裡有數，一旦孩子出生，她鐵定不會想回去做全職。所有母親都有權利享有兒童福利金，可以拿來付托兒費用或是自留，如果她們待在家中帶孩子。可是那就不會有她現在賺得那麼多，而她想要為此做好準備。

服務生將他們的食物送到桌上，海倫逼自己放鬆享受。她真是傻，湯姆是對的，他們有資格偶爾對自己好一點。畢竟，她每週都和瑪波出去，所以為什麼不能也和湯姆出去呢？

他發現她盯著他看，於是眨了個眼。「我真的好愛妳。」他說。

他選擇了她是她走運，而且沒人能改變她的想法。芬恩醫生不可能，瑪波當然更沒門。

第十章
凱絲

凱絲週六早早醒來，但沒有下床。母親打開門進來偷看時，她假裝熟睡，發出一些粗重呼吸聲，莎拉便關上門，什麼也沒說就離開。她的平板顯示時間是八點半，這就表示莎拉希望她下樓去吃早餐。可是凱絲對於坐在散發水煮蛋和老女人氣味的共用餐廳塑膠椅毫無興趣——甚至吃完後還要被迫清理。前一天晚上她不得不打掃已經夠糟。她的雙手仍因削太多馬鈴薯皮瘆得要命。

莎拉離開後，凱絲沖澡換衣服。她從罐子裡抓了一把巧克力餅乾代替早餐；她需要糖份。凱絲度過一個不安寧的夜晚，追蹤中心那些男人的思緒在腦中到處衝撞，然後不知怎麼最後全轉到柏堤身上，也就是咖啡店男子。她在終於墜入夢鄉之前把鑰匙藏進枕頭套，一醒過來就感覺到它，而當她的手指找到鑰匙，立刻感到一陣興奮的震顫，想告訴別人自己拿到它的衝動幾乎難以壓抑。

她能從廚房窗戶看見街道。如果再往左邊移一點點，就能看見比利家的轉角。她剛剛傳了訊息給他，他還沒回覆。他很可能還在睡覺。儘管如此，打從泰勒小姐叫他們比腕力，這整個禮拜他對她的態度都很奇怪。所以，也許他只是故意不理她。凱絲不喜歡這樣。他應該是她的好朋友才對。

她拿了夾克和鑰匙出門，追蹤器鑰匙安然無恙藏在包裡的拉鍊口袋。她快步下樓梯，一手抓好扶手、以防萬一，然後發出很大聲音從前門出去，還挪空朝寫了**請不要用力甩門**的標示看了一眼，再用力將門甩上。

她跑步橫越馬路。比利鄰居家裡的狗在她經過時一躍而起，從窗戶對著她猛吠，凱絲予以無視。她站在樓梯底部，叮咚傳了個訊到比利的平板。

你起床了嗎？

她正盯著螢幕等回覆，門就打開了。招呼她的是比利的弟弟山繆。他臉上沾了果醬。

「哈囉！」他說。

凱絲擠過門進去他們家。

「該死的把門關上！」客廳傳來一聲吼叫。她聽到山繆在她身後把門關上。電視聲流洩出來，工作過度的洗衣機氣味也迎面而來。她看到比利的爸爸穿著睡衣攤開四肢坐在沙發上。基本上，凱絲向來盡量避開比利的父母，比利也一樣。她朝樓上走去，繞開底部階梯上的待洗衣物，並努力希望最上面那件破爛橘色四角褲不是比利的。她握起拳，在他門上敲了幾次，才打開門直接走進去。

有東西在床上蠕動，接著比利露出臉來。「我說我再過一下就會起來了啦媽！」

「我不是你媽。」凱絲不爽地回答。

「凱絲？」他認了出來，隨後陷入極度慌張。「我的**老天**啊，妳沒聽過什麼叫隱私嗎？」

「我有敲門。」

比利坐起來伸懶腰。「幾點了？」

「九點。」凱絲離開門口，好整以暇地坐在他書桌前的椅子上。

那件羽絨被與紅色格子睡褲之間發生了些量子糾纏，接著比利拖著腳離開房間。凱絲聽到他進了浴室、沖廁所，然後是他走在樓梯上的聲音。下頭先傳來拔高的音量，最後才再次安靜下來。

她慢慢從這頭轉到另一頭，打量著比利的房間。裡面沒什麼東西。地毯老舊，灰白牆壁上有磨損痕跡。雖有衣櫥，可是他大多衣服似乎都扔在前面的地上，而且這兒還有股味道。凱絲無法確切推測出是什麼，不過不是她在慈母之家聞過的氣味。

最終，比利一手拿著兩只馬克杯、另一手端了一盤吐司回來。他把馬克杯放在凱絲旁邊的桌上，拿著吐司去坐床。「昨天怎麼樣？」

「難以置信。」凱絲說，「我知道我媽是個賤人，可是昨天完全是另一個境界。」

「嗯哼。」比利三大口吃掉一整片吐司。

「一切本來好好的，甚至其實滿無聊。然後她旁邊辦公室有個人說他的追蹤器太緊，」凱絲往前傾身，鞋子裡的趾尖蜷了起來。「我們透過牆壁就能聽到，他就是有喊那麼大聲。

我媽過去看出了什麼狀況，我也跟去，然後她直接在我面前對他用了該死的電擊槍。有夠瘋。然後警察就來了，整個亂七八糟。」

比利不再咬嚼，發出很大聲音吞下去。

「完全沒有討論空間，一點也沒有。」凱絲繼續說，「她甚至連讓他講一下追蹤器真的很緊的機會都不給，就連我都看得出來。她直接走進去開槍。」她舉起一手，伸出兩根指頭模仿槍的模樣，做出開槍動作。「她真的是有毛病。」

「他不應該抓狂，」比利平靜地說，「大家都曉得。」

「所以你不認為他有權力表達意見？」

「我沒那麼說，」比利又拿起一片吐司盯著它看。「可是只有白痴才會和追蹤員過不去。如果你這樣，就是活該。」

「你一副都是他的錯的樣子。」

比利聳聳肩，把吐司折成一半、塞進嘴裡。

「我的天啊！」凱絲噗咚一聲倒回椅子。「打從泰勒小姐叫我們比腕力，你就一直不理我，我希望這可以停了。」她拿起他帶給她的茶，希望他也有拿吐司給她。

此時傳來門一把甩上的聲音，大人的說話聲從樓下傳上來。聽到一些嘟嚷，接著某個女人的音量轉高了一個頻度，憤怒尖叫。比利瞪著自己的盤子。「我沒有不理妳。」

「有，你有。」凱絲說，試圖假裝聽不見他母親的聲音。「你整個禮拜都像個笨蛋一樣，但沒關係，」她的手往空中一揮，表示自己已不在意他鬧脾氣。「我只是過來讓你看個東西，只是這樣而已。」

「什麼東西？」

她將包包抬上膝蓋打開，指尖輕輕擱在拉起拉鍊、裝了追蹤器鑰匙的內袋。短短一瞬間，她忍不住思考自己是否真想拿給比利看，可是這個祕密太龐大，無法只藏在她的心裡。「你不能告訴任何人，但我弄到了這個東西。」她對他說，然後拿出鑰匙、遞出來，渴望看到他什麼反應。

他瞪大了眼睛。「這難道是……？」

凱絲點點頭。「我媽一定是在去處理我跟你說的那傢伙時掉在地上了。」

比利的臉唰一下變白。「妳一定要拿回去才行。」

「沒事啦，」她對他說，「沒人知道我拿了。」她把鑰匙拋到空中、試著接住，手指卻漏接，鑰匙在地毯上彈開、消失在床底。「該死！」她馬上四肢趴地俯身到床下找。「我拿不到。」

比利整個人屈起膝蓋、背脊貼牆坐著，「我不要去拿。」他說。

「我也沒叫你拿。」

凱絲再一次往床下伸手去抓，卻摸到了某個潮溼鬆軟的物體。她一把甩掉——畢竟她意外抓到一隻髒襪子，這麼做是理所當然——然後再試一次。這回她握拳抓住了某個小而冰冷的物體。

她往後坐在自己腳跟上，「說真的，」她說。「你真是個小寶寶。」

「我才不是。」

「那東西又不會咬你。」

「我知道。」

鑰匙拿在手中突然很有重量，彷彿比利的眼神將它沉沉壓進她掌中。凱絲爬上了床，坐在他身旁。「真是有趣的小玩意兒，是不是？」她把鑰匙翻過來，檢查上面的指紋感應器，還有用來嵌進追蹤器鎖的凸出銀勾。「你瞧瞧，誰會想到這玩意兒能讓你被關整晚呢？感覺應該要是某種超大超笨重、鐵做的東西，而且還要用鍊子掛著、扣在皮帶上，就像以前的獄卒那樣。」

「我想我們應該比那個時候更進步了。」比利說。

「不過基本原則沒變，這還是腳鐐，而且也還鎖在你腿上。你被上腳鐐了，比利。」

「少說傻話，」他嗤了一口氣。「我又沒被關起來。」

「確實，不是實際的監獄，」凱絲同意，「更像是排好時程的軟禁。你不覺得困擾嗎？」

「我當然困擾啊，」他說，「但也不是我覺得困擾就可以怎樣。我又改變不了法律。」

「我真不懂你怎麼能像沒事人一樣這麼說。」凱絲推他，他的身體碰觸起來肌肉發達又結實。這情況不常發生，可是有時當她站得離他太近，或是他不小心碰到凱絲，或用某種特別的方式看著她，她便會在一瞬間從生理層面深深意識到他和她的身體、以及兩人之間差異代表的意義。泰勒小姐在課堂上叫他們比腕力時就發生過，而且令她火大。「你為什麼不生氣？我就很生氣，我甚至不需要戴追蹤器。」

「因為生氣沒用，」比利說，「而且比起追蹤器，我還有更大的問題。」

凱絲知道他說的是他父母，那兩人的爭吵好像從沒間斷。她能看見他睡褲底下的腿上凸起一塊的追蹤器，有個念頭開始在腦中成形。雖然像是憑空出現，但其實並非如此。「我能看看嗎？」

「看什麼？我的追蹤器嗎？為何？」

「因為我想看。」

「妳昨天難道看得還不夠嗎？」

「喔拜託，」凱絲回答，「我又不是叫你給我看老二。」

「反正我的老二也不想看妳。」比利說完不禁臉紅。他撩起睡褲的褲腳，凱絲靠過去看，然後碰了碰。看到這麼重要的東西感覺很詭異，她個人對此沒有任何經驗。「那是什麼感覺？」她問他。「很不舒服嗎？」

「慢慢就習慣了。現在我幾乎沒感覺。」

「你想過要拿下來嗎？」

「我拿不下來，」他說，「不要再問蠢問題了。」

「但你有沒有想過嘛？」

「有時候有，」他往下伸手將小指塞進套環的邊緣，稍微將它扯離皮膚。他不能拉開太多，因為尺寸很合。

「要是可以呢？」比利的追蹤器側邊的鎖孔和鑰匙之間的距離之近，令她有些頭暈。「我敢打賭這可以用。」

「不行，」比利馬上說，「這實在……媽的，凱絲，我們可能會惹上大麻煩。」

「除非被抓到，」凱絲說，「我發誓我會馬上鎖回去。」

「他們看得出追蹤器有沒有被人亂弄。」比利說。

「我沒有亂弄；我有鑰匙。」

她越是去想，這念頭越是深深扎根。凱絲是如此痛恨追蹤器。如果葛雷格沒戴上追蹤器，他就永遠不會進監獄。因為如果是那樣，他就可以直接回到家裡，沒人會知道他違反宵禁，只會有莎拉單方面的證詞。而如果事情的走向是那樣，凱絲十分清楚她會選擇站在爸爸那一邊。沒有人會相信莎拉，如果是二對一的話。

她用拇指抹了抹鑰匙末端那塊凸出來的金屬。「我們來試試看。我只是想看看那有沒有用。」

「要是妳弄壞了呢？」

「我不會啦。就算弄壞，我們編個故事就好。跟你媽說你撞到腿、不小心敲壞了之類。

又沒什麼大不了。」

「不行凱絲，我……」

凱絲已經開始動作。她一手擺上他的腿、穩住他和自己，然後將鑰匙末端插進追蹤器上對應的洞。既然他不動，她就當成他同意了。

什麼也沒發生。

她稍微扭轉一下鑰匙，抽出來又塞回去，可是追蹤器沒掉下來。「好吧，這只是廢鐵一塊。」她說道，努力隱藏尷尬。

「就跟妳說不會有用的。」

「會有用！」凱絲從他旁邊扭身離開，這樣他才不會看到她的動作。她不希望他發現自己對於追蹤器和鑰匙要怎麼用幾乎一竅不通，她想要比利覺得她游刃有餘。「我只是需要改一下設定，只是這樣而已。」

鑰匙上有拇指指紋掃描器和小小的觸控螢幕，凱絲滑過去，螢幕閃爍亮起，滾過一則訊息。

輸入密碼

輸入密碼？什麼密碼？她想了一下，輸入母親的生日。大家都知道不應該拿生日當密碼，可是還是會這麼做。凱絲很有自信這會有用。

密碼錯誤

會是什麼？她感到比利注視她的目光多麼沉重。

她試了自己的生日。

密碼錯誤。還剩下一次機會

她老媽會用什麼呢？

「不會有用的啦，」比利說，「反正這主意也糟透了。我說真的，我們這樣可能會害所有人惹上麻煩。凱絲，不要弄了。」

但她沒停手，她還有一次機會。如果這次她錯了，反正鑰匙也可能就失去效用，所以她不覺得再試一次會少塊肉。她嘗試父親違反宵禁的日期。

鑰匙解鎖

「媽的賤貨，」凱絲低聲說道，心中升起一股對母親的恨意，在體內灼灼發熱、碩大無比。「那個該死的厭男賤貨。」

比利發出一聲緊張的笑，但是凱絲沒有錯過——他沒有移動自己的腳，或試著藏起追蹤器。她意識到：他也想要。他嘴上說不想，可是其實想要。當她將鑰匙插入他的追蹤器，手巍顫顫地抖動。

嗶一聲響起。

她抽出鑰匙。

當她去扯比利的追蹤器，它就這麼掉了下來。

第十一章

潘蜜拉

現在，早上九點十七分

專業團隊抵達時，我正要回公園。我打算在腦中對監視攝影仍印象清晰時回去再走一遍。團隊有好幾個人，由一名叫蘇·佛格森的女人領隊，她穿著俐落套裝和外套，氣勢非凡地進入大樓。這些人不穿制服，我看得出瑞秋十分刮目相看。她渴求他們身上的權威和那些帥氣鞋子。我收到召回命令，前往被蘇拿來使用的辦公室。她坐在桌子後方，我則站在她的面前。「目前我們掌握什麼資訊？」她問。與其說是發問，不如說是下令。

「很少。」我說。

「屍體身分指認？」

「還沒進行。」

「病理學報告？」

「也還沒好。」我說，「我們有公園的監視攝影機影片，但上面沒有太多訊息。我正要回去那裡再走查一遍。」

她很顯然不怎麼讚賞，可是我給不了她我沒有的東西。我等她開口告訴我要怎麼做。蘇用修剪整齊的指甲在桌面打著鼓。「我們的第一優先是處理媒體，」她說，「網路上謠言傳得到處都是，我們得把它壓下來。先從公開聲明開始——我要妳來發表。」

「為什麼是我？」我問。這差事當然由蘇或她那支閃亮團隊來做會更好。我整個晚上都沒睡，從外表看得一清二楚。屍體是在我值班最後時段發現的，因此我怎麼可能打卡下班？而且我的時間應該要用來做更多重要的事。在我們查出她身分和是誰殺了她之前，我絕對不會打卡下班。

「妳是當地人，」她聳了個肩，「妳有在地口音、妳第一個到現場。大眾會信任妳。」負責媒體聯絡的女人也同意蘇的看法。我不認為這是好主意，並且拚了命想跟她們講道理。我們沒有足夠資訊，我是資深警官，而且我的團隊現在需要我的帶領和支援，調查行動比那更重要。然而她一點也不想聽。我問說是不是能稍微延遲，至少查出受害者身分再說，但是得到的答案是：現在最糟的反應就是什麼也不說。

因此我徹徹底底意識到，目前他們的第一優先就是控制住資訊流。受害者可以等，媒體記者會將在警局外的樓梯上進行直播。

我拿梳子整理頭髮，現在的我沒時間也沒打算做其他事。我暗自感到憤怒，實在不懂蘇的第一優先為什麼不是受害者。她當然是我的案子。當我們收到告知說會派來一支專家團隊，我還以為會得到更多幫助，能有更多人去搜查公園，得以加快鑑識程序——我沒想到會是這樣。這根本不是警察工作，而是……做公關。

我拿到了一份預先準備好的聲明，快速掃過一遍。我不喜歡，但我得承認，在這件事上蘇沒有錯。我快速看了一下網路，謠言真的在擴散，有些甚至恐怖到不行。如果我們不快點說些什麼，很可能會產生更大的問題。我需要讓社會大眾遠離公園，而不是放他們成群湧進去。我會讀完這個聲明——然後繼續幹活。至少蘇．佛格森沒叫我回家。如果她想要，其實完全可以這麼做。

當我走到外頭，攝影團隊已經準備就緒。雖然那只是一小隊由當地電視臺派來的人馬。有個女人將平板掛在頸子上，金髮往後梳成髻；一名戴著藍色球球毛線帽的男人正在和她說話。他們開始拍攝了嗎？我希望還沒。我對那兩個人自我介紹。

「發現屍體的事——」女人問我。「是真的嗎？」

團隊說關於這部分的事實我可以承認，所以我從善如流。「沒錯。」

「幹，」她低聲說道，但是語氣並非震驚，也非悲傷，而是興奮。我不禁縮了一下。「妳可以給我一些細節嗎？」

「目前還沒辦法。」我說。

「通知家人了嗎？」

我沒有回答，而是檢查了一下手錶。「這要花很久嗎？」

女人讓我在階梯上站好位置，要我看著她，不要直勾勾地注視掛在她脖子上的平板（她使用平板錄影），因為觀眾可能不會喜歡。他們要直播，所以我不能犯下任何錯誤。那兩個人都穿了防水夾克，而就像老天注定，雨水開始飄落。我只穿了襯衫站在外頭，不禁起了渾身雞皮疙瘩。

「好，」男人說，「準備好了嗎？」

我帶著平板，聲明就在上頭，這麼一來我就不會犯任何錯。我的眼神鎖定女人，她對我點了個頭；男人則對我豎起拇指。

我清清喉嚨，「今晨稍早，我們於鈕斯頓公園發現一具屍體。肇因於此，公園目前關閉，而且可能會維持數日。我懇請社會大眾勿靠近公園，也勿試圖拍攝在那裡工作的警員。同時，我也要呼籲任何曾在午夜至清晨六點到過市中心的女性聯繫警方，因為你手中很可能握有能幫助我們的資訊。」

我打住，攝影師將頭轉往一邊，這樣就能直接看著我。

「就這樣？」女人問道。

「就這樣。」我說。

「沒有任何受害者身分的線索？是男人還是女人？」

「謝謝各位的參與，」我說完，回到警局裡面，接著直奔廁所，往臉上潑了點冷水。

然後我直接回到桌前，瑞秋在半路攔截我。「妳看，網路上已經在分享了。」她遞出平板。

我毫無興趣。「我沒時間看這個。」瑞秋馬上退卻，我不禁瑟縮。我提醒自己我們是同一個團隊，並試圖補救情況。「有個女人遭毆打致死、扔在公園，可是到底是誰幹的我們卻毫無頭緒。我們現在必須全心專注在這件事上。」

瑞秋眨著眼睛。「我只是覺得妳可能會感興趣。」

蘇朝我們走來。「潘蜜拉，幹得好，」她說，「全國新聞頻道已經注意到了，所以我們可能很快會被要求提出更多資訊。但至少目前為止我們控制下來了。」

「謝謝，」我忽視她散發的那股屈尊俯就感，我光是看到她就滿肚子火。只不過因為我是當地人、帶著口音、熟悉這座城市和住在這裡的人，她就逼我發表聲明。儘管我們確實得說點什麼，因為社會大眾就像寵物狗，假如你沒有常常告訴他們為什麼不能亂咬，他們就會隨時回頭咬你一口。然而，這完全沒能讓我們更瞭解受害者到底遭遇了什麼。

「我讓我的團隊看了監視影片，」蘇說，「他們在看能否整理一下影像。妳說得沒錯，我們的凶手被拍到滿清楚的畫面。那女人很高，這也能夠縮小範圍。我們應該很快就能估出準確的身高。」

瑞秋側了我一眼，我予以無視。「所以我們完全不採信是男性的可能性？」

「男性？」蘇說，「妳怎麼會覺得是男性？」她聽起來十分困惑。我咬緊了牙關。

「絕對是女性，」她繼續說，「我希望妳給出的聲明能將目標從陰暗角落誘出來。我已經指派了幾個下屬處理來電。瑞秋，我要妳來協助。同時，我也希望如果出現申報失蹤的女性，能立刻得到知會。因為她很可能就是我們的受害者。」

「沒有問題。」瑞秋說，「此外我還有個點子，應該可以幫忙找到在監視影片上看到的人。」

「什麼點子？」蘇問。

我穿上夾克，因為剛剛站在外面而覺得很冷。我的平板嗡嗡響，是病理學家蜜雪兒，她要我立刻回電。可是我想先聽聽瑞秋有什麼點子。

「平板，」瑞秋說，「我們可以追蹤平板對吧？可以找出昨晚有哪支平板在外面？」

「是可以，」我說，「可是那不算最可靠的資訊來源。」剛實施宵禁時，我們試著利用男性的手機數據抓違法者，可是他們很快就發現，於是把手機留在家中。就這一點來看，平板並沒有差別。

「也是個著眼點，」蘇說，「把午夜到六點之間出現在公園半英里範圍內的所有平板做一張完整清單。」

「收到，」瑞秋說。從她衝出去的氣勢，我可以看出她因為有所進展而歡天喜地。

「她似乎十分積極。」蘇．佛格森說。

「她確實是。」我回答。

「我喜歡這樣。我們需要這種積極主動的成員。她一拿到清單，我要妳幫她過一遍。這樣應該沒多久就能拿到一張需要談話的女性清單。」

我的平板響了第二次，還是蜜雪兒。我瞥了蘇一眼，她也看得見螢幕，知道那是誰。太平間就在醫院，開車只要十分鐘。我比較想自己過去，可是蘇堅持和我一起，我只好當成這也是好事一件。說不定等她看到屍體，也會產生和我初見屍體時一樣的直覺反應。她等我把隨行馬克杯裝滿，我們坐上她的車，由我指引方向。而我真希望自己在咖啡裡多加一點糖。

到太平間時，蜜雪兒來迎接我們。她是個胖墩墩的五十幾歲女子，戴著玳瑁眼鏡，穿藍色手術衣。一般來說，她總散發著一股看了太多悲慘事件的老神在在感，什麼都能應付得來。可是今天她的眼睛發紅，髮際也濡溼了。儘管如此，她仍保持專業態度。她並沒有告訴我情況多糟糕。

我們進入冰冷安靜的房中，受害者正一動也不動僵硬地躺在推車臺子上。如我預測，蘇的驚駭肉眼可見，我則沒有。但是我一看見她便感到胸口疼痛。蜜雪兒詳細對我們描述每道傷口。死因顯然是絞殺，然後她告訴我們有部分傷口很可能是在死後造成。「為了毀掉她的臉。」她說。

「這樣我們就找不出身分。」我說。

「沒有用的。」蘇迅速說道。

「確實，」我回答，「可是這麼做依舊非常殘忍。指紋呢？」

「沒有，」蜜雪兒說，「系統裡面沒有。我們沒有她指紋的紀錄，必須等牙醫紀錄回來。應該只要花個幾小時。」

反正本來就不太可能弄到她的指紋，可是我仍感到一股強烈的失望。

「有什麼妳能告訴我們的嗎？」蘇問。

我們討論了體重、身高、頭髮顏色，可能的年齡。她的衣服和蓋布已經檢查完畢裝袋，所以我可以帶回去。如今我們只要花幾個小時就能測試、檢查樣本，不需要等好幾週才拿到關鍵訊息，真是謝天謝地。

「她生過小孩嗎？」蘇問。

「難說，」蜜雪兒回答，「沒有明顯的妊娠紋或剖腹產疤痕，子宮頸有無變化也不清楚。一切都採樣送去檢驗了。另外，沒有性侵跡象。」

我點點頭。知道的確實不多，可是也算得上一點什麼。至少我們知道她死前不必經歷那一切。

「但還是需要一點力氣，」蜜雪兒繼續，「如果要對她做出那些事。」

「所以我們要找的是有在健身的女性？例如會到健身房舉重的人？」蘇問。

那一切蘇剛剛都看見了，我實在很難相信她竟然還會問出這種問題。

「也許吧。」蜜雪兒說。

然而，對我來說更清楚的其實是她沒說出口的話。她對上我的眼神，我立刻知道她也和我有一樣的想法：恐怕更可能是男性所為，而非強壯的女人。我謝過她的辛勞，她則答應如果有任何新線索浮出水面，一定會聯絡我們。我們旋即離開，帶著裝袋的衣服和蓋布一起。

移送證據必須處處小心，蘇則用平板記下一切。

「蘇，我可以問妳一個問題嗎？」

「什麼問題？」

「妳為什麼要來這裡？」

「這是一宗謀殺調查。」

我們快走到她的車旁了。「我知道，可是妳為什麼要來這裡？」

「我想確保能有好的結果。」她說。

如果有人說話含糊其詞，我絕對感覺得出來。蘇的一舉手一投足完全符合。她脫掉夾克上車，我別無選擇、只能照做。但是她沒有發動引擎，而是直視前方，雙手握住方向盤。

「我今年已經處理了十一名死亡的女性，」她說，「大部分是意外：墜樓、溺死在湖裡、意外用藥過度。只有兩起有可疑之處。妳和我都知道這數字多小，而在宵禁之前又可能有多大。有一個女人死於肇事逃逸，我們蒐集到充足證據，顯示開車的是她的姊妹；另一個則是前夫新女友持刀傷人。該女友有慣性說謊的症狀，不斷試圖嫁禍給那名前夫。」

「我聽說過那件持刀傷人案，但完全不曉得有任何他涉案的跡象。」

「因為他確實沒有，」蘇語氣尖銳地說，「宵禁、同居許可、獨立基金……這些帶來了改變，潘蜜拉。現在和以前已經不同了。可是有時社會大眾仍需要我們的保證，就是因為這樣，我才會在這裡。我希望我們能找出攜手合作的方式，我真的想，但要是做不到……」

她沒說完剩下的話。蘇發動車子，我們在寂靜之中開回警局。而我必須做出艱難的決定。不是因為她說出口的話，而是因為她沒說出口的，因為這兩者之間的所有一切。當我們回到警局，我去找了她提到的持刀傷人案件檔案，嘗試打給負責那起調查的警官。

她拒絕和我溝通。

第十二章　莎拉

當莎拉週一一早去上班，發現瑪波在休息室抱頭坐在桌前。莎拉進來時，她抬起頭，對她眨了眨那雙壓力爆表的大眼。「怎麼了？」莎拉問道。

「妳收到訊息了嗎？」

「什麼訊息？」她那天早上還沒確認平板。凱絲早餐時表現得非常討人厭，莎拉得用盡渾身力氣才沒有失控抓狂。

「妳週五電擊的男人心臟病發了。」瑪波說。

「噢天啊，」莎拉說，拉出瑪波旁邊的椅子坐下，「什麼時候的事？」

「昨晚吧我想。」

「不不不……」莎拉打開袋子，拿出自己的平板，用顫抖的手指搜尋訊息。「可是他有活下來吧？如果是這樣，我們就不用太擔心。」

直到她進了自己的辦公室、門關起來，才放任自己對這件事做出反應。真是太糟了，真的真的是太糟了。男人為什麼就不能管好自己？他們為什麼要害女人陷入這種境地？雖然她知道心臟病是遭到電擊可能發生的後果，仍不曉得這對她會產生什麼影響。哈荻亞一定會想再找她聊聊，她非常確定。莎拉在桌前坐下，捏住鼻梁，打開最上層抽屜的鎖，至少檢查鑰匙和追蹤器能讓她有點事做。

但是有一個鑰匙槽是空的。

莎拉不敢置信地盯著它。她很確定自己週五是檢查過鑰匙才回家的。她仔細翻找抽屜，把所有東西往前往後挪，可是到處都找不到第二把鑰匙。她在位置上往後靠，搜索枯腸。週五早上時她確信兩把都在，記憶非常清晰。如果其中一把不見，她一定會記得的——對吧？然而，如今當她回想，卻不那麼確定自己在那天結束時確認過。雖然她在電擊那人後對哈荻亞說自己沒事，可以繼續工作，但是她深知自己心不在焉，記憶模糊。莎拉用手指壓住兩邊太陽穴，彷彿這樣就能讓記憶聚焦，可是卻毫無幫助。

莎拉很熟悉程序。她曉得要是發現鑰匙不見應該執行什麼動作，這是基本訓練中的第七部分，就寫在休息室牆上的海報，以及廁所門後一張比較小但如出一轍的海報上。鑰匙不見一定要申報，這樣才能停用該鑰匙，並補發新的。這會在莎拉的紀錄記上一筆，直到今年結束都得不到任何升遷。

她深呼吸好幾次、穩定心情。不要急著做出任何舉動非常重要。鑰匙還是可能在這裡某處，說不定掉在這格抽屜後面，或者不小心放進了另一格抽屜。訓練莎拉的追蹤員說過，當她發現自己把鑰匙放進自己外套口袋帶回家，就曉得該退休了。

莎拉非常確定自己沒那麼做，可是還是檢查了一下夾克口袋：連個影子都沒有。她再回到抽屜。時間每過一秒，驚慌感就與之俱增。東西不在。為什麼會不在？

鑰匙到底在哪裡？

她轉向電腦，登入並點開每個有她鑰匙資訊的頁面，點擊**尋找鑰匙位置**的按鈕。第一把鑰匙顯示在這裡，在追蹤中心，在它該在的地方。第二把則在慈母之家。

也許她真把它拿回家了。

門上的聲響差點讓她嚇得魂飛魄散。當門打開，莎拉的心臟在胸腔裡狂跳，她趕緊關起螢幕。哈荻亞進來，她一臉陰沉。「瑪波跟我說妳在這裡。」

「是因為週五的事嗎？」

「恐怕是。他的家人已經正式做出申訴。」

「真的假的？」

哈荻亞關上門，將全身重量靠在上面。「不用浪費時間，」她說，「反正他們也不能怎麼樣，因為無法證明就是電擊造成心臟病發，妳也不會有事。但是妳今天先休假可能比較好。」

「但是……」

「回家去吧，莎拉。妳會無心工作，我們都知道這樣一定會犯錯。如果是瑪波，我也一樣會這麼對她說。」

這次算是很清楚了，哈荻亞不打算讓她留在這兒。除了鎖上抽屜、拿起包包、聽命行事外，她無能為力。莎拉走過停車場時，突然想起可能把鑰匙拿到慈母之家的還有另一個人：她的女兒。

拿走鑰匙的人會是凱絲嗎？她的第一直覺是不願相信。怎麼可能是她？可是她知道，如果她對自己坦誠一點，那麼凱絲確實可能做得到，也有這個機會。莎拉把平板從包包拿出來，思考著要不要傳訊息給女兒。可是還來不及傳，平板就響了起來，新的訊息圖示從螢幕跳出。她打開來。

葛雷格出獄了。由於某些不可抗力因素，他比預期時間還早放出來，訊息上還說希望不會造成太多困擾。

莎拉無聲咒罵。

他出來了，成為自由之身，一切結束。她把眼淚眨回去，並因此感到些許訝異。她沒傳訊息給凱絲就關了平板，花幾分鐘靜靜地讓這消息流竄全身，然後開車回家。

她把車停在指定車位，進入慈母之家。歐布萊恩太太正拿著小小的銀色澆水壺在走廊澆無花果。「嗨莎拉，」她說，「妳提早回來了。發生了什麼事嗎？」

「發生了很多事。」莎拉說。

「想聊聊嗎？」

「我甚至不曉得該從何講起，」莎拉誠實說道，「第一件事是：我週五上班電擊的那個男人週末心臟病發，現在在醫院。」

歐布萊恩太太放下澆水壺走向莎拉，溫柔地將一手放在她臂上。「我很遺憾發生這種事。這會妨礙到妳的工作嗎？」

「我還不曉得。但他的家人已經正式提出申訴。」

「第二件事呢？」

「我前夫今天早上從監獄釋放了，早了一週。」

「啊，」歐布萊恩太太說，「好吧，反正我們早就預期他會很快出來，所以應該也沒有那麼可怕。他被送去哪兒了？」

「我不知道，」莎拉說，「我沒確認。可是會是離這裡很遠的地方，這都要感謝妳。」在文件上，歐布萊恩太太幫了她很多忙。莎拉用詞笨拙的請求被她以淺顯易懂的文句轉化成精要段落，確切闡明葛雷格做了什麼。而如果歐布萊恩太太真有稍微修飾過真相，也只是為了確保莎拉得償所願。

「反正妳也不會在街上撞見他，」歐布萊恩太太說，「單是這樣就有很多好處。此外，就算他早個幾天釋放，也不至於世界末日。」

「是沒錯，」莎拉試圖微笑。在這之前，她本來以為微笑並沒有這麼難。「雖然我不覺得凱絲發現會多開心。」她想到消失的追蹤器鑰匙，忍不住思考自己是否該告訴歐布萊恩太太——然後決定還是不要。如果她能在別人發現鑰匙不見前找到放回去，就不需要讓人知道她弄丟。不管她到底是意外帶回家，還是被凱絲拿走，都沒有差。只要她一找到，就會馬上放回去。

當她走到樓梯底部，歐布萊恩太太突然叫住她。

「莎拉？」

「怎麼了？」

「就算妳決定不告訴凱絲他被提早釋放，也該告訴她他究竟做了什麼。至少會有點幫助。」

「我沒辦法，」莎拉說，「她一定會崩潰。」

第十三章
凱絲

凱絲躺在自己床上，聽著母親在公寓裡走動，肚子發出咕嚕巨響。可是在莎拉上床睡覺以前，她絕對不會離開房間去拿東西吃。她一從學校下課，就發現母親已經在家，稍稍毀了她想把回家路上買的染髮劑拿出來試的打算。儘管到最後，那成了她最不在意的問題。

在度過一個完全沒提到追蹤器的週末後（在這期間，凱絲已經開始相信自己沒被抓到、安全下莊），莎拉立刻問了她有沒有拿。

凱絲自然否認，可是莎拉不信，而且凱絲得使出渾身解數佯裝發怒，讓母親退讓。她翻過身，依舊注視著門，半是希望母親會進來，這麼一來她就可以繼續吵架。可是莎拉沒有，這讓凱絲失去了目標。鑰匙就藏在她的胸罩裡，那是她在莎拉堅持要搜她房間後急忙塞進去的。

最直接的解決方法就是做她週五就該做的事：擺脫鑰匙。問題在於，她週六還來不及把比利的追蹤器掛回去就得離開他家。比利的媽媽把她踢了出去。她清楚明白地告訴凱絲，他們家有家規，其中一條就是比利房間裡面不准有女生。此外，她又以為自己是哪根蔥了？凱絲看了比利一眼就離開，本來打算週日回去，可是比利沒回她訊息，她也不想沒先說一聲就拜訪，以防是布莉姬來開門。

十一點半時，凱絲和莎拉上床睡覺。可是那時她已經累到沒法溜出去弄點東西吃。大約午夜時分，她衣服沒換就睡死，接著大大睡過頭，沒時間吃早餐。等她到了學校，食堂只剩下幾顆瘀青的蘋果。

所以此時她到了教室，肚子瘋狂咕嚕叫，外加怎麼也不肯退散的頭痛，然後又突然發現自己的衣服袖口沾到了咖哩的痕跡。艾咪．希爾坐在前面的一個位置，不斷打斷課堂，抱怨自己聞到味道。

凱絲把袖口拉起來折進袖裡，藏起黃痕。也許她應該去辦公室跟他們說她不太舒服、想要回家。她永遠都可以說自己生理期來，那些人絕對一個字都不敢吭。如果有需要，每個女孩都可以有三天生理假。可是回家就表示要回慈母之家。她想起自己有一次和葛雷格一同走過那棟建築，她問他誰住在這裡，他則對她說那是給瘋女人住的。他們兩人因此哈哈大笑了好久。現在聽起來一點也不好笑了。

她在自己平板上亂塗鴉。還有二十八分鐘下課。

她好希望能告訴其他女孩自己口袋裡有追蹤器的鑰匙，還有她拿掉了比利的追蹤裝置。至少這能讓她們有點東西聊。等她們看清這玩意兒根本沒有存在的必要，她就要看這些人還能怎麼幫宵禁辯護。翻來覆去思考這念頭幫她度過了這二十八分鐘。

下課後，她在圖書館找到比利。「嘿，」她說，「你在做什麼？」

「做功課，」比利說。他正在滑一些主張婦女參政權的文章——又在抱泰勒小姐大腿了。他的左臉頰有一顆好大的痘痘蓄勢待發，比利一手抹過臉頰，大打一個呵欠。

「晚上不太好過？」凱絲問他。

「確實不太好。」

她一屁股坐進空椅子。「他們幾點開始的？」

「很早。」比利顫抖著手在鍵盤上打了一會兒，然後關掉正在看的頁面。

他父母的爭吵頻率十分好預測，內容大多經過酒精助燃，而且非常大聲。如果布莉姬・克柏把丈夫推出門外，沒人會感到訝異，然而她卻從沒這麼做。相較之下這使得凱絲的家庭狀況顯得更糟。「這一次又是因為什麼？」她問他。

「我不知道，我也不在乎。」

凱絲感覺得到此時從他那裡恐怕什麼也問不出來。「你想去運動場稍微散個步嗎？」

外頭風很大，所以足球場和網球場周圍的路十分安靜。除了看到一隻松鼠，就沒有更令人興奮的情況了。她沒有提起他的追蹤器，或是莎拉知道鑰匙不見的事。她本來想提，可是在此時此地，卻有些什麼讓她說不出口。就像是，沒有追蹤器的比利並不是全世界最糟的事情。她腦中冒出一個念頭，並任它慢慢醞釀。

「妳爸爸出來了嗎？」比利問。

「還沒有，」凱絲說，「但他再過幾天就會出來了。雖然我有點擔心他不知道我們在哪裡。」

「妳媽一定有告訴他妳們搬到哪兒吧？」

「我很懷疑。」

「感覺一定很詭異，」比利說，「明明知道他就在附近，卻聯絡不了他。」

「是啊。」

比利輕輕用手肘推了她一下。「我很遺憾。」

「是啊，反正你爸媽的事我也很遺憾。」凱絲踢著小路上的落葉。原先成形一半的念頭變得真實且完整。「至少你在他們開始吵的時候可以離開家裡。」

如果他想，他就可以違反宵禁，而且不會有人曉得。她看向他，想知道他是否也有同樣想法。很顯然他絕對不會真那麼做，畢竟他可是比利。可是光是想到他可以這麼做就令人興奮。他們完整繞了運動場一圈，再回主要建築前面。

「我不會的，」比利說，「我不會那麼做。那實在是瘋了。」

「為什麼？」

「因為那樣是違法的！我得把它掛回去，凱絲。萬一我被叫去檢查追蹤器怎麼辦？」

「直接傳訊息給我，我就幫你把它掛回去。」凱絲對他說。

「妳現在就可以掛回去。妳有那個……妳身上有帶著吧？」

鈴聲響起，表示下一堂課要開始了。「好了啦，」她說，「我們會遲到的。」他們得用跑的回去。等到他們抵達教室，凱絲已經有點喘不過氣。比利去坐在靠前方的一個空位，凱絲則在後面找到位置。她的平板嗡嗡叫，凱絲小心地從包包裡拿出來。螢幕上方角落冒出一個小信封圖樣，她偷偷點下去。那是艾咪傳來的訊息，她就坐在兩個位置外。

凱絲和比利；在、樹、下；做、愛、愛。

凱絲立刻關了訊息去瞪艾咪，她正往前傾身，顯然深深著迷於泰勒小姐的講課。艾咪穿了一件寬鬆的開領黃色上衣，戴著精緻的金項鍊。凱絲知道項鍊前方是一個心形小匣，那是艾咪的爸爸在她十八歲時給她的。每次只要有人跟艾咪說話，她總習慣用拇指去勾，讓小匣左右搖晃，使得嵌在前面的小顆鑽石照映著光。她最喜歡有人問起她的項鍊了，為什麼不呢？畢竟她的家庭完美無瑕。

其他女孩都曉得葛雷格在坐牢，凱絲沒有任何方法能隱藏。他一被逮捕，早上耳語立刻在學校傳開。等到午餐時間，凱絲已經在廁所被一群女孩逼到角落，整個人陷入歇斯底里狀態。擔憂的老師打了一通電話，把面如死灰的莎拉叫來接待處接凱絲，凱絲則大步衝出學校，那天剩下的時間都不肯跟母親說話。在那一刻之前，她從不曉得真正痛恨一個人是什麼滋味。如今她理解了。莎拉將爸爸從她身邊奪走，凱絲完全沒打算原諒她。

最終，其他女孩對此厭倦，注意力換到其他事情上，可是並沒讓凱絲忘了她們知道這件事。她再也不屬於她們的一員。女孩忍受她的存在，可是絕不接納她加入。曾經只是點頭之交的比利變成她最好的朋友，儘管凱絲努力假裝不是。她仍悄悄有些引以為恥。比利，腿細得像竹竿、皮膚有夠爛，實在稱不上她的最佳選擇。然而友誼依然留存下來。凱絲需要比利；她只有他了。

教室前方，泰勒小姐滿懷期待地轉過身，無聲對所有人傳遞出她準備好開始上課的訊息。凱絲輕點回到平板，迅速送出訊息回覆。**滾啦妳**。

她看到艾咪的手在自己的平板上移動，螢幕快速亮了一下。接著艾咪轉過頭和坐在她旁邊的女孩交換眼神，那女孩短暫瞥了凱絲一眼才別開，眼中有某些竊喜的暗黑惡意。

凱絲死盯著自己的平板，可是沒再收到訊息。泰勒小姐開始介紹追蹤器，還有它們為什麼如此必要。為什麼他們曾經以為只要改變法條，就足以讓男性守法，男性又有多常違法。警察一度人力不足，因為在那個年代，大多警察都是男性，而且顯然在宵禁時都不能值勤。此外，也沒有足夠的女警能夠辦案。最後一根稻草則是足球總決賽後上街的足球迷失控大暴動。

追蹤器準備就緒，政府同意這是必然的一步，開始施行新制度只是遲早的事。臨時追蹤中心設立在運動中心和健身房。但凡有男性拒絕遵守，將處以高額罰金。但是也有擔憂的聲音表示這樣會花費太久，於是派出機動性的追蹤小組前往各工作場所、醫院和學校。警方也得到權力，得以在街上攔下男性，要求看他們的追蹤器；如果身上沒有，也有權押送他們去最近的追蹤中心。

話說回來，泰勒小姐解釋起究竟為什麼讓這件事如此必要，她口中所說的是凱絲陌生至極的一種男性。她扭曲統計資料、證明她的觀點，並讓凱絲心中隱隱燒起怒火。

她很清楚真相。好，也許有時男性會對女性做出壞事，她沒有要否認。可是女人也會幹壞事。看看她母親吧，她就把爸爸推出門外。此外，凱絲也不認為女人對這一切不用負任何責任，或毫無控制能力。如果情況真這麼糟，為什麼還要和口口聲聲害自己過得悲慘的男人在一起？又為什麼要和他們生小孩？這點更是毫無道理。女人在生育方面有完全的控制權，可以選擇自己要不要小孩，不但有避孕藥，還有墮胎手術。女人甚至可以自己生育孩子，只需要去一趟生殖診所就行。男人沒辦法。他們完全受到生物方面的限制。如果想要家庭，就要完全依靠女性。而泰勒小姐卻以為比利能在比腕力時贏過她，就讓他在生理方面更加優越。

當凱絲將注意力轉回課堂，泰勒小姐還在講追蹤器。「追蹤器之所以重要，是因為它們很有用，」她說，「沒人喜歡追蹤器，我們都更希望沒有必要用這些東西。原因之一是追蹤程式貴到不可思議，可是說到底，我們別無選擇。因為如果不這麼做，就不可能實施宵禁。太多男人不守法了。」

艾咪舉起了手。

「怎麼了？」泰勒小姐問她。

「現在男性有多常違反宵禁法？」

「非常稀少，」泰勒小姐對她說，「根據國家統計局，去年有二十七名男性因此遭到逮捕，其中沒有任何人離家超過一英里。」

「要是有男性家中發生火災呢？」艾咪一派無辜的問。

「追蹤器仍會對警方發出警示，該名男性會受到羈押。可是一旦得到消防隊的確認，並且找到適合的臨時住所，該名男性就可以自由離開。」

「真是有趣。」艾咪說。

才不有趣。凱絲好想對她大吼。這一切都不有趣，而且一點也不公平。還有妳為什麼就不能把嘴閉上？可是她不想讓艾咪稱心如意。泰勒小姐不斷在偷瞄，她因此意識到大家都在等她失控發飆。所有人都在等那個父親違反宵禁法的女孩自取其辱。

「追蹤器改變了一切，」泰勒小姐繼續說，「除非你能好好施行法律，不然法律就沒有用處。而法律使得男人和女人的生活都更安全了。」

另一隻手舉起；這次是比利。「這為什麼會讓男人的生活更安全？」

至少他問了個好問題。可是泰勒小姐一如往常，早就準備好了答案。「在很多方面都是這樣。你可能不曉得，可是在宵禁法剛開始實施時，有不少案件是女人舉報男人違反宵禁，但他們其實沒有。不幸的是，那些男人無從證明自己沒有跑到外面。這使得一些非常棘手的案子最終鬧上法庭，讓男人蒙受牢獄之災。」

他們領悟之後，一片死寂籠罩課堂。凱絲咬緊了牙關，因此感受到腦中的壓迫感。怎麼會有人能面無表情地大聲疾呼說追蹤器對男人有利？追蹤器就沒有讓她父親更安全啊。當她想到比利坐在教室前方，腳踝沒掛追蹤器，愚蠢的泰勒小姐對此一無所知，就突然感到一股愉快。可是這快樂只是曇花一現。

艾咪在座位上轉過身。「凱絲，妳爸不就是因為違反宵禁去坐牢的嗎？」

「我認為這和這件事沒有關係，艾咪。」泰勒小姐用尖銳的語氣說道，可是已經太遲，教室裡所有人都聽見了。

凱絲抓著自己的包包從座位起身、走出教室。她知道這麼做會惹上麻煩，可是她決定不在乎。當她發現自己在哭，也嚇了一跳。她用手背抹掉眼淚、好看清楚些。左邊有女生廁所，她便躲了進去，把自己鎖進一個隔間。可是即使躲進裡面她仍沒有安全感。

她不想回教室，不覺得自己能承受得了那些竊笑，以及艾咪和她朋友的眼神，或是泰勒小姐的臭臉，甚至比利。在那瞬間，凱絲感到自己誰也沒有。她沒有任何人能依靠，沒有人會瞭解她的感受。她沒有地方能逃避這一切。她被困住了。

但是她沒有。

她應該要勇敢反抗他們；她應該叫艾咪．希爾去死一死。

她走出學校，搭上出現在眼前的第一班公車。

第十四章 莎拉

週三，莎拉被平板的嗡嗡聲叫醒。現在是早上五點，她打著呵欠伸手去拿，心中疑惑到底是誰這麼早傳訊息給她，思考著要狠狠罵對方一頓。

是哈荻亞，而且不是什麼好消息。

保羅·湯森，被她電擊的男人，死了。

莎拉從床上坐起身，徹底清醒、心臟狂跳。

發生什麼事了？她回傳訊息。

哈荻亞花了幾分鐘才回覆。**還不確定，看起來像是又發作一次心臟病，這次一發致命。媽的。**

我也覺得。需要妳來中心，馬上。

莎拉用最快速度洗澡換衣服。她在凱絲門前遲疑了一下，但沒有敲門就離開了。她潦草在平板上寫了個備忘，傳給凱絲。她已經夠大，不需要人幫就能自己去學校。

莎拉到中心時，哈荻亞和瑪波都已經到了。瑪波蒼白到令人不忍卒睹。

「我必須和妳們兩位正式訪談。」哈荻亞說，「我知道我們週五就做過這件事，可是很顯然現在情況嚴重很多。」她的平板嗡嗡叫。「我得接一下，」她邊說邊朝她辦公室的方向大步離開，平板貼著耳朵。

「這已經不能用很糟來形容，」瑪波對莎拉說。她把頭髮從臉前往後撥，「我的腦袋實在無法運轉了。」

莎拉瞥著哈荻亞辦公室的方向。門半開著，可是完全沒透出任何聲音。她轉回去看瑪波，「聽著，」她說，「現在最重要的是我們的說法要一致：他發了飆，我透過牆壁聽到吵鬧聲，進去幫妳。」

「妳好像認為他們會責怪到我們身上。」

「因為他們就是會，」莎拉說道，「就是因為這樣，我們才要確保不會有任何事情怪到我們身上。我會說我看見妳陷入危險，於是採取行動。」

「但我沒有按下警鈴啊。」

「無所謂。跟哈荻亞說妳一開始以為能讓他鎮定下來，他雖然難搞，可是還能處理。妳覺得追蹤器明明很剛好，他卻要妳弄鬆一點。可是如果妳那麼做，在妳看來就會太鬆，他很可能有辦法拿掉。當妳拒絕，他就爆炸。我進來時妳正好要按下警鈴。」

瑪波慢慢點頭。「聽起來合情合理。」

「我進來的時候可能聽到他用髒話罵妳之類的，」莎拉繼續說，「他有嗎？他有用任何侮辱性的語言嗎？」

「我不確定，」瑪波說，「可能有。在我看來他就是會說這種話的人。」

「那就說我聽到他罵妳操他媽賤貨，在我認為很顯然是展現出敵意的徵兆，我認為妳有危險，所以電擊他。」

「對、對，聽起來行得通，很合理。」

哈荻亞大步走出她辦公室，莎拉在椅子上往後靠。她注意到瑪波的眼神，與她相視了一會兒，看見瑪波對她輕輕點了個頭。她一秒都沒有懷疑過自己的行為正確，可是在和哈荻亞訪談時必須這麼表現出來，一定要非常可信才行。

瑪波先去，花了一個半小時。這段期間莎拉不斷擺弄著一杯茶。換到她時，花的時間幾乎相同。最後，哈荻亞在椅子上往後靠，呼出一口氣。「好吧，」她說，「我想我得到需要的資訊了。妳們的說法沒有出入，這是個不錯的開始。再加上他的年紀、整體健康狀況，反正他們要證明他不會隨便就心臟病發恐怕不會太容易。」

但這讓她的一整天都蒙上陰影。莎拉想過哈荻亞會希望她留在家中，直到塵埃落定。然而，她卻發現自己拿到滿滿的預約名單，因為另外兩名追蹤員請病假，因此必須出動所有人力。來的都是年輕的青少年，雖然緊張，但是很好管控。莎拉慷慨贈送棒棒糖，等到午餐時分，她已全部送光，必須快快去一趟商店多買些。她靠著咖啡因和糖份加足馬力、度過下午。這種節奏和常規公事對她很有幫助，修復了過去幾日的事件對她自信造成的嚴重打擊。

她很擅長這一行。若非必要，她不是那種隨便電擊別人的人。

她準時完成最後一項預約，將辦公室整理乾淨、下班離開。一直到半路才發現一輛銀色車子直接跟在她車子正後方。她稍微慢下速度，希望駕駛能退開，可是對方沒有。方向盤後方是一個看不出明顯特徵的年輕男子，雙眼藏在墨鏡後面，拇指隨著莎拉聽不見的音樂敲打節奏。就是因為這樣，她才每次都希望等宵禁開始後才回家，好避開他這種人。

他一路跟著她到慈母之家，在她轉進停車場時加速離開。然後，即使她曉得他看不到，仍對他比了個手勢。她因此感覺好了些。今天實在是糟透了，而她等不及想結束這一日。

追蹤器鑰匙不見的問題還在，但那只是意外。她會稍微再放個幾天，讓保羅·湯森之死帶來的驚嚇稍稍消滅，然後她就會上報。這種事總會發生，哈荻亞一定能理解。她還是懷疑是凱絲拿走的，可是怎麼也無法再開口問。告訴自己凱絲已經回答過這個問題比較簡單，而且她必須滿足這個答案。她不願相信自己有一個會對這種大事撒謊的女兒。

可是隨著一天天過去，莎拉發現自己越來越不安。她不曉得哈荻亞什麼時候會再找她做一次鑰匙抽檢，這份壓力幾乎令人無法承受。她讓所有人以為自己的情緒是來自於保羅·湯森——也許真的是——至少有一點吧。儘管讓她難以入眠的主要原因是失蹤的鑰匙。哈荻亞不斷安慰她說沒有什麼需要擔心的。

要是妳知道真相可就慘了。莎拉自顧自的想。

但當週五來臨，她仍沒將鑰匙的事報告上去。她想再問凱絲一次。凱絲週六早上起床時，莎拉告訴她她們要出門。凱絲一定不會喜歡這場對話，而莎拉想去一個比較中立的地方進行，遠離慈母之家。她哄她離開公寓，提出的建議是去逛街買東西。

她在諮商中心外頭找到了個停車位，開進去時正好看見一名穿深色牛仔褲的苗條女子由通往大樓的樓梯走下去，後面跟了個深色頭髮的高個子男人。

「那不是妳的老師嗎？」她問凱絲。

「哪個？」

「那個年輕的女生，泰勒小姐。」

「誰曉得。」凱絲說，顯得毫無興趣。

「她和一個男人在一起，」莎拉說，「不曉得是不是要去諮商。」

「怎麼會有人想和她一起拿同居許可啊？」凱絲冷笑一聲，「她那麼爛。」

莎拉緊緊抓著方向盤。「我校園開放日見到她的時候覺得她相處起來滿愉快的啊。」

「這還用說，她會抱每個家長的大腿。」儘管凱絲說自己懶得理，莎拉依舊發現她伸長了脖子想看清楚一點。「他很可能只是哥哥或表親之類的。」

「可能吧。」莎拉回答，雖然她很懷疑那位苗條又優雅的泰勒小姐會有個深色頭髮又身材結實的哥哥。不過泰勒小姐的話題已經講夠了，她甚至後悔提起她。莎拉拉起手煞車、熄掉引擎。

「好，」她說，「在我們去別的地方前，得先來談談。」

「談什麼？」

莎拉深呼吸一口氣。她預演過，可是當個這瞬間真的來臨，她卻發現自己不曉得從哪裡說起。那些非說不可的話實在不太好聽，終歸會走向大吼大叫、怒氣衝天和涕淚縱橫的局面。莎拉坐在那兒看著女兒，深知自己實在沒有力氣承受以上一切。儘管，關於葛雷格被驅離她的人生，致使她得過著疲累的單親生活，莎拉沒有任何抱歉。「談我們午餐要去哪裡吃。妳想去布其諾嗎？」

「可以吧。」凱絲邊說邊下車。

莎拉透過窗戶望著她。也許，如果她能在還年輕時多花點時間和凱絲相處，現在一切就可以比較容易。可是話說回來，搞不好也不一定。凱絲確實不是個好帶的孩子。

她急忙跟上女兒，兩人一起走過市中心，前往餐廳。莎拉努力注意凱絲分心看了什麼店和什麼男孩，也努力在實在無法理解哪裡吸引人時，不要顯出失望的神情。凱絲喜歡短而暴露又過度性感的衣著，以及肩膀壯碩、一副大搖大擺的男人。兩者都令莎拉絕望不已。

「餓嗎？」她問凱絲。

「應該吧。」凱絲說。

「我想我可能會吃千層麵，」莎拉說，「妳呢？」

「義大利餃吧。」凱絲說。

極簡的回答，但仍算得上一點什麼。「挺讚的。」莎拉表示。當兩人抵達餐館，服務生將她們帶到窗旁一張桌子。凱絲檢查起自己在玻璃上的倒影，接著立刻開始玩弄頭髮。莎拉拚命壓抑想叫她別搔首弄姿的衝動。幸運的是，服務生帶著菜單和一壺水重新出現，讓她們接下來十分鐘能有些得以專注的焦點，食物也很快在那之後上來。莎拉一面看著女兒用餐，心中些許緊繃情緒也開始落定。也許還是有機會修復的。畢竟葛雷格不在了，也永遠不會再回來，想扭轉局勢還不算太遲。凱絲還年輕，她對世界的理解自然有局限，而且她也一直被寵壞了——被寵壞得很嚴重。這一切都不是她的錯。葛雷格向來無法開口拒絕，自己又在工作上花那麼多時間，放掉一些不該放掉的事，莎拉也很有罪惡感。

她對自己說，未來如何才最重要。她不能再把女兒想得那麼糟，因此她改為努力去看她正向的一面。她還是沒告訴凱絲她的父親將提早從監獄被放出來，並決定最好還是別讓凱絲知道。就讓她以為他會按照時間釋放吧。讓子彈先飛一會兒，讓今天先過好一點兒。

「妳的餃子怎麼樣？」她問。

「不錯。」凱絲說。

莎拉吃下自己的食物。義大利麵是現做的，醬汁濃郁，她不想浪費，所以逼自己吞下，儘管毫無食慾。「凱絲。」她開口。

「怎樣？」

莎拉放下叉子。「請不要用這種態度跟我說話。我不想和妳吵架，我已經厭倦吵架了。妳不厭倦嗎？妳難道不希望我們可以別再這樣嗎？」

凱絲用刀尖戳了戳一顆溜走的蘑菇。

「我知道妳不快樂，」莎拉繼續說，「我也曉得原因。」

「是嗎？妳真的知道我在學校是什麼感受嗎？變成那個爸爸去坐牢的女生？妳逼我搬去那個住了一大堆愛管閒事老女人的地方，從來沒問過我想不想住在那裡；妳要我和妳一起去上班，結果又逼我離開；妳不喜歡我的每一件衣服，不讓我化妝，就連爸都願意讓我化。妳根本什麼都不曉得。」

噢，我曉得的，莎拉在心中想，我曉得的比妳想像的還多。

「我是犯了些錯，」她說，「這我承認。妳還小的時候我幾乎不在，我應該要在的。」

「妳在能幹嘛？爸把我照顧得很好。」

「我是妳媽媽！」

「所以呢？」凱絲說，「比起我，妳更喜歡工作，現在也還是一樣。媽，妳已經做出選擇了。」

空盤收走，服務生拿來甜點菜單，凱絲看了起來。莎拉要了咖啡和帳單，凱絲則要了巧克力起司蛋糕。莎拉決定不要躁進。凱絲對她說的話確實刺人，在開始第二輪之前，她需要時間舔傷口。

服務生拿來咖啡和甜點，凱絲剛把叉子戳進起司蛋糕，卻在瞬間凝結。

「凱絲？」莎拉問道，「怎麼了？」

凱絲沒有在聽，叉子噹的一聲敲在桌面上。當她把椅子往後推，發出了拖長的嘎吱聲，接著凱絲碰的一把推開了門衝到外面。莎拉在座位上起來到一半、正打算跟上去，卻透過餐廳窗戶看見凱絲——

伸出雙臂一把抱住葛雷格。

第十五章
海倫

海倫知道自己在職場上度過很糟的一週。所幸，因為她是教室中唯一的成人，所以其他人並不曉得。她的這班九年級生特別糟糕，週五上課幾乎都在用平板叮叮咚咚互傳訊息，她沒有任何力氣或意圖阻止，滿腦子都在思考她和湯姆的下一次諮商時間。此外，再加上凱絲·強森突然衝出去的那堂糟透的課。她後來找了艾咪和其他女孩談話，並選擇不上報年級主任。然而心中卻忍不住想自己這樣做到底對不對。

下週一切就會恢復正常。她不會讓情況脫離正軌太多，否則就拉不回來了。可是，她至少得在兩週內找回班級的控制權，讓他們搞懂情況。說到底，他們不過就是孩子，只要得寸就會進尺。有時海倫的工作會讓她懷疑自己為什麼這麼想生一個小女孩。雖然說，如果是她來帶，情況一定會不同。她對各種危險瞭若指掌，她的小孩一定能懂得界線、知道規矩，也會曉得不可以打破。

如今，來到週六早晨，她和湯姆一起坐在芬恩醫生辦公室外頭的等候室，這是他們最後一次諮商，結束時就將拿到同居許可，他會搬進她的公寓。就在今天。

他對她微微一笑。「緊張嗎？」並問。

「有一點。」她往側邊一靠，頭擱在他肩上，深深吸入他的氣味。他的襯衫很好看，深色的，厚實柔軟，和他頭髮很搭。他實在是個漂亮的男人。她忍不住想他們的女兒會不會遺傳他。她希望會。

芬恩醫生打開門探出頭來。「進來吧！進來！」她挪開身子讓他們兩人通過，在她桌子對面坐下。「今天可是個大日子，太興奮了！」她在自己桌子另一邊的位置坐下，順了順裙子，一如以往擺弄著鍵盤和平板。「最後一次，天吶，你們開始這段旅程好像不過是五分鐘前的事。」

「十二週了，」湯姆說，「對我們來說感覺不像五分鐘。」

芬恩醫生從眼鏡上緣注視著他。「當然不是，」她說，「你一定很興奮。」

湯姆伸手攬住海倫的肩膀。「我們準備好了，」他說，「我無法想像除了海倫外我還要跟誰共度餘生。」

「真是討人喜歡。」芬恩醫生說，雖然表情顯示她並不是特別讚賞。

這使海倫有些不悅，卻又說不清自己是因為湯姆還是芬恩醫生才火大。她想叫湯姆不要用力過度——目前有好多事情岌岌可危，一切都必須非常完美——她也想告訴芬恩醫生他們的關係不關她事，該死的反正她就是要給他們許可。她硬把這個想法往下壓，對於自己產生這個念頭感到可恥。

雖說，宵禁有時真的很糟。她想和湯姆在一起，湯姆也一樣。只不過是為了獲准住在一塊兒，他們就必須經歷這些表面工夫，真是令她不爽。海倫知道自己有點兒不可理喻，卻覺得遭到評斷的不僅僅是兩人的合適程度。內心深處，她覺得真正受到評估的是她挑選適合伴侶的能力。

「我們要討論的最後一件事，就是你們的家庭計畫。」芬恩醫生說。

「這個嘛，很明顯：我們想要有小孩。」湯姆說。

「想要幾個？」

「兩個。」他捏了捏海倫的手。「說不定可以三個。」

「那麼，你們想要什麼時候懷呢？」

「我們準備好的時候。」

芬恩醫生把鍵盤敲得啪拉響。「那會是什麼時候呢？」

海倫的胃稍稍抽了一下，喉嚨深處突然嘗到一股酸味。噁。這味道是打哪兒來的？

「我們現在就得決定嗎？」湯姆問。

「這個嘛，如果一對伴侶對於想達成的目標心中有確切日期，會有很大幫助。如果放著不決定要在什麼時間完成，往往會產生問題——像是，其實彼此對於目前狀況有不同想法，卻誤以為有共識。」

「那麼就兩年。」他說。

海倫瞥了他一眼。「兩年？」她一說出這幾個字，立刻希望自己沒有說。芬恩醫生臉上的表情無聲勝有聲，但是湯姆似乎渾然無覺。

「嗯，對啊，」他說，「我們需要時間買房子、生小孩。為了這個，我們可能得稍微努力一下。此外我也還沒三十，我們還有很多時間。」

「這我知道，」海倫說，可是感覺起來好遙遠。而且三十三實在很老，她沒辦法等那麼久。她還以為最多只會是幾個月。然而，就連這樣都讓她有些等不了。

湯姆微笑。「不要擔心。」他拍了拍她的膝蓋。

「所以我假設你們有在避孕囉，」芬恩醫生說，「我可以問是用什麼方式嗎？」

「海倫在吃藥。」湯姆說。

「我懂了。」芬恩醫生再次敲打鍵盤。「那麼，妳對這件事有什麼感覺呢？海倫？」

「很好。」

「很好？」

「呃，這樣很方便，而且也有用。」

「也會有一些眾人皆知的副作用。湯姆，為了你的人生規劃，海倫獨自扛起這個責任，你對這件事有什麼感覺？」

海倫看見湯姆因此瞇起眼睛。她知道他不喜歡，儘管他個性隨和，依舊十分保護自己隱私。他甚至不讓她借用自己的平板。

「你考慮過其他方法嗎？」芬恩醫生繼續說，「如果你在幾年內都沒有計畫生小孩，那麼，或許也可以把一些其他方法納入選項。你考慮過男性植入避孕器嗎？湯姆？」

「並沒有，」他言簡意賅地回答，「我一點也不喜歡。吃藥簡單多了，只是一個藥片而已。」

海倫吞了吞口水，口裡的味道依舊很糟。她突然覺得有點想吐。「我可以喝點水嗎？」

芬恩醫生從座位起身。「妳沒事吧？」

「嗯，我沒事。我只是……這裡面好熱。」

「我懂。」芬恩醫生離開房間，靜靜在身後將門帶上。

「怎麼了？」湯姆問她。

「沒事，我只是突然有點不舒服，只是這樣而已。你太緊繃了。」

「她真的有點問太深！竟然問我為什麼不用植入器。這和她有什麼關係？」

「她只是在做她的工作。」海倫深呼吸一口氣。「反正……你說兩年？」

「怎樣？」

「你說要過兩年才想要有孩子。」

「她想要答案，我就給她答案。」他一手將頭髮往後耙梳。

「但是是兩年嗎？」

「我不懂妳為什麼要對這件事反應那麼大，妳只要同意我就好，反正這也不關她的事。

我們又不是一定要對她實話實說。」

「可是……」

「看在老天的分上，妳冷靜一下好不好。」他以尖銳態度咕噥道。

「湯姆！」海倫被他的語氣震驚到了。「你不要這樣對我說話。」

他盯著她的臉龐，沒有移開眼神。他看著她的目光中有著一些什麼，一些她以前從沒見過的冰冷，可是海倫還來不及說些什麼讓那股冷意消褪，門就開了，芬恩醫生回來，手上拿著一杯水。

「湯姆，你不介意在外面稍微等一會兒吧？我想私下和海倫談談。」

不久前還粗魯地和海倫講話的湯姆消失了，換回她認識的那個充滿魅力的微笑男。他靠過來，往海倫臉頰上親了一下才離開，她則發現自己不禁疑惑，難道剛剛那些刻薄的話只是自己的想像。

芬恩醫生將那杯水放在她面前時，海倫幾乎沒注意到。她很可能是聽錯了吧。都是今天早上太緊張，連東南西北都搞不清楚了。

「妳沒事吧？」芬恩醫生問她。

「什麼？噢，噢，當然沒事，只是有點頭暈。」

「可以理解，」芬恩醫生說，「這可是大事一件，不是嗎？」

「確實，」海倫說，「這就像是我參加過最可怕的考試。我現在會對我學生多一點同理心了。」

「恐怕我寧可申請同居許可，也不想再努力考過高級歷史。」芬恩醫生微笑，「那可真是大錯特錯。」

海倫啜了一口水，確實有幫助。

「湯姆說他可能想等兩年再生孩子時妳好像有點驚訝。」芬恩醫生繼續說。

「有嗎？」海倫又緊張地喝了一口水。「我不是有意的。我是說，也不是真的很急，我們有很多事情要先做。我們需要一棟房子，很顯然湯姆也想找個更好的工作。」

「有時我會覺得男人對於女性的身體相當無知，」芬恩醫生說，就好像海倫剛剛沒講話一樣。她回到自己桌子後方坐好。「他們不懂我們在和時間賽跑，我們的身體不時會提醒我們。有的時候生孩子不是能夠理性討論或做長期計畫的。有的時候，妳的身體就只是告訴妳說時間到了。」

「妳也碰過嗎？」海倫問道，眼神飄到放在窗沿上的家族照片。

「當然了，幾乎是一模一樣。」

「那妳怎麼辦？」

「我生了一個小孩，」芬恩醫生笑著說，「恐怕生子狂熱這種病只有一種解法。妳覺得好點了嗎？」

「好一點了。」海倫說，又啜了一口水。「謝謝。」

「很好，」芬恩醫生說，手肘撐在桌上往前靠。海倫並沒有錯過這個動作；她三不五時也會在課堂上對那些孩子這麼做。芬恩醫生即將問她一個早就知道答案的問題。「海倫，」她開口，然後又停頓，好像正在努力尋找最適切的用詞。「我覺得這幾個禮拜來一切進展都非常順利，妳同意嗎？」

「同意。」

「我一定要告訴妳我非常喜歡妳，我也認為如果我們在不同情況下認識，一定可以成為朋友，我也覺得妳可以信任我。」

「這是當然。畢竟我們在這裡說過的話全都要保密，妳是不能告訴別人的。」

「確實如此，海倫。妳多久以前就沒在吃藥了？」

「我沒有！」

芬恩醫生沒回答。她安靜地坐在那兒注視她，又是一個海倫熟悉到不行的技巧。

「我沒有，」海倫又說了一次，小心且堅定。「我是說，我有想過，這我不能否認。副作用不怎麼舒服，有時我也會覺得厭倦。可是我沒有生子狂熱；我才不會做出愚蠢舉動。」

「那要是他真的要妳等兩年呢？」

「他不會的。」

「妳怎麼曉得？」

「我就是……他會希望做對我們兩人都好的事，他是比較理性的那一個。這也是我愛他的一個原因。他不會操之過急，什麼都想得很周全。」

「聽妳這麼說實在相當有趣，」芬恩醫生對她說，「因為我的看法好像完全相反。」

「不是的，」海倫說，「我知道表面看起來可能是那樣，可是他在重要議題上比我厲害太多了。我猜在某種方面我們很互補吧。」

「海倫，我必須對妳誠實，」芬恩醫生說，「到了這個階段，我會建議妳認真思考是否要再繼續做幾週的諮商。就我意見，你們兩人還有很多方面需要探索，你們對彼此陌生的地方還太多了。」

不行，海倫想，想都別想。「妳認為他對我是有危險的嗎？」

「不是，我想應該不會。」

「既然如此，就沒有理由不現在就給我們同居許可。」

「你們需要更多諮商。」

海倫聽見血液在耳中轟隆作響。「如果我同意繼續諮商，我們今天還是可以拿到許可嗎？」

芬恩醫生噘起嘴脣。「如果要我同意這麼做，必須有一個條件：我要妳思考一下，如果他真的讓妳等一陣子再生小孩，妳會怎麼辦。妳能保證可以等到他準備好為止嗎？」

海倫低頭看著自己的雙手，手指甲扣進掌心，她絕望地想隱藏謊言。「可以。」

「孩子值得獲得兩方父母的愛，而不是只有一方。」

「我知道。」

「妳也可以繼續前進、找其他人；一個現在就想要孩子的男人，不是在某個不明確的未來才想要的人。妳健康而且有魅力，有一份好的工作。應該不會很難。」

海倫有一點動搖。然而，她體內受到荷爾蒙慫恿的動物本能大聲吵鬧，並且蠻橫地碾壓過其他部分；那一個她拒絕冒險、就連多等一天都不願意。她收下許可，並在一小時之內讓湯姆搬進她的公寓。

第十六章

潘蜜拉

現在，早上十點四十八分

等蘇和我回到警局，瑞秋已將平板的資料叫了出來。她急匆匆地奔向我們，對於自己的成果十分驕傲，想在蘇面前表現一番。清單上所有平板持有者都是女性，我也看得出她覺得那證明了一些什麼，因為那正是她告訴我們的第一件事。對我來說，那只是證明不管跑到外面的男人是誰，要不是擁有由女性註冊的平板，就是把自己的留在家裡。

「把名單給我，」蘇對她說，瑞秋聽令照做。她同時也將資料傳到我的平板，我們三人一同進入蘇的辦公室檢查名單。我能感到瑞秋的急躁。這上頭的名字對我而言沒有任何意義，我早知道這是死路一條，但是每個可能性我們都要去嘗試。

「我們得找這些女人談談。」蘇說，「找出她們為什麼會在外面，就算她們沒意識到，說不定可能看到了什麼重要線索。但是必須謹慎行事，最好不要打草驚蛇。」

「我也想參與。」瑞秋說。

「這是當然，」蘇說，「我會通知下屬，說妳會加入一起調查。」瑞秋和蘇團隊裡的三人在旁邊房間設置了一個小站，開始打電話。我不會採取這種方式。就我看來，沒有什麼能取代面對面談話。

媒體聯絡人進來告訴我們，我給地方媒體的簡短報告正在每一個新聞頻道上瘋傳播放，有如野火一樣擴散開，裡面的所有細節都在網上被一一解析，甚至細小到我的髮型。社交媒體上那些人口沫橫飛，要求更多資訊，而且全都發展出一套自己的理論。目前為止形形色色：溺死、用藥過度，還有遺棄新生兒。

「我們必須再做一次聲明。」媒體聯絡人說。

「同意。」蘇・佛格森答道，「潘蜜拉，我要妳去隔壁和其他人一起調查平板名單。需要妳的時候我會找妳。」

我離開蘇的辦公室，加入瑞秋和其他人。接下來的一個小時，我分別和十五個女人談話，並快速將她們全數排除。因為她們是護士、外送司機和郵局員工，要驗證她們的說法再容易不過。

我留下三名女子，她們給我一種──我個人喜歡稱做「微妙」的感覺。我確認過她們的細節，很顯然全都沒有凌晨三點還在外面的合理原因。只打電話完全不夠，我必須親自和她們見面。

「妳要去哪？」當我站起來拍口袋找車鑰匙，瑞秋問道。

「出去。」

但這個回答對瑞秋來說並不夠。「蘇要我們在這裡進行調查。」

我不喜歡她看我的眼神。「這樣是沒有用的。」

我走了出去，瑞秋跟上來。「潘蜜拉！」她說，「妳不覺得妳至少該先經過蘇批准嗎？」

「我是盡自己的職責，不需要別人允許。」

「可是……」

我發現蘇的一個團隊成員盯著我們看，急忙在引來更多注意之前帶瑞秋下樓。到接待臺的時候，外面的人行道聚集了一群人，所以我們改成走後面出口。幸運的是，他們似乎還不知道怎麼繞到後面。也許我層級沒有蘇那麼高，可是絕對高於瑞秋，儘管她好像忘了這件事。「妳跟我來，」我對瑞秋說。「這是命令。」

於是她一派冰冷，一字不吭地坐在副駕駛座，聽我告訴她我想會一會的三個女人，還有想見她們的原因。「科技也有極限，」我說，「有時就是得面對面。」

「妳還沒放棄覺得是男人的可能性嗎？」我開出停車場時，瑞秋問道。

我專注開車。第一個地址位於距離市中心很遠的邊陲。來應門的女人將長髮往後綁成馬尾，手臂看起來就有在上健身房。「什麼事？」她打量著我們的制服。

「史嘉蕾・卡德威？」

「對。」

「我只是想問妳幾個簡短的問題。我們方便進去嗎？」

「這是為了什麼？」

「我們要知道妳昨晚人在哪裡。」瑞秋對她說。

史嘉蕾．卡德威算是不錯，我可以這麼說。她把反應藏得很好，可是還不夠好。她靜靜將門在身後關上，隔壁家的窗簾顫了一下。

「去裡面談其實比較好。」我輕聲說道，但她一點也不領情，雙臂交叉在胸口，有如矗立門前的哨兵。看來我們是進不了門了。我忍不住思忖裡面究竟有些她不希望我們看到的東西。

「我昨晚在哪裡到底和妳們有什麼關係？」

「卡德威小姐，」我說，「我想妳應該看到了今天早上的新聞。我們知道妳昨晚離開家中，因為我們追蹤了妳的平板。我們只是想知道妳在哪裡。」

她變得蒼白了一些。「我和那件事一點關係也沒有！」

我靜靜等待，給她一些空間。

她吐出一口氣，肉眼可見地顫抖起來。「我的伴侶並不知道，」她瞥了一下身後，可是門明明還是關的。「我必須講得很清楚嗎？」

「如果妳不介意。」我說。

「我有……我和別人在一起；我去找他。」

「我們會需要和他談談，」瑞秋說，「妳應該可以提供聯絡資訊吧？」

「真的有這個必要嗎？」史嘉蕾．卡德威問道。她挺起肩膀，讓我忍不住想到鬥牛犬。

「恐怕有，」我將我的平板遞給她，她鍵入名字和地址。我忍不住猜想她為什麼會對住在那個地點的男人感興趣，但是青菜蘿蔔、各有所愛。「謝謝妳。」我對她說。

她回到裡面，碰一聲將門關上。

「真是可愛。」瑞秋說。

「嗯哼，」我說。然而，對我來說，史嘉蕾．卡德威已經被我拋諸腦後。

第二個女人也迅速排除，因為她把平板借給女兒——一名半夜接到電話出門的鎖匠。我們再一次進行聯繫，並且確認了一切內容。

那就只剩下一個人。

我們前往那裡時，瑞秋在平板上工作。我們的問題都沒得到解答，隨著一分一秒過去，我感到壓力漸增。我要她傳訊給蜜雪兒，她傳了，我們也迅速得到回覆。匹配的牙醫紀錄還沒找到；我早就知道不會有，可是挫敗感仍沉沉勒著我的脖子。理論上，我很清楚目前才經過幾個小時，要想解決這種案子，恐怕得花上幾個禮拜甚至幾個月。ＤＮＡ測驗的改善確實縮短了時間，可是我們仍受到其他情況阻礙。隱私權法意味著我們不能將所有人的ＤＮＡ樣本和指紋登記在案，儘管要弄到手其實輕而易舉。監視攝影機也無法穩當運作，因為我們把所有資金都投注到了追蹤器上。

我用力以雙手壓住臉。

「妳沒事吧？」瑞秋問我。

「其實有事。」我說。我覺得受害者彷彿和我們在同一輛車上，就在後座對著我的頸子呼氣。我讓她失望了。「感覺就像矇眼開槍，而且還是在完全不對的房間。」

「我覺得我們有進展啊，」瑞秋說，「我們已經排除了大多數昨晚在外面的女性。」

我能感到瑞秋和我之間的裂痕持續變大。我們看公園的監視影片時就有分歧，她看到的是女人，我看到的是男人。接著在蘇．佛格森出現時裂痕再次擴張。我們以前向來合作無間，我一直以為瑞秋很尊敬我，以為自己真的成功消除了那些訓練的洗腦——就是告訴她這樣的年輕女性，說這個世界用某種方式在運作。我跟她說過宵禁之前的治安狀況，以及沒有任何一種系統是絕對可靠，我以為她有聽進去。然而此時，我不禁開始思考一切是不是誤會大了。

我在想是不是應該跟她說蘇早先提過的那些案子，肇事逃逸以及持刀傷人。可是我不希望有任何事傳回蘇的耳裡。

第三個地址帶著我們找到一名三十歲出頭的女人。她皮膚蒼白，而且焦躁不安，然而她卻讓我們進了屋子。屋裡也有個男人，比她稍微年輕一點，但絕對有血緣關係。客廳中放滿了花，壁爐架上也擺了滿滿的卡片，上面寫著節哀順變，以及各種各樣同個主題的卡片。

「妳是因為爸的事來的嗎？」那個男人問我們，話中無庸置疑帶著希望。「你們逮捕那個電擊他的女人了嗎？」

「恐怕沒有。」我說。

他的肩膀垮下來。「也是，」他說，「我想你們也不會。你們都會保護自己人，對不對？警察、追蹤員，你們都是一樣的。」

看來這裡發生了一些我們不曉得的事；我們必須步步為營。我望向瑞秋，但能從她表情看出她也不清楚。她的手指在平板上移動，我的旋即響起。我解了鎖，看了她傳給我的訊息，立刻曉得這棟房中發生了一些別有深意的事件。

我打量著女人。她非常瘦，但個子很高。

說不定關於監視影片，我真的弄錯了。

說不定。

第十七章
海倫

等到星期一晚上的最後一堂課，海倫已經又累又餓到不行。她得為家長會留到很晚，這其中包含了那個壞脾氣的凱絲．強森與她媽媽的十分鐘。凱絲有如一塊大石壓在她心中，她可以講的實在太多——甚至遠超過該說出口的程度。儘管凱絲囂張跋扈又裝模作樣，但她強烈懷疑她並不快樂。

海倫覺得大部分原因可能和凱絲的父親有關。他違反宵禁後一天，所有學校人員立刻召開緊急會議。那是他們學校第一次要處理這種特殊狀況，不過他們早已準備就緒。校長詳細告訴他們應該怎麼回答學生和其他家長避無可避的問題。凱絲當時並不是海倫的學生，所以她可能也沒有付出太多相應的關注。海倫以為那件事老早就過去，直到上週在課堂，艾咪問了違反宵禁的男性會怎樣、接著凱絲直接走出教室。

她沒對莎拉．華勒斯提起凱絲離開課堂，卻忍不住思忖自己是不是其實該說。她現在應該打電話給莎拉告訴她發生什麼事嗎？那會讓情況好轉？還是更糟？她腦中繞著這些思緒瘋狂打轉，一圈又一圈。海倫在茫然之中開車回家，一心只想泡個暖呼呼的澡，和湯姆躺在軟軟的床上。他會讓一切都好起來。

等她回到家門前，老早累癱了，就連穿在身上的衣服感覺都重得無法負荷，裙子不斷摩擦到腿。她把袋子扔在地上，塞到雙腳之間，找出鑰匙，將門一把推開。「湯姆！」她出聲喊道，踢掉鞋子後整齊放上鞋架。

「我在這裡！」

他的聲音從廚房傳來。

海倫疲倦地跟著聲音過去，至少她不用煮飯。他已經說等她回家就會準備好食物了。

「嗨，親愛的……」她開了口，但在看見那一團糟的景象時，所有字句都卡在喉嚨：水槽放滿髒兮兮的鍋子，烤豆罐頭以微妙角度立起蓋子，使醬汁流得滿臺面都是。茶壺旁邊有一堆用過的茶包，還有好大一個厚紙板箱擱在廚房桌上。箱子是打開的，旁邊矗立了一堆保麗龍冰山。湯姆正把頭探進冰箱。

完全不見晚餐蹤影。

當海倫走到水槽前將水龍頭關上，有聲音從客廳飄來。是陌生男人的聲音。「那是誰？」她問道，努力不要洩漏快要火山爆發的心情，可是不確定自己有沒有成功。她往碗裡噴了點洗碗精。

「只是幾個兄弟，」湯姆關上冰箱門，上脣沾到牛奶。他用手背抹掉。

「噢，」海倫說，「還有，這是什麼？」她作勢比比箱子。

湯姆將重心從一腳換到另一腳。「我想說也許可以升級一下我的遊戲系統，」他說，「這個在促銷，真的很划算，划算到不買可惜，真的。」

海倫吞了一口口水。遊戲系統？那玩意兒可不便宜，她並沒有同意能買這種東西。他甚至沒有問過她行不行。「這多少錢？」

「有差嗎？現在我不用付我的公寓租金，一定負擔得起。我說真的寶貝，稍微放鬆一點嘛，那只是遊戲機。」他稍微靠近一些，伸出雙手環住她腰。「不要生氣，」他輕聲說道，「妳知道我有多喜歡妳，我不喜歡妳對我發飆。」

客廳傳來勝利的吶喊，湯姆朝門瞥了一眼。「不然這樣，」他說，「稍等我一下，我把那兩個人打發走，把這裡清乾淨、叫個外賣。今天早早休息。」

他低頭對她咧嘴一笑，捏了她腰一下，然後晃到客廳去。她聽到男人的聲音混雜在一塊兒，哈哈大笑著，雖然她聽不清楚在說什麼。海倫的怒火雖然熄了，卻仍感到怒氣沉甸甸堆在胸膛，並因此害怕起來。讓她更為恐懼的是，湯姆可能會注意到，並質疑她對他的感情。她不會讓這種事發生。他們的關係是好的那一種，他們不是會吵架的伴侶。不是那樣的。

海倫再次打量廚房一圈，嘆了口氣。她把箱子從流理臺面拿起來放在地上，將保麗龍堆進裡頭，那些塊狀物相互摩擦、發出嘎吱聲。她洗了碗盤，小心疊上瀝乾板。她拖了地板，告訴自己是她反應過度。這也是湯姆的家，她不能再認為這裡只屬於她自己。

然後她進入客廳，兩個她從沒見過的男人和湯姆在一起，兩人似乎都沒有很快就要離開的樣子。其中一人懶洋洋躺在她的扶手椅上，髒兮兮的運動鞋就蹺在她的咖啡桌；另一個人和湯姆一起站在角落，當他們抬起她的沙發，雙臂便一個繃緊。

「他媽的這東西怎麼那麼重。」他咕噥道。

「叫什麼叫啊你這娘娘腔，」他們把沙發往左搬了三英尺，湯姆對那人說。那人（不管他到底是誰）放開他那邊的沙發，發出碰的一大聲敲在地上。海倫瑟縮一下。湯姆也用相同方式放開他那一頭。在她向來安靜的公寓，那聲響聽在耳中有如炸彈爆炸。

在這些吼叫之中，海倫感到自己恍若隱形。她思考要不要撤回廚房，說不定一路退回到車上，但是湯姆已經表示會叫他們離開。

「你們好，」她說。她站在那兒，雙手輕鬆交握在身前，不想對他朋友太沒禮貌，以免他們不喜歡他，同時她又非常渴望問清楚他們到底在她客廳搞什麼。她忍不住思考自己為什麼以前都沒見過他們。

「嗨，」沙發旁邊的人說，接著她從坐在扶手椅的人那裡聽到類似的一聲咕噥。那人一定意識到她注視他腳的眼神，因為他把腳從她的咖啡桌拿了下來——雖然慢慢吞吞。

「各位抱歉啦，今天恐怕就到這裡了，」湯姆把雙手插進口袋。「我想我們就週日再繼續吧。」

「週日有什麼事情嗎？」海倫問。

「足球練習。」

「噢，」她說，「也是。」

扶手椅上的人站了起來。「很高興終於見到妳。」他說。

「確實。」她小聲說道。此時，另一個人對她點頭示意，便跟著朋友一起出去。她聽到門打開又關起，然後公寓裡就只剩下她和湯姆。她站在那裡，望著沙發被硬塞到窗戶下方的位置，咖啡桌上的髒汙弄得到處都是，原本整整齊齊折在沙發上的寶貝手織毯，現在亂糟糟堆在角落；電視也被移了位置，嶄新的黑色遊戲機占去旁邊絕大部分位置。她的扶手椅被挪到旁邊，好讓坐在上頭的人能以完美視野看見螢幕。

湯姆一屁股坐上扶手椅。「妳晚餐想吃什麼？披薩？中國菜？」

「披薩。」海倫說，因為轉角就有一家，所以至少可以很快。她看了看錶，才剛過六點。

「妳來打電話呢，還是妳想要我打？」他問，「妳去拿可能最好。如果我們等外送，天知道什麼時候才會到。」

「我來打。」她說，然後回到廚房找她的平板，查網站下訂單，然後回到客廳。她把毯子從地上撿起來整齊折好，渴望地看著她的扶手椅。湯姆正一手拿著搖桿，另一手拿著電視遙控器，海倫則被放逐到窗戶下方的沙發。她可以從那裡看到廚房門口，接著是滿出來的廚房垃圾桶。

「噢，我突然想到，」他說，「我的追蹤器好像出了點問題。」

「什麼？」

他把腳踝跨到膝上，拉起牛仔褲讓她看。「妳看，燈在閃。」運作正常的追蹤器側邊會規律亮紅燈，顯示處於啟動狀態。可是就像湯姆說的，他追蹤器上的燈忽明忽滅。「發生什麼事了？」海倫問他。

「不曉得，」他說，「我今天下午才發現它這樣。」

「你應該打給我的，」她對他說，「這樣我就會早點回來，然後帶你去追蹤中心。如果我們現在去，恐怕來不及在宵禁前回家。」

「我們可以早上再去啊，」他按了一下遙控器上的鈕。「反正妳會載我一程的，對吧？」

「當然會啊，」海倫說。她早上有段空檔，本來打算用來打分數和備課，可是她也可以改成帶他去追蹤中心。然而那晚剩下的時間，她卻怎麼也甩不開不想這麼做的念頭。

第十八章
莎拉

莎拉週六幾乎沒睡，週日晚上也都和歐布萊恩與其他幾個女人一起喝盒裝白酒。一部分是想躲避凱絲，一部分是因為她需要和瞭解她的女人說說話，她們懂得她感覺多糟，有多驚嚇、多失望以及多害怕。她仍不敢相信發生了什麼事。葛雷格不僅比原訂時間更早釋放，甚至被送回了家。

她週一午餐時間都在打電話，試圖找出原因。答案揭曉：監獄一條側翼失火，造成葛雷格和部分囚犯提早釋放。然後在一團亂中，她的要求不小心被忽略了。電話上的女人以驚人的耐心聆聽莎拉傾訴，可是最終結果仍無法改變。此時轉移葛雷格並非最高優先，除非他做出一些愚蠢行為，例如違反宵禁，或是騷擾他人。她帶著頭痛和彷彿老了十歲的感覺掛了電話，感到痛苦又挫敗。本以為葛雷格已是過去，她可以將之拋諸腦後，卻突然發現並不是這樣……

經過這一切後莎拉完全忘記週一晚上是家長會，直到凱絲在她們應該去參加的半小時前提醒她，兩人才衝去學校。

週二早上，她一起床發現車子引擎蓋上被劃了一道巨大刮痕。她站在那裡看著，身體和心靈一起凍結。怎麼會發生這種事？她立刻回想起一路從辦公室跟她到家那個開銀色車的年輕男子。她對自己說這只是在妄想，車子都會刮到的。就她認為，這一定是前天晚上在學校刮傷，她沒注意到而已。

她沒和辦公室的任何人提起。這裡的一切總算塵埃落定，她不想再驚擾大家。他們在等保羅．湯森的死因報告，哈荻亞似乎不怎麼擔心。「醫生報告裡說他有菸癮，而且體重過重。」她說，「此外，瑪波也證實了妳的說法，他使用了辱罵性語言。莎拉，妳的處理沒有錯，驗屍官會瞭解的。相信我。」

莎拉只想知道何時申報追蹤器鑰匙不見才是正確時機。可是那天早上，哈荻亞在她進辦公室的半途來攔截，虎視眈眈抓著她衣袖，說出莎拉好幾天來最怕聽到的一句話。「莎拉，我今天得找個時間檢查妳的鑰匙和追蹤器。」

「好，」莎拉說，儘管她很顯然一點也不好。「我等會兒把辦公室整理一下，檢查一下今天的名單。」哈荻亞還來不及說任何話之前，莎拉便急忙逃開，雖說她完全沒頭緒要做些什麼。該死、該死、該死。為什麼她沒有在最一開始發現鑰匙不見時就上報呢？確實，那會在她紀錄中添上汙點，可是她可以責怪那個被她電擊的男人啊，就說在後來的一片混亂中鑰匙就這麼不見了。她確實會受到一點小懲罰，而且，沒錯，是有可能延遲升遷，可是那樣一切都會安然無恙。

該死的，現在不會一切安然無恙了。

她才進辦公室把門關起來，努力思考該怎麼辦，門上就傳來敲門聲。哈荻亞進來了。莎拉覺得一陣想吐。

哈荻亞手中拿著平板在抽屜旁邊蹲下來。如莎拉預期，她最先將手伸向底下那格抽屜檢查追蹤器。她檢查每個打開的盒子，點算裡面的數量，比對莎拉輸入的數字，並且確認無誤。她關上抽屜，手朝最上面那格伸去。

莎拉知道自己非開口不可了，可是在她正要說話時，瑪波出現在門口。「哈荻亞？」她說，「我們有個壞掉的追蹤器需要緊急預約，可以塞進去嗎？」

哈荻亞嘆了口氣站起身。「我們今天全滿，他得打電話一個一個去問其他中心。」

「我知道，」瑪波說，「但是他女友是我朋友，我答應說可以。拜託一下？」

「把他加到名單裡，」莎拉迅速說道。「我先處理他。」

「妳確定嗎？」哈荻亞問。

「確定，沒有問題的。」

「謝了，」哈荻亞說，「噢對，檢查沒問題。」她對著抽屜揮了揮手，腳跟一轉走出去，進了等待室。

莎拉差點在椅子上昏過去。剛剛千鈞一髮的程度實在是遠遠超乎她的想像。

「一切都還好吧？」瑪波問道。

「還好，」莎拉說，「衰事天天都在發生。」

當那個追蹤器壞掉的男人慢慢晃進來，莎拉立刻認出他。是湯姆・羅伯茲，瑪波不喜歡的那個男友。莎拉也不喜歡他，特別是他用「本人大駕光臨妳辦公室簡直是老天的禮物」的方式對她微笑。可是這人助她逃過和哈荻亞進行艱難對話的災難，所以她對他沒有太多敵意。

「我們真的不能再這樣見面了。」他說。

「確實。」當他在椅子上安穩坐好、將牛仔褲褲腳拉起來，莎拉說道。追蹤器看不出有什麼問題。沒有裂縫、沒有刮痕、沒有損壞或是被亂搞的痕跡。裝置的設計十分堅固，能夠承受洗一小時的澡或進游泳池，踢足球就算踢到腳踝也不會有事，任憑螺絲起子怎麼戳都沒關係。她看過男人嘗試過以上所有手段。她一開始進入追蹤員這行時，甚至因此驚訝不已，竟然有這麼一小群男子試圖亂搞追蹤器。就她所知，上述那些葛雷格一概沒做過，她也沒想過其他男人會那樣。

然而，這一個則是某種無解之謎。追蹤器側邊的紅燈在閃，通常表示有人試圖拿掉，可是她沒見到任何刮痕能證明破壞的企圖。也許是電池沒有正常運作或裡面某處電線短路。可是她檢查時又運作正常。大概是有缺陷吧。她自顧自的想，在他的紀錄上寫下筆記。「我幫你裝個新的。」

「我也是這麼想。」他說。

「知道為什麼會這樣嗎？」

「不知道。我只是發現燈在閃，真的很怪，以前從來沒這樣過。」

「那是在什麼時候？」

「昨天下午。我知道我應該直接過來，可是車在我女友那裡，所以我得等到她下班，然後她又過了很累的一天，不想再出門。我跟妳說，她是老師，昨天晚上正好是家長會。」

「我瞭解了，」她一面說一面拿出捲尺量他的腳踝。此時此刻，她注視著他，稍微靠近打量這個人：深色眼睛，尖削顴骨。她在心裡把他和她看見與泰勒小姐一起走出諮商中心的男人拿來比對。「她在哪個學校工作？」

「伯賽高中。」

凱絲就是上伯賽高中。莎拉其實可以告訴他這件事，問他女友叫什麼名字，但是她十分清楚，最好不要和正在處理的男人分享任何私人資訊。她再次確認捲尺上的尺寸，打開抽屜挑了一個新追蹤器，中號的，然後拍攝新的大頭照，驗證他的出生日期，再將追蹤器扣上腳踝。她將所有檢驗流程的動作走過一遍，問他會不會感到不舒服，他說不會，並且謝過她，再次微笑——這次笑得更燦爛。莎拉對此心無波瀾。也許是葛雷格給她的經驗吧，又也許是這份工作，以及打從投身這行後聯繫過的上百個男人。但其實都無所謂，最終結果都是一樣。而今，她將男人的真面目看得很清楚，知道他們會玩什麼把戲。他之所以要散發魅力，是因為他很清楚自己前一天下午就該想辦法來中心，可是不希望她大驚小怪。莎拉決定就放他一馬，就這一次。

「好了，」她說，「完成。希望這個不會再發生任何問題。」

「謝謝。」他說完後站起身，將牛仔褲腳拉下，蓋住新追蹤器。莎拉跟著他出去，打算在下一個人進來前快速去一下廁所——然後她馬上瞥見海倫．泰勒。她就坐在等候室另一端一張椅子上和瑪波聊天。她們看到湯姆時立刻站起來。所以她猜得沒有錯，他就是她見到走進諮商中心的人。他直接走過去握起海倫的手。

莎拉注意到湯姆對海倫的親暱舉動，還有他將她的手握得多緊，以及他看著瑪波的模樣。從前的她可能會把這些行為當成關心的證據，現在這只是讓她想要大翻白眼。她逗留在那兒看著他們三人，暫且對海倫微笑一下打招呼。這時另一個女人朝她的方向看去。

「今天晚上妳想去哪裡吃晚餐？」瑪波問海倫。

「我今天晚上不行。」海倫說。

「為什麼？」

「這週有點微妙，」海倫說，「公寓裡有好多事情得做，可是我們下週可以，我保證。」

「沒問題。」瑪波說，轉身回到自己辦公室。

莎拉從沒聽過有人能在區區三字內裝載這麼多言外之意。但話說回來，這也不關她的事。她快速去一趟廁所，再回到自己的房間，把桌子收拾整齊，叫下一個預約者進來。然而，瑪波想在午餐時大講特講此事，她並不訝異。

「聽我一句話，」莎拉說，「別為這個和她吵架。」

「我不會的，」瑪波說，「可是她現在好像沒那麼多時間陪我了。」

「她會的，」莎拉說，「就幫她留一扇門，瑪波。她正處於一個陌生的階段，沒有思考清楚。新戀情可能會很弔詭，會讓人做出愚蠢行為，但那都會過去。我跟妳保證。」

「這可難說，」瑪波說，「她太迷他，沒有任何空間或精力分給其他事情或其他人。」

「情況都是會變的，」莎拉說，儘管她不確定瑪波信不信。「不管現在發生什麼事，都不會永遠不變。」

就像是，漂亮的嬰兒長成令人頭痛的青少年、家中的恩賜變成苦差事、違反宵禁法的丈夫又回到了家。說到底，男人永遠都會露出真面目。

因為他們就是忍不住。

第十九章
凱絲

凱絲在下午回到家，公寓空盪無人。媽媽不在那更好。週五從課堂衝出去後再回學校整個就是慘到不行，沒有人開口說半句話，可是她知道他們都在背地裡咬耳朵。

公寓能有幾小時只屬於她一個人非常美好。她可以在電視前面放鬆一下，沒有莎拉對她緊迫盯人。凱絲忍不住思忖爸爸現在在做什麼，並希望能找到聯絡他的方式。她本來已經要告訴他現在她們住在慈母之家，但下一秒莎拉就從餐廳殺出來，葛雷格便說他得走了。

她仍不曉得他究竟住在哪裡，可是一定是河畔居。所有人都知道從監獄釋放出來的男人會被送到那裡，造成的結果就是大家都會避開那個區域。她看過各種各樣的男人搭上前往那裡的公車，身穿便宜的衣服和破舊的運動鞋，而且一直覺得他們很噁心。想到自己的爸爸和他們待在一起她就痛恨不已。

幸運的是，只要再過幾天她就滿十八歲了。這樣一來她就能在網路上得到所有需要的資訊，不管莎拉願不願意都沒有用。這讓她因此覺得心情好了一些，特別是在艾咪．希爾說了那些她爸去坐牢的事情之後。總之，現在他不在牢裡，就算他住在河畔居，也不會太久，她非常確定。他一定會找份工作，一有能力馬上從那兒搬出來。

凱絲進了房間，噗咚一聲跳到床上。她將手伸到包裡拿追蹤器鑰匙，然後仰躺在床來回玩弄。她的念頭因此跑到了比利身上。他們再也不是不被任何人接納的湊合朋友，而是彼此分享祕密、靠著某個真實的事物建立羈絆的兩個人。而且，因為她拿下了他的追蹤器，凱絲知道自己做了件真正有意義的事。她和學校其他女生不一樣，她們只會午餐時間在廁所講八卦，擔心一些微不足道的蠢事。

她也喜歡比利需要她的感覺。她只要拒絕把追蹤器掛回去，他就死定了。她當然不可能那麼做，可是這個念頭讓她有點難以呼吸，甚至大大安撫了她的怒氣，這把火打從泰勒小姐逼他們比腕力那堂羞辱至極的課後就無法撲滅。

她聽到前門打開又關上，便將鑰匙塞回包裡。是她母親。她把頭探進門內，想聊聊凱絲的生日。凱絲驚訝不已。畢竟莎拉之前駁回了她想討論這件事的打算，凱絲還以為莎拉懶得理。

「我想我們可以出去吃個晚餐，」莎拉說，「打扮一下，去個好地方。」

「爸可以來嗎？」凱絲問道。

「不可以。」莎拉說。

「為什麼不可以？」

接下來情勢越演越烈完全可以預期。莎拉不只反對邀他來吃飯，甚至不讓凱絲告訴他地址。所以等到她的生日來臨，她根本也不期待莎拉有什麼表示。她幾乎預測自己百分之百會失望了。

凱絲醒來做的第一件事，就是上去追蹤每個從監獄釋放的男人的開放資料平臺註冊。驗證身分和年齡外加找出葛雷格的資料只花了幾分鐘。她瀏覽過一遍，詳讀每一個字，讓這個動作為她體內過去一年來熊熊燃燒的一小鍋恨意添柴燒火。

他的前住址寫的是他們的舊家，新家就列在旁邊。凱絲看到時皺了皺鼻子。他確實在河畔居，和她預想的一模一樣；他的公寓是4C。

她做的第二件事是加入iDate，這是人人都可使用、經過政府許可的約會軟體。它有嚴格的規定，一定要十八歲才能加入，雖然十七歲時可以在父母允許下註冊。幾個月前，她試圖說服莎拉讓她註冊，時間大約在爸爸進監獄後。莎拉當然拒絕。凱絲實在不覺得哪裡有問題。iDate超級安全，只有女性可以主動進行接觸，如果發送裸露圖片，會讓你被終生禁用，要求裸照也一樣。這項規則每次都讓凱絲忍不住竊笑。怎麼會有人想發裸照給不認識的人呢？

她好幾個月前就計畫要創一個iDate帳號當生日禮物，要不是媽媽拒絕邀葛雷格來吃生日大餐的事太過深刻，她應該會第一個進行。她選了一張大頭貼，確保非常上鏡，然後來來回回把自介寫了三次才上傳。她必須將整個驗證身分的無意義冗長手續走過一遍，才能使用帳號，這讓她浪費了令人火大的好幾分鐘。最後才終於完成。

她懷抱巨大的熱情開始搜索，不出五分鐘，她便難以置信網站上大多男人竟然都這麼糟。於是她回到搜尋畫面，縮小條件。超過三十的不行，身高五呎十吋以下的不行；要有音樂品味；要看起來讓其他女生嫉妒。可是她能找到的選項依舊相當有限。

她不懂為什麼這些男人都這麼鳥。那些年輕有魅力又有趣的男人到哪兒去了？一定有一些的吧。

平板響起，她點下訊息。是比利。

生日快樂！滿十八歲感覺怎樣？

比十七歲好。

哈哈哈哈哈

如果可以不用上學就更好。要蹺課嗎？

她靜靜等待，可是他沒回答。凱絲關掉平板、推到枕頭底下。她把頭髮從臉往後撥，兩腳一晃落到地板上。該來面對母親了。她絕對會失望，無庸置疑。這百分之百會是一次爛爆的生日。

她蜷起腳趾走在地毯上，輕手輕腳從走道來到浴室。「十八歲。」她對自己說，「我十八歲了，我他媽的想做什麼都可以。」她還以為感覺起來會更了不起。

凱絲花了幾分鐘看著自己鏡中的臉，把頭轉過來轉過去，抿起嘴唇，讓唇色看起來更粉嫩。她把頭髮紮起來，看如果做這個造型會怎樣，然後思考要不要換掉 iDate 的照片，最後決定等她更有時間再來做。接著，她拖著腳走進廚房，莎拉坐在桌邊，用雙手抱著一只胖胖的白色馬克杯，因為剛洗過澡，頭髮還溼溼的。由於她們對生日晚餐起過爭執，兩人幾乎一句話也不講。凱絲也不確定該有何期待。

「早安，親愛的，」莎拉說，「生日快樂！」她遞出一只用閃亮金色包裝紙包起的小長方形，盒上綁了圈銀色緞帶，並繫了一朵乾巴巴的蝴蝶結。

凱絲接過來。不管裡面包的是什麼，感覺邊緣都銳利又堅硬。像是某種盒狀物，而這包裝顯示它不便宜。「這是什麼？」

「打開看看，」莎拉說，「快開！」

凱絲小心翼翼把紙撕開，然後再撕開一些。當她意識到裡面是什麼，便加快動作。她能感到自己在興奮與失望之間搖擺兩難，不曉得該朝那邊偏去。她的母親不該做出這件事，她應該要狠狠搞砸才是。

「新平板，」莎拉說，「我知道妳的已經很舊，想說可能會想要一個更好的。」

凱絲能感到母親多麼渴望她會喜歡，而這讓她有辦法控制住表情，做出心無波瀾又冷漠的樣子。「這個東西很貴。」

莎拉聳聳肩。「確實，不過我們現在狀況好一點了，不是嗎？而且妳只有一次十八歲。」

她從座位上站起來，把剩下的咖啡在水槽倒光，馬克杯洗乾淨。當她靠著水槽將馬克杯拿到水流底下，有一瞬間照到了光，皮膚顯出灰敗色澤，裹在晨袍裡的身軀突然顯得疲憊且臃腫。「聽著，凱絲，」她將臉轉向窗戶，這樣凱絲才不會看見。「我知道妳我最近實在處得不好，我覺得我們也該對此努力一下了。真的不能一直這樣下去，這對我們兩人都不健康。我們無時無刻都在吵架，好幾天不說話，我們甚至不會互相擁抱。妳難道不希望我們可以對彼此好一些嗎？」

凱絲感到某些什麼一閃而過，一個她很久都沒有並且老早遺忘的感覺。曾經，她很喜歡母親的擁抱。而今，她甚至想不起上次莎拉碰觸她是什麼時候。她已經不知道怎麼做了，她光是想到就覺得不自然，因為這種事不會發生。但她意識到自己必須給母親一點什麼，因為她不想要莎拉把平板拿走。「謝謝妳的平板，」她說，「這真的很體貼。」

「很好，」莎拉轉回去看凱絲。「我很高興妳喜歡。此外，凱絲，妳應該知道妳什麼都能跟我說，我實在不希望妳覺得必須對我保守祕密。」

她們兩人站在那兒看著彼此，有那麼一瞬間，好像有些話其實是可以說出口，有些什麼也許能改變。可是當凱絲看見母親眼中溼潤的淚光，嚇了好大一跳。她不想看見母親的情緒。她不想聽到、不想知道；她不想太接近那一切。她想到父親，他住在河畔居；她想到追蹤器鑰匙，就藏在學校書包深處。凱絲往後退。「我得準備去學校了。」

「早餐呢？」

「我不餓。」凱絲說，可是老早邁開步伐離開這個空間、躲進自己的避難所，藏在關上的門美好的屏障之後。她望著平板，它散發美麗的金屬藍綠色，並有觸控流暢的螢幕，比她手上那個好太多了。她打開自己的舊平板，點了點新平板側邊，在所有內容轉移時靜靜等待。這只用了不到一秒鐘。她傳訊給比利。

獲得新平板。

很棒。

這東西很漂亮；莎拉從沒買過任何漂亮的東西給她。

「我的天，」凱絲低聲說，「她想賄賂我。」

妳應該知道妳什麼都能跟我說。突然之間，她恍然大悟。她放任自己認為莎拉給她平板是基於關心，可是事實上，這份昂貴禮物卻證明完全是另一回事。她母親才不關心，她只想要凱絲別再追問關於爸爸的問題，並且和這大樓裡的女人好好相處。說不定……說不定她自以為能賄賂凱絲，讓她承認拿了追蹤器鑰匙。

凱絲換了衣服，拿起包包又回到廚房。莎拉還坐在那兒，在水壺燒滾時望著窗外。通常她都會早早離開。都到了這個時候，她當然不希望還穿著晨袍在廚房拖拖拉拉。

「妳今天要去上班嗎？」凱絲問她。

「我晚一點再進去，」莎拉說，「我本來是希望我們可以一起吃早餐。」

凱絲的手溜進口袋，以指尖感受著新平板滑順的表面，提醒自己實際上到底發生什麼事。「我剛剛說了：我不餓。反正我現在也沒時間，而且很可能也會晚回家。」

「為什麼？」

「我查到爸的地址了，想說可能可以去看他。」

她看見自己的母親沉下了臉，知道她對整件事的猜測沒錯。「我覺得那可能不是什麼好主意。」

「為什麼？」

「他剛剛出獄，凱絲。他現在有很多事情要處理，需要一點時間先把自己整理好。」

「所以妳的意思是他太忙了、沒空理我？」

「我不是那個意思。」莎拉說。

「那妳是什麼意思？」

她母親的眼神瞬間凌厲。「凱絲，不要這樣。」

「不要怎樣？問爸的事嗎？」

「妳很清楚是怎樣。」莎拉對她說。

「如果我想要，就可以見他。輪不到妳插手。」

「也許是吧，」莎拉慢慢地說，「可是這也不代表我應該鼓勵妳做出愚蠢決定。妳不要插手，凱絲，妳不了解……」

但是不管凱絲不了解什麼她都聽不到了。她能看見母親嘴巴的動作，它好像形成了一些字眼，可是怒火卻喧鬧得掩過其他一切，而她全心歡迎。「本來一切都很好的！」她大吼，「我們本來很幸福！本來是一家人！然後妳把它毀了！」

吐司片跳起來，烤脆而溫暖的麵包香氣瀰漫整個小廚房，凱絲再也無法忍受，她再也無法忍受這房間、這公寓，或是她母親一分一秒。她抓起包包、像一陣風般衝出去。她受夠了這個樣子生活，覺得無法呼吸。

她風風火火衝下樓梯。

住在大樓的其他女人都聚集在大門前，有人拉起了一幅自家製作的旗子，上頭用巨大的金色字體寫著**凱絲生日快樂**。有人硬推給她一束花，還有人抓住了她手臂。「放開我！」她憤怒地大喊。幾個女人拿了禮物，可是她現在無法應付她們，她就是無法。

她衝到了街上、橫越馬路，千驚萬險閃過一輛車。駕駛對她狂按喇叭，凱絲則對那人比了根中指繼續走。她痛恨慈母之家，以及住在裡面的那些乾枯八卦老女人。她們自以為無所不知——最好是！她們根本不知道凱絲想要什麼，或她有何感受。她知道這些女人會在她穿短裙或化妝時予以嘲弄，她們每一個人都超刻薄又愛嫉妒。凱絲這輩子都不會讓自己變成她們那樣。

現在莎拉也變成刻薄的老女人了。她給過母親講道理的機會，嘗試意識到凱絲已是成人，該對她放尊重點，然而莎拉做了別的選擇。至少凱絲清楚自己的處境了。莎拉仍把她當成孩子，看做可以呼來喚去、任憑控制的人。

那好，凱絲會讓她搞清楚的。

第二十章
莎拉

莎拉將雙手擱在水槽邊，垮下肩膀，放任自己稍稍自憐自艾一下下。她能從窗戶看見凱絲低著頭、大幅度晃動雙臂；她見到凱絲連路兩邊都沒看直接衝到一輛車前，車子猛地煞停；她聽見按喇叭聲，看見凱絲轉身對駕駛比了根中指，突然一陣作嘔。她一直注視到凱絲離開視線範圍才將頭埋進雙手，忍不住思忖兩人怎麼會走到這個地步。這完全不是她期待中的凱絲十八歲生日。

葛雷格甚至不在。他根本不該像之前無數次生日那樣掌控了這一次的生日，然而，她卻怎麼也甩不掉他仍掌控全場的感覺。她好像永遠都擺脫不了他，永遠永遠。莎拉發現自己想著歐布萊恩太太說的話，她說她應該告訴凱絲那可怕的最後一日到底發生了什麼事，關於她不小心撞見的視訊電話。可是，即使現在，她還是不想讓凱絲知道。那太可怕、太丟人，而且在某種程度上，讓凱絲繼續認為父親品格高尚恐怕還是比較好。當你發現你以為的人其實是另一個模樣，將會是痛苦且嚴酷的一課。她不希望凱絲經歷這種事。

說不定，這只是代表她也該接受了：從今以後，一切就會是這樣。反正凱絲很快也會離開家、進大學。也許等到她們拉開距離，一切就會有所改善。

莎拉將手放下，眼淚眨回去，發現自己再一次望著街道。景物變得模糊了些，可是她很確定自己看到了……不對，這不可能。

但是是真的。

她一個箭步衝出公寓，赤著腳，只穿晨袍，然而動作還是不夠快。歐布萊恩太太已打開大樓前門，一個太過熟悉的男聲破門而入。這時吃早餐的地方還滿滿都是人。女人的閒聊在瞬間收聲，彷彿開關啪的關上。

「我要找凱絲．強森。」他說。

「我必須請你離開。」歐布萊恩太太對他說。

「我說了，我是來這裡找凱絲．強森；我有東西要給她。」

「你可以放在大門旁。」

莎拉朝門口跑去，晨袍在腿旁啪拉飛開，她趕緊把衣服塞回位置，試圖把該遮的部分遮起來。「抱歉莉茲，」她說，「這個我來處理。」

歐布萊恩太太退後，讓莎拉與前夫正面對峙，在門口的階梯上，在她珍愛的男人禁入的這個家。她把門在身後關上，不想讓他看見大樓裡的一切。「你沒有權力來這裡。」她對他說。

他看著她，露出彷彿她被踩在他腳下的眼神。「我有權在女兒生日的時候來看她。」

「你沒有。」

「妳說什麼?」

「她十八歲了。你沒這權力。」

「我們不如去問凱絲妳說怎麼樣?」他開始要越過她身旁去握門把。

莎拉擋住他。「她不在,還有,你必須離開。你甚至根本不該來到這扇門前。這裡是慈母之家,我們不歡迎男人。」

他退後一步,隨著這一個動作,他的整個舉止似乎也跟著改變。「噢,」他說,抬頭看了看大樓。「我真的很抱歉。我本來是想,基於這個情況,我至少可以把禮物留下。」他把一個包裹放在地上。「我想妳應該會把這個拿給凱絲吧?我不希望她覺得我忘了在她生日時做點表示。」

莎拉看著他離開,胃裡彷彿因憤怒而緊緊打結。突然之間,不可理喻的人變成了她,不是葛雷格。她一把抓起包裹拿進慈母之家,碰一聲將門甩上,然後跑上樓回到自己公寓,不想多看早餐室裡的女人,一面上樓一面感到投在背上的眼神重量。

等她進入公寓,已經哭了起來,怒火外加腎上腺素,超出了忍受極限。她把包裹放在廚房桌上撕開。畢竟她不可能沒先檢查過就把他的禮物拿給凱絲。在那廉價的薄包裝紙裡頭,她看到一副耳環和一瓶噁心的香水。她才不想讓凱絲拿到任何一個,於是雙雙扔進垃圾桶,才去準備上班,並且對自己樸素的打扮、簡單好整理的髮型和千篇一律的風格非常滿意。

然而她被一陣敲門聲嚇得回到現實。莎拉去應門，發現歐布萊恩太太站在走道上交叉著雙臂，臉上掛著陰沉的表情。「我們得談談。」她說。

莎拉的心一沉。「我知道，我很抱歉，我完全不曉得……」

「有幾位女性非常不安。男人不允許出現在這裡。他們連大門都不該踏進來，這是規定。」

「我去和她們聊聊。」

「很好。莎拉，我們喜歡妳，想要妳繼續住在這兒，可是這種事不能再發生。這棟大樓的規定非常清楚。如果妳打算和前夫再續前緣，就得找別的地方住。」

「我知道，」莎拉說，「我發誓沒有告訴他可以來，我也絕對不打算和他再續任何關係。」

「我相信妳，」歐布萊恩太太對她說，「我必須讓妳知道這點。可是，確保每一個人都瞭解這件事是我的職責。之前住進了一些以為可以不守規則的女人，」她擁抱了莎拉，「另外——生日快樂。至少妳要犒賞一下自己，妳值得。」

「謝謝。」莎拉說。

這讓莎拉同時感到痛苦又羞恥，也完全不是她所希望的一天開始。凱絲的生日向來甜中有苦，她忍不住思忖其他女人是否也覺得自己孩子的生日十分棘手，過生日時是否不只沉浸在慶賀之中，更多的是分娩與誕生的紀念。莎拉最鮮明的記憶是生完後立刻襲來的驚嚇。當她躺在醫院病床，心中空盪盪、孤伶伶，所有人注意力都放在嬰兒身上，好像世上唯一重要的只有那個嬰兒。她記得自己對此感到火大，竟然沒人告訴過她真實情況是什麼樣。可是這又該怎麼訴說？妳要怎麼去描述這種經驗？好讓從未經歷過這些的人真的瞭解？

她和瑪波同時抵達追蹤中心。她下車時，有人從停車場另一邊對她喊了些什麼，可是她聽不清楚。而當她轉頭看到喊叫的人，那個女的已經轉身快速離去，還有一隻小狗拖拉著繩子，被遠遠牽著跟在她身後。

「今天早上過得怎樣？」瑪波問。

「糟透了：我前夫跑到慈母之家。」

「妳說什麼？」

「他帶了要給凱絲的生日禮物，大搖大擺出現在大門前。真是不敢相信。」

「宵禁法的判刑實在太短，」瑪波說，「我認真的，他們應該至少要判一年。三個月根本學不到任何教訓。」

「有趣的是，我還以為他被釋放後我會好一點，」莎拉對她說，「他在裡面時我感覺糟透了。這的確不是什麼美好回憶，對吧？因為丈夫在坐牢，你得對大家承認他就是在那兒。可是現在……」她呻吟一聲，「我申請要他找別的地方住，可是發生了一場火災，他就到了這裡來。」

「老天。他被安置在哪裡？河畔居嗎？」

「沒錯。」

「凱絲知道嗎？」

「知道，」莎拉說，「她今天早上跟我說下課會晚回來，因為她要去看他。」

瑪波伸出一手在莎拉手腕上放了一下。「噢……莎拉。」

「我無法承受她又見到他的念頭；妳可能會覺得我這樣很蠢。」

「我怎麼會。」

「但他就是……」

「男人。」瑪波說。就這兩個字，莎拉立刻明白她都懂。她不需要再多解釋什麼。「至少妳生的是女兒，不是兒子。」

「這倒是真的，」莎拉說，「我無法想像還會有什麼比這更糟——懷孕之後，卻猛然發現妳懷的是男生。」

第二十一章
凱絲

離開慈母之家後，凱絲朝公車站直奔而去。比利已經在那裡了。她又問了他一次要不要和她一起蹺課，不過只是半開玩笑，凱絲不確定自己有沒有種獨自去做。即便，打從她在那堂宵禁課早退，對於遵守規則的意願就越發減少。比利說不要，然後給了她一張手繪卡片外加講亨利八世的二手書。

「只不過是一天罷了，」凱絲表示，「缺課個一天根本沒人在乎。」

「凱絲，我不要。」

「但是今天是我生日！」

「我知道，」他說，「下課後妳會回來嗎？」

「為什麼要回來？」

他比了比自己的腳踝。「因為這個。」

「我不曉得，」凱絲對他一陣火大，「我不知道幾點才會在家。」

他們向來坐的公車到時她沒上去。比利問她要去哪裡，她說這不關他的事。她獨自搭上下一班公車，車子直接將她帶往市中心。她腦中有個成形一半的點子，想著可以去搭開到城市另一邊的公車，也就是河畔居所在處。可是當她在公車站看到那班車，卻失去了勇氣。

她花了一小時在商店到處亂晃，恨不得能有個誰來問她為什麼不在學校，這麼一來她就能告訴那個人自己已滿十八歲，並在他們尷尬瑟縮、倉皇開溜時直瞪著他們的臉。然而沒人來問，而且因為她手頭沒多少錢，很快就倦了。在妳一件衣服都沒辦法買時，漂亮的上衣和裙子總是特別多。可是還是有一些是她能負擔的，例如她最愛咖啡店的熱巧克力。

她的腦中千頭萬緒。早上醒來時原本自信滿滿，確信今日一切問題都會迎刃而解，可是目前為止這件事毫無發生的跡象。如果真要說，相反的狀況倒是發生了。因為莎拉買新平板送她，還有以為只用一個平板就能粉飾太平，她非常火大；她因為比利放她一個人蹺課而火大。此外也因為自己臨陣脫逃、沒上那班能去河畔居的公車而火大。

可是當她來到咖啡店，柏堤在店裡，她便開始覺得也許今天並不算是一敗塗地。感覺幾乎像是命運的安排：她在這裡，他也在，咖啡店好安靜，她的身旁沒有跟屁蟲比利。他就站在櫃檯後方，拿著一條白布擦機器。柏堤對她露出以往露出的笑容，凱絲心中的一些什麼開始蠕動，想要咯咯傻笑，只得用力咬著舌頭才能壓抑。他一如以往穿著緊貼胸膛與二頭肌的短袖T恤，頭髮散落在前額。她怎麼會忘記他有多麼好看呢？她敢打賭他一定很會接吻。畢竟，他生了那樣豐厚的下唇，怎麼可能差到哪裡去？

「妳要點什麼呢？」她靠近櫃檯時，他開口問道。

「焦糖摩卡，多一份濃縮。」她說。甚至懶得假裝自己要點香料奶茶。

「馬上來，」他說，「找個位置坐，我等下拿過去。」

「謝謝。」

她最喜歡的位置沒有人，她便直接過去，好整以暇地在位置上坐好，把頭髮撥到肩膀前方，再塞到耳朵後面。她拿出平板，忙著滑訊息。他把她的飲料拿過來，開始進行付帳動作。

「平板不錯。」他表示。

「謝謝，」凱絲說，「是新的。其實是生日禮物。」

「妳男友送的？」

「我沒有男友。」

他又對她露出那個殺手級的笑容，但她還來不及說任何話，他又回到了櫃檯。她要自己有點耐心，對自己說他現在在上班，他很忙。然而她感到焦躁至極。柏提不斷朝她的方向偷看，而她不時以指甲點著桌面，因為她需要動一動，需要做點什麼稍微耗費亢奮的精力。她忍不住想，如果自己的母親知道這種天菜級的男生正注視著她，不曉得會說什麼。

他們之間有些什麼正在醞釀，她能感覺到。他們看對眼了。不然他為什麼會這樣一直看著她？可是他還沒來得及再過來，這地方就開始人潮洶湧，而且他很顯然很快就無法再來和她搭話。幾個等在櫃檯的女人開始惡狠狠地瞪著凱絲，她可以感覺到她們想要她的那張桌子。她一概予以無視，她想在這裡坐多久就坐多久，那些女人根本不能動她一根汗毛。

可是另一個員工來了，她開始來收空杯子，禮貌地對凱絲說了句「這已經用完了嗎？」然後把杯子拿走。凱絲很清楚她的言外之意。她把夾克套回身上，慢慢收拾包包，可是他依舊沒有再回來。她真的很希望離開前他能再來跟她說一次話。

要走的時候，她靈光一閃：現在她已經有iDate帳號，為什麼不直接在上面找他呢？她打開網站，在搜尋欄打進他的名字，當軟體回應她所找的資訊，發出小小吱一聲，他的檔案立刻出現。他二十七歲，喜歡騎長程公路車，還有看電影。

離開之前，她最後一次嘗試捕捉他的目光，可是店裡真的太忙了。所以她沒說再見就離開。當她坐上回慈母之家的公車，便對他送出交友邀請。凱絲已經決定，另外找個時間再去看父親。週末應該不錯，他在的機會更大。

她的交友邀請幾乎立刻被接受。

「我、的、天、吶。」她低聲說道。

坐在她前面的男人轉過來看她是在跟誰說話，凱絲不禁在座位上稍稍往下滑。有個通知跳出來，告訴她有新訊息傳來。是他。

嘿，謝謝妳傳交友邀請。

不客氣。你做的咖啡很棒。

他沒有立刻回答這一句，凱絲因此一陣驚慌，真希望自己沒傳那個訊息。接著她螢幕上冒出一個笑臉符號。

正在看妳的檔案。妳很漂亮。

謝謝。

妳是模特兒嗎？

凱絲尖叫一聲。**不是。**

妳很像是。照片拍得很好。妳確定自己沒男友嗎？

沒有！OMG，如果我有還會上iDate嗎？我可不是蕩婦!!!

她在用那個詞之前遲疑了一下，可是她不想要他覺得自己很古板，連髒一點的話都不敢講。

噢我了的，他回答，**妳整個很有公主氣質。**

才沒有！

沒事沒事，我喜歡那種知道自己要什麼而且懶得聽廢話的女人。

她皮膚一陣刺刺麻麻。這天剩下的時間，他們都在互傳訊息。

也許這個生日還不算太糟。

第二十二章

潘蜜拉

現在，早上十一點二十七分

我小心翼翼嘗試，不過在十五分鐘內就得到了所需訊息。凱特的父親保羅．湯森遭到追蹤中心一名女子電擊，幾天前死於心臟病發。該名追蹤員及前往該中心處理的警官表示這名男性使用了侮辱性語言、有侵略性、大吵大鬧，並因此遭到相應處理。並無證據顯示電擊槍的使用不適當。雖然對我面前的兩人是悲劇一場，然而其中並未帶有惡意。

問題在於，這兩個人顯然不這麼看。弟弟名叫大衛，他怒氣衝天針對掩蓋案情講了好幾分鐘，包含他是如何尋求法律諮詢，而且他絕對告定了。雖然，關於他要告哪個人、又要告些什麼，他好像不太確定。更有趣的是，凱特拒絕解釋自己為什麼大半夜人在外面，徹底閉口不言。她不斷用緊張的眼神望向弟弟，然後剝著自己的指甲皮。然而我一看就知道誰在焦慮。她有事隱藏，而且兩個人都是。他的聒噪就和她的沉默一樣，都是做戲。

「我可以到外面跟妳談談嗎？」瑞秋小聲對我說。

我不確定是否要放凱特和她弟弟獨處，可是不希望在他們面前和瑞秋爭執。我們去了外面，站在車旁。

「我覺得我們應該把他們帶到局裡。」瑞秋說。

「理由是？」我問道，儘管我覺得自己早就曉得。

瑞秋伸出手指一一點算。「她不肯跟我們說她去哪裡、她符合我們在監視攝影機看到的人——她也有動機。妳也聽見他說什麼了：他們把父親的死怪在那個追蹤員身上。要是她就是我們的受害者呢？」

「我同意這其中有些不太對勁，可是妳得稍微慢一些，」我說，「妳現在操之過急，我們應該先從確認該名追蹤員有無失蹤著手。」

可是瑞秋已經開始操作平板，用膝蓋想也知道她要打給誰。她講得很快，蘇．佛格森打開擴音，不管我想不想參與，她都強制把我拉了進去。

「帶他們過來，」蘇對我們下令，「兩人一起。需要支援嗎？」

「需要，」瑞秋說，「如果能讓他們分開乘車，會比較容易。」

如果你問我，我會說現在才要亡羊補牢早為時已晚。但她們不這麼覺得。

「我立刻派人過去，」蘇說，「那個追蹤員叫什麼名字？」

「莎拉．華勒斯。」瑞秋對她說。

「知道她的行蹤嗎？」

「還不知道。」

「那就他媽的去找！」蘇的聲音像打雷一樣從平板傳出來，「如果她下落不明，我們就能順理成章查出受害者身分、把這團亂清理乾淨。」

我們等待其他車輛出現時，瑞秋開始打更多電話。來了兩輛車，都是便衣，裡面坐的是蘇・佛格森的下屬。瑞秋和我被趕到一邊。我們留在那裡，直到看著凱特和大衛從屋中被強行帶走、坐上這幾輛車後面揚長而去。

我不喜歡這樣。

我非常確定，我只需要稍微施壓就能從凱特・湯森口中套出真相，根本不需要搞這種陣仗，或弄得鄰居家窗簾顫個沒完。如今，這些影片在網路上流傳恐怕只是時間早晚。我敢打賭。

「莎拉・華勒斯沒去上班，也沒接通話平板。」瑞秋的興奮溢於言表。「好像沒人知道她在哪裡。」

「繼續試，」我說。也許最後會證明瑞秋沒有錯，凱特・湯森確實犯下謀殺罪行。可是我並不相信。說不定就是因為我不想相信，才讓自己的情緒影響判斷。如果我能多和凱特相處五分鐘就好了。

我們直接回警局。外面的人群膨脹了三倍，我慢慢往前開進停車場時必須非常小心。有人用力拍打車窗，我叫瑞秋什麼都別說，不要回答任何問題，然後直接低著頭衝進大樓。

我們一到樓上，我就去找蘇。其他人告訴我她已經開始偵訊凱特・湯森。媒體聯絡人像發了瘋一樣四處衝，去找不同的人說話、狂按平板，好像她的命與平板緊緊相繫。嚴格來說，無論凱特或大衛其實都不算遭到逮捕，他們是——我們喜歡用的說法是「協助調查」。我完全靠近不了凱特，可是那不代表我無法偷幾分鐘去找大衛。我們從追蹤器得知他人在家裡，乖乖待在他該在的地方。可是就和我告訴瑞秋的一樣，我們不能夠先入為主。

他沒精打采地坐在椅子上剝著拇指指甲。

「你姊姊人為什麼在外面？」我問。

「我不知道。」

「拜託，大衛，」我說，「你們兩個住在同一棟房子，我們拿到了她平板的資料。你我都曉得平板不會自己開車出去，你不能再這樣浪費我時間了，你得認真一點。我們今天早上在公園發現一具屍體，這大樓裡的警官正在分工合作、拚命要找出證明凱特和案子有關的證據。把真話告訴我，給我一點什麼，好讓我阻止他們。」

如果這還沒辦法逼他把我需要知道的事說出來，真的就沒有別的法子了。他臉漲紅，把運動衫的袖子往下拉、蓋住手，然後拿來抹鼻子。他臉頰上有一條肌肉在抽動。「她有出去。」

「為什麼？」

「她想出去兜個風。這又沒有犯法。」

「確實沒有，」我說，「她常在這種時間出去兜風嗎？」

「這有差嗎？」

「我只是想知道這是不是習慣。」

門上傳來敲門聲，我暫停偵訊、走到外頭。是瑞秋。「我們從她平板又多拿到了一些資料，」她說，「是傳給大衛的訊息。我們也拿到了關於她去向更清楚的地圖。」

我點擊那些訊息、檢視地圖、心臟一沉。「有莎拉．華勒斯的消息了嗎？」

「還沒，」瑞秋說，「她不在家，而且不管她去了哪裡，都沒帶著平板。」

我們回到偵訊室。這次我的態度就不那麼友善了。

「凱特去了慈母之家，」我說，「介意替我解釋一下嗎？」

「我是要怎麼解釋？當時是宵禁！我在家裡！」

「我懂了，」我在自己的平板上寫下筆記。其實他說的話本來就會被自動記錄，可是手寫可以爭取時間，不是真有需要。我已經很清楚我的下一個動作。「你們兩個在慈母之家有任何認識的人嗎？」

他非常明顯地顫抖一下。「沒有。」

「你確定？」我問他。

「我不是說沒有了嗎？」

「那個電擊你父親的女人就住在那裡，」我放下平板。「大衛，你聽好，我讀了你傳給凱特的訊息，知道你們兩人有什麼打算：你想報復莎拉．華勒斯。這個我懂，我只需要知道你做到了什麼程度。」

他開始哭泣。「莎拉．華勒斯殺了我爸。」

我還來不及繼續說，門上就傳來敲門聲。我一出去就發現蘇．佛格森站在走道上。她脫了夾克，衣服袖子也捲到手肘，看起來是玩真的。

「一切都兜起來了，」她對我說，「潘蜜拉，妳做得很好——非常好。按照這個速度，我們今天下班前就能打包收工，得到一個圓滿的結果。我要妳繼續逼他。妳一覺得他快要吐出我們所需的訊息，就立刻叫我過來。只要我們一拿到他證實凱特．湯森就是凶手的口供，她就會認罪。對此我毫無疑問。」

我的平板嗡嗡響，我拿出來確認。「是病理學家蜜雪兒。」我先對蘇報告完才接起電話。等我講完，我知道蘇一定不會喜歡我要說什麼。「屍體上的是男性DNA。」我說。即使我早知道蘇來這裡的目的是要確保抓到的是女性殺人犯，而非男性，我依然對她的反應感到震驚。

「無所謂。」她說。

她再次回到凱特．湯森的偵訊室。

我被徹底排除了。

第二十三章
海倫

湯姆的追蹤器換新後，一切回到相對平靜的狀態。對於兩人處理第一次發生嚴重爭執的方法，海倫很驕傲。確實是不小挑戰，可是他們撐了過去。他們證明了自己不是那種一出現問題馬上決裂的伴侶——這是當然的，他們畢竟通過了同居許可，兩人之間關係堅不可摧。這和在一起多久沒有關係，而是在於你們有多合拍。對命中注定的人來說，在一起六個月仍比不適合的人在一起二十年更好、更堅定。

可是她現在有了新的問題。頭暈以及腹裡那種詭異的反胃感越來越嚴重，最初產生這種感覺時，海倫確實想過這可能不只是病毒，但是她把這念頭推到一旁。哪有人會這麼快懷孕？她偷偷在讀的懷孕論壇上的女人都說可能至少要花上一年。這樣她真的沒關係，一年可以給她時間說服湯姆。然而，她面對不了這件事可能已經發生的事實，特別是鑑於芬恩醫生最後一次諮商中對她說過的話。

兩年。

妳會怎麼辦？

她沒告訴湯姆；她誰也沒有說，就連瑪波也沒講。她覺得，如果到最後什麼也沒有，自己會像個笨蛋一樣。可是當月經沒來，她知道不能再對自己裝傻了。海倫到超市買了驗孕劑，藏在籃中的洗髮精和蘋果底下，以防學校裡的孩子不小心看見她。此時的她正鎖在超市廁所裡，購物袋塞在雙腿之間。

她在腦中預演各種畫面，試圖綵排自己會有什麼感受、什麼反應，應該做什麼處理。

懷孕。

沒懷孕。

百分之百，

或百分之零。

經過這麼多個月的渴望，不斷努力壓抑攀升高張的求子狂熱，這個感受簡直在清醒的每分每秒都熾熱地在夢裡燃燒，使她覺得自己幾近瘋狂。然而此時此刻，一切卻突兀地簡化成尿在一根東西上。感覺起來，不管怎麼樣這根驗孕棒都不會對結果造成任何影響，無論她尿不尿在上面，九個月後要不是有一個嬰兒誕生，就是沒有。

然而，她依舊感到自己的人生將在這個瞬間改變。

這不是她第一次做測驗。在停止服藥前她就偷偷買過一根，只是想試試看罷了，即使知道自己懷孕的可能性根本是零。她在結果出來的等待時間焦慮注視，等待那條不可能的線出現，然後當那條線理所當然沒有出現時，還因為失望感那麼深而汗顏。她第二天旋即停藥，感到人工荷爾蒙帶來的副作用迅速消退，覺得自己長久以來遺忘的節奏再次回歸。而今，她終於來到這一步。

海倫低頭看向測試結果時深呼吸一口氣；她的手在顫抖。

螢幕閃爍。

檢測中……

它開始倒數。

五……四……三……

她屏住呼吸。

螢幕再次閃爍。

海倫發出一聲尖叫，趕快壓抑住。

結果：**懷孕**。

我的天啊我的天啊我的天啊

她同時感到躁熱又寒冷，整個空間好像在旋轉。來了，不是病毒，而是寶寶。

螢幕再次閃爍，另一個訊息出現。這是她之前做測試沒看過的。因為之前她用的只不過是貨架底部那種便宜測驗劑，而這個是市面上能買到最貴的。因為她想百分百確定。

男孩／女孩？

海倫遲疑了。她想知道嗎？某個原本只在腦中背景小聲低語的東西突然大聲起來。女孩代表自由、代表機會；她的生命不會在十歲的年紀就被困住。海倫是個老師，深知生下男孩代表什麼。她曾見過母親在家長會較前面的時段急急忙忙帶著自己兒子過來，知道她們的職涯將受到孩子身上背負的約束限制。當她想像自己擁有孩子，想到的向來都是女孩。

男孩則是完全不同的情況。

然而，這個可能性還是有。

她只要一思及此，內心就降為冰點。

她一手按著肚子。女孩，她對自己說，絕對是女孩。

她壓下按鈕。

恭喜妳！是個**男孩**！

「幹，」她低喃道，「不行、不行！」她又按了按鈕一次，彷彿這樣就能獲得不同結果，可是並沒有。那可怕的兩個字執拗地停留在螢幕上，拒絕妥協、拒絕改變。她放下驗孕棒，拿過盒子翻過來看，用指尖沿著印在盒子背後的細小字體閱讀。也可能出錯的對吧？沒有什麼事情是可以百分之百準確的。

在一萬個懷孕案例中，胎兒性別準確度為99%。

「幹。」海倫再次低喃。她能感到喉嚨深處開始灼燒，不禁緊緊閉上眼睛、咬住下脣，勉強控制住自己。她把驗孕棒扔進馬桶沖掉，打開門，走到水槽前面洗手，再回到車上。

一個男孩可能還行，很多女人都可以應付兒子。這不見得代表她的人生就此完結。沒錯，情況恐怕會有變化，至少她會有一段時間無法擁有和現在一樣的自由。但是她一定會讓他接受優良教育，這樣才有辦法找到工作。也許，等他長大可以搬到國外，就和她父母一樣，留她自己照顧自己就好。又或者，他會留在這裡，活在宵禁的限制中，就像湯姆一樣。也許湯姆會離開他們兩人，最終她會變成一個和四十歲未婚兒子同住的小老太婆，他會把怨氣出在她身上，因為他負擔不起離家獨立的費用。

噢老天啊。

一陣反胃感湧上，她肚腹翻攪、眼睛彷彿就要從頭顱中噴出來。她以為自己要吐了，可是她不會的，她不會。她又吞嚥了一次，肌肉強硬而堅決地收縮繃緊，至少讓她撐到了回家。

當她走進家門，便看到湯姆在客廳，正坐在她的扶手椅上，眼神緊盯電視。「可以給我拿瓶啤酒嗎？」他喊道。

「好。」海倫進了廚房，照他說的做。她把酒瓶帶了過來，輕輕放在咖啡桌上。「今天還好嗎？」

「很好，」他握住了她的手腕，將她拉到自己大腿上。「妳怎麼了？看起來好像過得很不開心，」他說，「高興點嘛，而且妳又有什麼好煩惱的呢？」

海倫努力擠出微笑。「我只是累了，」她說，「今天很忙。」

他又把注意力轉回電視，甚至沒問她今天過得怎樣。也許這樣也好，讓她省得撒謊。她移到沙發，兩人在無聲之中看了將近一小時電視，湯姆才起身進了浴室，留海倫獨自一人。她望著螢幕，思緒狂轉。

她要怎麼辦呢？

她聽到湯姆洗澡的聲音，水嘩啦啦淋在浴室地板，而且會持續至少二十分鐘。她後來很快就發現他毫無省水的觀念。海倫潦草在廚房的白板上寫了個留言，抓起包包，腳塞進鞋子出了門。

瑪波一定知道該怎麼辦。

海倫勉強撐到朋友打開自家大門，那一瞬間她就完全崩潰。「我懷孕了，」她說，並看見瑪波顫了一下。「檢驗結果是男孩，我不能生男孩，瑪波，真的不能。我不能被一個找不到好工作的小孩綁住。」

瑪波帶她進客廳，讓她坐在沙發上。「妳確定嗎？」

「確定。」

「這個，妳也知道有哪些選項，」瑪波說，「妳是有選擇的，海倫。如果妳不想生，就不用生。」

「我知道，」海倫說，「可是墮胎……我不知道自己做不做得到。」

「目前幾個月了？」

「我不確定，沒有多久。」

「那妳就還有時間，花個幾天好好思考，妳不用急著做出任何決定。」

「說不定其實也沒關係，」海倫嘗試微笑。「男孩也沒有那麼糟對不對？」

瑪波沒有回答。

第二十四章
凱絲

第二天，凱絲又蹺了課。她猶豫不決地一直拖到已經不可能準時到校，然後就對自己說，反正現在再去也沒有意義了，反正她只會遲到。可是事實是她不想面對其他女孩。她沒有力氣。在上週那堂宵禁課後——艾咪問了關於男人坐牢的問題，而凱絲直接走出教室——一切還是十分難熬。

他們看到她就會想起來，心裡曉得如果想要就能惡整她一番，她有著各種可以戳弄的弱點。她不想面對那些惺惺作態問她生日的人，不想告訴他們自己拿到什麼禮物，或有沒有出去吃晚餐。新平板很棒，可是還不足以抵銷那一切。

不管怎樣，她的生日劃下一個頗爛的句點，儘管收到了一連串柏堤的訊息。她大約在午餐前回到慈母之家，成功地在無人目擊的情況下溜進公寓。莎拉和平常一樣時間回到家，訓斥她說要對大樓裡其他女人有點禮貌，然後兩人便下樓去共用餐廳。凱絲本以為會看到一些普通的週間餐食，那裡卻擺了一堆要給她的禮物，桌子也做了裝飾，有人還製作布條，上面用鮮豔的藍色寫上十八這個數字。

食物很美味，有一個插了蠟燭的巧克力大蛋糕。在過程中，凱絲突然意識到自己十分享受，於是整個晚上就這麼毀了。接著她發現自己甚至沒從爸爸哪裡拿到卡片，而當她詢問莎拉葛雷格有沒有寄東西給她，莎拉的臉突然紅得不得了。她去垃圾桶翻找，撈出一團顏色明亮但是撕破了的紙，裡面包了一瓶香水和一對耳環。莎拉晚上剩下的時間都關在歐布萊恩太太的公寓，放任凱絲自己玩平板。凱絲認為這是母親在她生日做過史上最爛的舉動。

她今天早上沒和比利在公車站見面，因為她刻意在轉角等到他們常坐的公車來了又走。她不想和他講話。凱絲上了下一班公車，可是沒去市中心，反而改在公園下車。當她繞湖行走，鵝群衝過來對她嘎嘎亂叫，凱絲立刻噓聲威嚇，鵝立馬張翅撤退。這讓她忍不住稍微小跳步起來。

當平板響起，她確認了一下，希望是柏堤傳來的訊息，可是是比利。

妳在哪裡？妳生病了嗎？

接著又響。

拜託妳今晚過來把「那個東西」弄好。

空白的訊息欄與她面面相覷，等她回應。

她把平板塞回口袋。感覺實在好怪。不過幾天前，比利還是她最好的朋友。她每天都跟他講話，傳好幾次訊息給他。在她拿到追蹤器鑰匙的時候，第一個想講的人就是他——很可能因為她唯一可以講的人就是他。

而今，當她看著平板，卻發現自己無話可說。她不想告訴他自己又蹺了課或提到柏堤；她什麼也不想告訴他。

可是因為沒收到柏堤的訊息，她也沒別的事可做。因此凱絲決定要做前一天還不敢去做的事：拜訪爸爸。莎拉說葛雷格不會想見她，凱絲絕不相信。她在大路左轉，走到公車站，搶在前往河畔居的公車開動之前跳上去。

後方有空座位，凱絲大搖大擺朝那兒走去，在公車轉過轉角時一屁股重重坐下，然後焦躁地望著窗外。她不太確定該在哪一站下車，因此把地址打進平板、叫出地圖，這樣就立刻能追蹤公車路線，此外也能幫她放鬆。她爸爸也有可能人不在，但如果那樣也沒關係，至少她會知道地方在哪裡，還有要怎麼過去。

她在平板上玩了幾個遊戲打發時間，望著坐在前方三個座位處髮型超級可怕的女人，思忖著不知道她曉不曉得那髮型從後面看根本像是炒麵，然後再回到平板，玩另一個遊戲，接著翻遍包包尋找她確定有在的那盒剩一半的薄荷糖。凱絲找到了薄荷糖，還有她忘了自己有買的鮮橘色唇膏。最後，因為真的沒什麼事好做，她又回去著魔似的檢查iDate。

她每一次注視柏堤的照片就會感到臉頰湧上熱潮。她恨不得傳訊息給他，可是柯夢波丹的**與極品男的約會十招**說得非常清楚，不顯得太過飢渴非常重要。

她點回地圖，傳送下一站下車的訊息通知司機。公車緩緩煞車停住，「妳確定要在這站下車？」司機問她。

「對，」凱絲說，並且快速下去。當門嘶一聲在背後關上，她踏上路緣，然後慢慢地、小心翼翼地把包包轉到身體前方，像在保護什麼一樣伸出一手抱住包包。公車旋即駛離、徒留她一個人暗自後悔。

排水溝和路邊散落好多垃圾。啤酒罐因為被車子壓過多次，被碾得扁扁的。還有外帶食物的包裝、用來捆住厚紙板箱不讓它綳裂的銀色厚膠帶，外加一隻孤伶伶的鞋子。一排排破舊公寓蹲踞路旁，分隔房屋的圍籬有多處破損。她還能聞到河水的味道，散發有如沼氣般的陳年惡臭。

想到自己的爸爸住在這地方真是糟透了。恐怕連監獄都沒這兒那麼糟，雖然莎拉從來不讓她去探監，那自私的賤人。凱絲在人行道上加快了腳步，想找地方進去。最後，圍籬上出現了個缺口，感覺是故意的，並非不幸被弄破。她穿了過去，腳步踉蹌地踩在坑坑巴巴的崎嶇柏油上。進大樓的入口位於一條狹窄的門廊，屋頂垂垂垮垮，散發一股廁所臭氣。

牆上的面板有一排按鈕，可是全都沒有標示。此外，門也開了一條縫，所以凱絲一把將門推開、進去裡面。她踩到一疊某披薩店的傳單，上面全覆蓋了泥濘腳印，而且很容易沒注意到。看來大家似乎就是這樣。

右邊有一臺電梯，左邊則是樓梯。這裡照明惡劣昏黃，油漆是黯淡灰色——又或者其實是淺藍——太難分辨了。沿著牆壁底部可見一道擦痕，有人一遍又一遍刮上**戴夫**這個名字。實在很難相信人們得這樣生活，這種事情根本不該發生。

電梯壞了。凱絲快速爬上樓梯，上了三層樓梯平臺，發現自己已經來到最頂層，眼前是一條孤獨的走廊，只有中央一盞燈。大多門上都以麥克筆在外面寫了數字。她已經曉得葛雷格的號碼，但依舊拿出平板再確認一次。即使到了這個時候，她清楚意識到自己來到了他的門前，仍是遲疑不決。

要是她母親沒有錯呢？要是這這麼做真的是錯的呢？有個小小念頭不斷戳刺她的良心，呼喊著品行高尚的人絕對不會淪落至此，因為這不是那種人會在的地方。她退後一步。也許她應該就此離開，反正這裡也令她毛骨聳然。

但是有個什麼讓她留了下來。困在這個破地方的人是她爸爸，如果易地而處，他一定會出手幫她脫身。凱絲舉起手，正要動手敲門，隔壁那扇門卻在此時打開，有個陌生人探出頭來。

「妳他媽的到底是誰？」

「我是……這不關你的事。」凱絲厲聲回應。他的頭剃個精光，頸子側面還有一團藍色刺青。她能看到的部分身體簡直像用豬油雕出來的一樣。她又敲了一次父親的門，這次更用力、更急迫。她會給他數到五的機會，然後就離開。

門猛然打開，父親的臉就在面前，紅得好似甜菜根，扭成一張怒容。「搞什麼……」他剛開口，立刻換上困惑的表情。「凱絲？」

「嗨，爸。」她緊張地說。

他稍微往外探了一些，看見另一道門口的男人。「進來。」他說，一直等到凱絲進來才把門關起來鎖上。

「謝謝你的禮物，」她對他說，「很漂亮。」她偏過頭，讓他看見她把耳環戴上了。她其實沒有很喜歡，而且耳環已讓她耳朵痛了起來，但這都無關緊要。

「不客氣，」他說，「妳媽媽有把禮物給妳我很高興。我本來不太確定她會給。」

「她差點就沒給了。」凱絲對他說，一面四處張望。公寓只有一個房間，一角有個小小的廚房區，浴室則位於另一端的右側，不是用門，而是用鬆垮垮的簾子遮掩起來。窗戶上有一條條凝結的水痕，因此看不見外頭。

「抱歉這裡亂七八糟的，」他走過她身邊，開始把毯子和枕頭從沙發拿起來，抱在手中東轉西轉好一會兒才扔進浴室，盡可能把簾子拉起來，但還是沒辦法完全藏好。「坐吧。」

糟透了，這實在是該死的糟透了，可是凱絲下定決心要盡力而為。「謝謝。」她小心翼翼在沙發邊緣坐定。在她屁股底下，椅墊塌陷得彷彿不存在。

葛雷格在廚房區忙碌，洗馬克杯、燒開水。幾分鐘後，他碰的把一杯蒼白無色的淡茶放在凱絲面前，她拿起來，努力微笑。可是對她來說，三個月沒能說到的話如今根本無法以開心的心情說出口。「我知道發生了什麼事，我知道媽做了什麼。你根本不該進監獄。我想要去探監，我真的想，可是媽不讓我去，她真的是超級大爛人，你一定不敢相信她帶我們搬去什麼地方，那裡面住了一堆老女人，而且全都恨男人，我討厭死了，我討厭死這一切。」她氣喘吁吁，彷彿剛從一道樓梯跑上來。

葛雷格慢慢攪動他的茶。「謝謝妳這樣說，知道妳不覺得我有做錯任何事，對我來說意義非凡。」

「你當然沒有做錯任何事！我就在現場啊，爸，我知道是她逼你的。」

「她有告訴妳原因嗎？」

「沒有，」凱絲笑了出來，「反正我對她的藉口也沒有興趣。」

「學校怎麼樣？」

「沒怎樣，反正就是學校。」

「他們有把妳的成績單寄給我。」

「噢，」她說，「很好啊，是我叫他們寄的。」她露出微笑，格雷格向來對她的成績很滿意。

「感覺妳好像表現得不錯，只有一個老師給妳比較低的分數。泰勒小姐？」

「她負責教宵禁課。她不喜歡我，因為我指出系統裡的瑕疵好幾次。」

葛雷格笑著說，「我想也是。幹得好。」

凱絲心中的大石落下。她需要的就是這個，想念的也是這個。他可以理解。她在位置上稍微動了動，沙發實在不怎麼舒服。

「妳今天怎麼沒去學校？」他問。

「我來看你啊！」

她本來以為他會更進一步追問，也準備好要據理力爭，可是他沒有。他喝了一大口茶。

「妳母親怎麼樣？」

「她好得很。」凱絲說，

「在工作嗎？」

「對，在市中心的追蹤中心。」

「她是追蹤員？」

聽到這個訊息，他無庸置疑發出驚訝的語調。

凱絲點點頭。「大概就從……就從……」

「就從她讓我被逮捕之後。」他走了三步（也只需要三步）就來到她面前，在沙發邊緣坐下，轉向凱絲。「害妳非得和她待在一起，我真的很抱歉。如果有什麼我能做的……可是我在裡面時他們甚至不讓我打電話。什麼都不行。我有試著寫信，可是沒收到回覆。」

「我從來沒有收到信。」凱絲說，

「妳母親一定是扔掉了。」

「你曉得我們搬到哪裡嗎？」

「你告訴我以前都不曉得。雖然我去了舊家，可是妳們顯然不在那裡。妳說妳們住在慈母之家的時候我真是不敢相信。要是妳交了男友要怎麼辦？難道妳要搬出去嗎？」

凱絲沒想過這件事。比利不能去慈母之家找她，可是她會在學校見到他，兩人如果週末要見面，通常也會去別的地方。她從沒把這當成什麼大問題。她的心思轉到柏提身上。凱絲不禁想像當他發現她住在哪裡時會露出什麼表情，接著便決定永遠不要告訴他。儘管那裡沒有這個地方那麼糟……當她發現門正上方天花板有一塊巨大的棕色汙痕，逕自這麼想著。她努力不要盯著看，可是眼神老是被吸引到那裡。那是什麼？但恐怕不要探究太深比較好。

他們又聊了大概半小時，或者應該說：凱絲講話，葛雷格問些怪問題，而她發現自己非常樂於回答。他似乎對她說的每一件事都很感興趣，尤其是和她母親有關的事。有鑑於這些想法她除了比利之外無人能提（反正比利也不算多好的聆聽者），她簡直停不下來。不過她倒是有成功守住口袋裡追蹤器鑰匙的祕密。

他確認了一下手錶，凱絲看到那個動作，講到一半停下來。

「抱歉，凱絲，」他說，「可是他們很快就會過來確認我的追蹤器，妳恐怕先離開會比較好。」

「可以給我你的電話嗎？」她問他。

「可能不行，我沒有平板。我買不起。」

「完全沒有嗎？這太扯了。要是你需要聯絡別人怎麼辦？」

「我可以請我的假釋官替我傳訊息。」

凱絲不敢置信地望著他。「我不敢相信他們連個平板都不給你。這樣你要怎麼和家人講話？要是發生緊急事件怎麼辦？」她打開包包，在裡面一陣翻找——握到追蹤器鑰匙，用力捏緊然後再鬆開手——去摸索其他物品。她找到了她要找的東西。

「這是什麼？」葛雷格問。

「平板，」凱絲對他說，「我的平板，舊平板。」她拿起來，「應該還能再用好幾個禮拜。」她希望自己沒有錯，而且它還沒有被斷訊。

葛雷格收下。「謝謝。」他說。

「先掰，」凱絲說，伸出雙臂緊緊擁抱他。這個擁抱不算很久，可是也很夠了。此外，當她下樓，發現自己終於收到了柏堤的訊息。

她離開時小跳著步、滿臉微笑。

第二十五章
莎拉

由於學校辦公室一位女士的簡短來電，莎拉得知凱絲二度蹺課。當時她在上班，因此處境有點為難。

「我得先走，」她對哈荻亞說。「家裡有急事。」

幸運的是哈荻亞心情正好：法醫報告那天早上到了，莎拉不須為保羅．湯森的心臟病發負責。就此結案。

「妳晚點處理完還有辦法回來嗎？」哈荻亞問道。

「我不確定，可能不會。真的很抱歉造成這種麻煩。」

「沒事。」哈荻亞說。而莎拉沒有拖拉，她把辦公室和只剩一支的追蹤器鑰匙鎖好，然而再次對自己承諾第二天會呈報上去，接著便全力衝過停車場到車子那裡。她解鎖時，莫名產生一種超級詭異的感覺，覺得自己好像被人盯著看。

她張望四周。現在是午餐時間，十分繁忙。可是在那裡，在停車場邊邊，她又見到先前看到的那個女人，而且帶著同一隻狗。那個女人一看到莎拉馬上跑了起來，儘管這次她不是遠離逃跑，而是朝她衝來。

「妳絕對沒辦法脫罪，」當她來到超級近的距離，便上氣不接下氣地開始尖叫。她個子很高，幾乎和瑪波一樣，整頭鬈髮將一張涕淚縱痕的臉圈起。「我們一定會證明！我才不在乎他媽的法醫怎麼說！」緊接著她就渾身一陣顫抖，並因此呼吸困難、無法言語。

莎拉上了車發動離開，習慣性確認一下後照鏡看自己有沒有被跟蹤。沒有。她覺得異常冷靜。她現在知道那個女人是誰、又為什麼會在這裡了。這可以處理。她將心思轉回更重要的事情上。等凱絲回家，她就麻煩大了。她不只蹺課一次，甚至兩次。這種事情絕不能接受。

也許慈母之家其他女人說的沒錯，也許，她過去三個月都對凱絲太過寬容。可是關於葛雷格，她很愧疚，而且她一直在忙著解決自己的爛攤子，整理自己的人生，實在沒剩多少力氣給女兒。她一直認為脫離人妻身分也算是脫離人母負擔，而她也告訴自己沒有關係，因為凱絲快要成年了——而既然凱絲使出渾身解數把她推開，那麼對她放手也不會多難。凱絲也證明了她需要的其實是指導和界線，現在才要實行恐怕會很困難，凱絲一定會抗拒，可是這件事非做不可。

莎拉也後悔買新平板給凱絲。這是衝動購物，是她在店裡晃了一個小時後心血來潮做的決定。她深知自己非得買個什麼，可是卻被實在不想買任何凱絲喜歡的東西的念頭束縛。莎拉看著那些衣服、化妝品和包包，也在二手書店找到一疊凱絲沉迷到不行的雜誌，差點買下手。可是封面上嘛著嘴脣的模特兒令她反感。莎拉從來不喜歡那些雜誌。她從沒分析過原因，直到慈母之家一個女人指出，那些雜誌只是在告訴年輕女人，快樂的祕密就是讓自己看起來像男人會想拿來自慰的東西。

她試圖對凱絲解釋——就一次，可是凱絲拒絕認清。她說那才不是重點——難道女性主義不正是在於選擇嗎？女人可以為了自己塗上口紅、穿上魔術胸罩，那是要增加自身的信心，男人和這一點關係也沒有。無論莎拉對凱絲外貌做任何批評，最終都會對上一雙淚眼和滿腔怒火，直到她閉嘴不再說下去。她曾說服自己凱絲終有一天會長大，現在就暫且讓她去吧。

這是大錯特錯；她現在懂了。由於她都放凱絲自己決定，凱絲便變得粗魯又懶惰，而且成了認為逃學沒什麼關係的青少年。

莎拉坐在凱絲房間的床上靜靜等待。

大約兩點半，凱絲到家了。

她屏住了呼吸，聽著女兒將鑰匙扔進門旁的銅碗、踢掉運動鞋。凱絲自顧自的咕噥了幾句什麼，然後去了廚房，接著便傳來微波爐門打開又關起的聲音，還有設定和開始運轉的嗶嗶聲。

莎拉站起來。她交叉著雙臂，緊緊抱著手肘，站在凱絲房間門口。她覺得自己如果放開，大概會原地爆炸。莎拉認為自己從沒有這麼火大。凱絲一手拿了只冒煙的馬克杯，另一手拿著湯匙走出廚房。

「嗨，凱絲，」莎拉說，凱絲則發出一聲尖叫，差點掉了杯子。杯裡的內容物從杯緣灑出、潑到粉紅色地毯上。凱絲趕忙把馬克杯放在走廊桌子，將手指上灑到的液體吸掉。莎拉露出嫌惡的表情注視著。

「妳不是應該在上班嗎？」凱絲問她。

「我決定下午休息。」莎拉說，「妳為什麼在家？」

「我不太舒服，所以學校讓我回家。」

「妳撒謊。」莎拉朝女兒上前一步。「我知道妳沒去學校，妳昨天也沒有去。介意告訴我原因嗎？」

「這不關妳的事。」

「我是妳的母親，所以關我的事。尤其我在上班的時候接到學校接待人員打給我，問我妳怎麼不在學校。所以，我再問妳一次？有什麼原因嗎？」

「我今天想要放個假。」

「學校規定不是這樣的，凱絲，妳不可以放個假，妳要去上學、通過考試、然後去上大學。」

「為什麼？」

「妳為什麼要問『為什麼』？——這樣妳才能盡可能爭取到所有機會啊。這就是為什麼。妳不是男生，不要把這件事搞砸了。」

「這句話是什麼意思？難道說如果我是男生，我逃學就沒有差嗎？」

想都別想，她不打算爭這件事。今天不行。「妳一天假都不准再放。就這樣。」

「我十八歲了，那就表示要不要去學校由我自己決定，他們沒有權力打電話找妳。」她的女兒眼中燃燒著憤怒的火花。「我受夠了這一切，」她吼道，「我受夠了這個地方、這個學校。我們到底為什麼非得住在這裡？要是我交了男朋友怎麼辦？妳難道要我搬出去嗎？」

「音量小一點！」莎拉要她安靜。

「為什麼？妳是怕那些可悲的老處女會聽到我說的話嗎？」

莎拉抓住凱絲一隻手臂，狠狠將她摜到牆上。莎拉使出渾身力氣，直到把凱絲釘在原地無法動彈。她靠得很近，近到能看見凱絲鼻子上的毛孔和上唇細小的金色毛髮。「凱絲，妳必須停止這一切，現在就停。妳必須對住在這裡的其他女人有禮貌；妳要因為昨天早上那些舉動好好對她們道歉。妳每天早餐、晚餐都要一起吃；妳要幫忙洗衣服，要幫忙買菜和打掃。此外，妳他媽的必須持續這樣做，直到懂得對於能有這裡可以住心懷感激。男友什麼的以後再說。」

凱絲眼中有淚有受傷，臉上掛著驚駭的表情，直勾勾注視著她。她的臉頰漲著明顯的粉紅色，隨著一滴眼淚，那天早上擦的睫毛膏順著鼻側流下一條細細黑線。「不要，」她說，「我不要。妳是以大欺小，我絕對不會照妳說的任何話去做。如果我想交男友，我就要交，妳無論如何都無法阻止我。」

莎拉看著自己的女兒，看著她大大的棕色眼睛、微捲的頭髮，還有圓潤的臉頰。

她看見了葛雷格。

而她對凱絲做出好久以前就想對前夫做的事。

她狠狠打了她一巴掌。

第二十六章
潘蜜拉

現在，晚上十二點三十七分

局裡一團亂。所有人似乎都認為我們掌握了什麼，在桌前努力查案和猛點平板的動作停下，大家都在等待。凱特．湯森承認騷擾莎拉．華勒斯的行為，然後要求找律師，拒絕再回答其他問題。大衛．湯森如法炮製。

蘇將我們所有人叫到會議室報告最新情況，我以為她又會叫我去對等在警局外面、越來越大批的群眾發表聲明。他們的喊聲隱約可聞。

「我們認為這名受害者是一個叫莎拉．華勒斯的女性，」她對我們說。莎拉．華勒斯的照片出現在螢幕上。那是從她的工作證擷取下的。可是，這真的符合屍體身分嗎？我也說不出否定答案。「她今天早上沒去上班，好像也沒人知道她身在何處。」

然後換了個畫面。她換上一張凱特．湯森的照片，擺在從監視攝影機擷取的畫面旁邊。「我們認為這名女性就是凶嫌。凱特．湯森，莎拉．華勒斯在追蹤中心電擊她的父親，他則在幾天前死於心臟病發。法醫排除了兩者之間的關連，可是凱特．湯森似乎不這麼認為。目前她拒絕開口。去把能讓她改變心意的關鍵找出來。」

「我認為我們應該把屍體上找到的男性DNA拿去和資料庫裡的樣本比對。」我對蘇說，「還有那個弟弟。」

「這要證明什麼？」蘇問我。

「我們至少要試著找出那屬於誰。莎拉．華勒斯——假如她真的是我們的受害者——住在慈母之家，和男性沒有任何親密關係。既然如此，這DNA是哪裡來的？怎麼跑到屍體身上的？」

蘇．佛格森以純然的鄙視眼神瞪著我，我能感到自己的臉熱燙起來。沒有一個警官支持我。我意識到，在過去幾週——打從我宣布要退休的決定，我就在慢慢地被抹去。其他警官開始與我拉開距離，沒有人想和一個月後就不會在這裡的女人扯上關係。

雖說也不只如此。我就等於過去，像我們這樣的人——這樣的女人。擁有宵禁前經驗的人已經不多。這種職業往往會耗盡人的心神，可是如今這一行已經不同。蘇才是未來，而她們想博取她的賞識——我怪不了她們。如果我年輕個二十歲，我也不敢說我不會和她們一樣。

可是屍體上的男性DNA……

「這也許能幫助我們確認受害者身分，」我說，「如果那是莎拉．華勒斯，DNA屬於我們知道她有聯繫的某男性——例如工作方面的——就可以更進一步確認真的是她。」

這話裡的真實性只有一半。蘇和其他人要怎麼想都無所謂，可是我依舊不認為凱特・湯森是我們要抓的凶手。她看起來簡直像是來陣風都可以把她吹翻。身板消瘦、滿懷悲傷又疲憊。可是她弟弟則完全是不同身材，卻有同樣動機，也符合監視影片上看到的模樣。我們沒調查他的唯一理由就是因為他的追蹤器。我不確定這是否足夠。

「好吧，」蘇說，「去查吧。」

所有人慢慢飄回自己座位，蘇的下屬去搜索湯森家的房子和凱特・湯森的車，我的下屬則被留下來進行兩人的背景調查，搜索許多年份的社交媒體貼文，去找與凱特・湯森一起工作的人談話，尋找她的醫療病史還有銀行交易紀錄，看有哪個站不住腳。

我回自己位置時蘇逮住我，堅定地將一手放在我臂上。「潘蜜拉，如果不介意，我跟妳說句話。」

我們進了她辦公室，她把門在我們身後關上。「下次不准再這樣。」

我故做無辜。「我不確定妳指是什麼。」

蘇嘆了口氣，在桌後坐下。「妳是個聰明的女人，潘蜜拉，所以不要再裝傻。我同意應該拿DNA去資料庫裡比對，是因為妳說得沒錯，這也許能加快查出屍體身分的速度。但不是因為妳要求我這麼做。」

「妳也看到屍體了，」我說，「妳真的認為凱特・湯森就物理層面有可能做到嗎？」

「我怎麼認為無所謂。」她說。

「所以妳也不覺得是她做的？」

「像我剛說的，這根本無所謂。我的職責是要得出好的結果。」她敲打鍵盤，眼神堅定地注視她的平板，甚至看也不看我。「妳的工作則是把我為了得出好結果所需的東西拿到手。這樣說夠清楚了嗎？」

「非常清楚。」我說，然後離開她的辦公室。我沒有甩門，雖然我非常想。走回位置時，我能感到所有人都在看我，儘管她們都在裝忙。

瑞秋正在搜尋凱特・湯森網路上的照片。我安排了大衛・湯森的口腔抹片採樣。等待結果回來的時間，我決定投注在莎拉・華勒斯身上，可是實在沒有太多能查。她沒有任何社交軟體，我能拿到手的只有她的公開資訊——地址、工作歷史、子女狀況（一個小孩，女性，年齡十八歲），婚姻狀況（剛離婚，丈夫違反宵禁法去坐牢，剛剛釋放）。我默默在心裡將丈夫歸為潛在嫌疑犯。

「有人去查莎拉・華勒斯女兒的行蹤嗎？她叫凱絲・強森？」

「還沒。」瑞秋說。

「知道她現在在哪裡嗎？她在學校嗎？」

「她今天早上沒去學校，但很顯然最近她常常沒去，所以好像沒人在意。」

「沒去的原因是什麼？」

「我沒問，」瑞秋說，「學校接待人員很忙。」

我傳訊給蜜雪兒，請她把凱絲．強森和莎拉．華勒斯的牙醫紀錄一起要來。

此時，我腦中跳出某件和凱絲．強森有關的事，但是還來不及更進一步思考，這裡又多出了六個人，將媒體聯絡從一人擴展成一整個團隊。我迅速被派去進行協助，組織一個應該是下次聲明的東西。感覺好像把整件事釘在凱特．湯森身上才是最佳結果，能讓我們建立出一幅畫面，顯示孝順女兒因為悲傷而發狂，攻擊要為父親之死負責的追蹤員。他們一定會從她身上——很可能也包括大衛——挖出些什麼，把他們描繪成暴力的一家人，接著提供在追蹤中心工作的女人額外保護，再讓一切慢慢褪去。

我不喜歡這樣，大家都恨不得這就是最終解答，對於莎拉．華勒斯就是受害者深信不疑，彷彿牙醫紀錄、自白確認不過是一個個等著打勾的框框。她們連一秒也沒有遲疑，就此拋棄所有其他答案。

確實，沒有什麼比真相更重要，對我當然也一樣。可是現在是宵禁時代，這裡的女人目光偏狹。凱特．湯森對她們來說再合理不過，這個情況再合理不過。這反映出的是一個她們能夠理解的社會。女人確實會殺人，從來沒人否認此事，可是大多是偶發事件，或因心理健康不佳所致：產後憂鬱、抑鬱症、過度悲痛，遭受虐待的後遺症。凱特全都符合，而這非常少見。現今，女性多年來都被認為不可能受到男性暴力所害，如果到最後發現一切都錯了，我不曉得會怎麼樣。可是我不打算在這件事上想得太深。這不是我的問題。蘇可能認為真相不重要，但我認為很重要。

我可以從我的桌子用眼角餘光看到辦公室正展開一場將我排除的會議。瑞秋有參與，蘇和幾個其他警員也是，外加在視訊上來自各個不同部門的公僕。我們已經上了全國新聞，新聞頻道上的每個人都能對我們的受害人講上幾句。我依舊能聽到大樓外面的吼叫，並透過窗戶看到群眾規模快速擴張，情況已經不只是死了一個女人那麼簡單，而是爆炸成某種幾乎要無法控制的事物。我怕的是我們只會提供他們可以接受的答案，而非事實真相。湯森一家可能就是那個答案；他們確實有罪，這我不懷疑。但是，是什麼罪呢？

我無法專注，覺得自己不能坐在這兒，在蘇．佛格森和她的團隊把正義關進黑箱時束手旁觀。我拿了自己的東西低著頭衝了出去。我去開我的車，不是局裡的，並希望群眾只把我當成一個要回家的警員。然而我仍花了很久才出停車場。我沒告訴任何人我要去哪裡，我心中有個什麼一直揮之不去。這是先前我一直反覆質疑的問題，雖說我也反覆得出解答。可是這一次，我要從一個知道自己在說什麼的人口中聽到。

男人可能在不被任何人發現的情況下違反宵禁嗎？

當我來到追蹤中心，裡面十分忙碌。我走進去時，等候室的男人紛紛抬起頭來看我。不管其他地方發生什麼，這兒的事務一如往常。我上次來追蹤中心已經是很久以前，當時我只是個來處理這裡案件的菜鳥警員。這兒的員工我一個都不認識。我對前臺的女人自我介紹，表示想和中心管理人談話。

沒過多久，我就來到休息室，坐在她的對面；她叫哈荻亞。「是莎拉的事嗎？」她問。

「我已經告訴之前打來的警官說她今天沒來。說實話，我這裡真的忙得不可開交。我少了兩個追蹤員——莎拉和瑪波．布萊特。至少瑪波有點禮貌，知道要傳訊息告訴我她生病。我完全沒頭緒莎拉怎麼了。」她的回應來得很快，或許甚至太快了，而且彷彿受到一種說服自己「完全沒有哪裡不對勁」的恐慌驅使。「是她嗎？公園裡的屍體？是莎拉．華勒斯嗎？」

「恐怕我不能談這件事。」我說。

「噢老天啊，」她閉上眼睛。「有什麼是我可以幫忙的嗎？」

我看得出她把我的拒絕回答解釋為壞消息，可是我也不能怎麼辦。我不能告訴她我也不曉得的消息。「妳可以告訴我什麼莎拉的事情嗎？」我問，「她是怎樣的人？」

「她工作表現很傑出，」哈荻亞說，「雖然還新，可是學得很快。」

「我知道幾天前有一起和男性有關的事件；她用了電擊槍。」

「沒錯。另一位追蹤員瑪波．布萊特幫他換了個新追蹤器，他說太緊，然後突然失控。莎拉聽到吵鬧聲，去幫瑪波的忙，然後用了電擊槍。」

「她應該要用嗎？」

「這是當然，」她說，雖說沒和我對上眼神，臉頰也有點漲紅起來。妳在說謊。我想著。我點了點我的平板，讓她知道這一切都有記錄下來，她說的話很重要，沒有任何事會被遺漏。

「莎拉判斷力很好，」她繼續說，「除非真有必要，否則她不會用電擊槍。但是在那之後就出現了一些問題。她帶她女兒來這裡職場體驗，凱絲看到了整個經過。對一個青少女來說可能很難接受，我想這造成她們家裡一些緊張狀況。我的印象是，凱絲有點難搞。妳知道的，莎拉的丈夫去坐了牢，因為違反宵禁法。就是因為這樣，莎拉才再次接受訓練成為追蹤員。她想要有個全新開始。」

「是，」我也把這件事記下來。說實話，她目前還沒說出什麼我不知道的資訊，儘管如此，直接從在這裡工作的人口中聽到還是有所幫助。可是我其實不是為此而來。「我可以問妳關於追蹤器本身的問題嗎？」

「當然。」

我把平板關掉。「我想知道，男人是否可能在不讓任何人知道的情況下違反宵禁法？」

她睜大眼睛，可是沒有問我為什麼想知道。我覺得很不錯。哈荻亞仔細思考這個問題。

「我很想說不可能，可是如果要我說真話——是有可能的。雖然他會需要把追蹤器拿掉，而這正是最困難的部分。男性無時無刻都在試圖破壞追蹤器，可是幾乎不可能讓功能無法運作。此外，在破壞的過程中也絕對會嚴重弄傷自己。而且，我們也會監控那些我們認為會試圖移除追蹤器的男性。我們會更頻繁地找他們過來檢查，諸如此類。老實說，能夠取下的唯一方法就是追蹤器鑰匙，而鑰匙全都收在這兒，並且定時檢查。」

「我懂了。」

「有時鑰匙會不見，」她說，「可是針對這個狀況的程序都會到位，但這種事確實會發生。我認為如果發生，可能是因為這樣，又或者該名男性找到方法打造自己的鑰匙，這並不是絕對不可能。又或者，有追蹤員移除了裝置。」

我的背脊一陣震顫，「所以理論上，如果有追蹤員幫忙移除，此時此刻確實可能有男人沒戴著追蹤器走在大街上？」

「不會是在這裡，」哈荻亞立刻表示，「我信任我的團隊，我和這些女人很熟，她們沒有人會做出這種事。她們非常清楚宵禁的重要性，也全心信任。我對於員工的挑選非常小心。我們這裡不會犯錯。」

又一個謊言。我從她表情就能看清。這裡有很許多祕密等待揭露。我謝謝哈荻亞撥出時間，並在聽到平板響起時起身離開。是蜜雪兒。我衝到外面去接，屏住呼吸。牙醫紀錄回來了嗎？她就要告訴我我們的受害者是莎拉・華勒斯了嗎？

「還是沒找到屍體身分，」她說，「但我找到了別的：屍體上的男性DNA不是大衛・湯森，此外也完全沒有凱特・湯森的DNA。他們兩人非常、非常不可能和我們受害者有任何接觸。」

我無法否認心中的失望，但還沒有我猜想蘇・佛格森會怎麼做來得失望。

第二十七章
海倫

海倫週五也早早離開學校。在十三年級的課堂中間，她突然湧上一陣暈眩噁心，於是拿了包包，跟班上說很快會有別人來看著，然後便離開大樓，中途快速繞去辦公室告訴他們她身體不舒服，要回家一趟。

她完全清楚是什麼造成的。她再也無法假裝那些症狀不是真的，是因為疲憊或病毒或她的想像。懷孕以此逼她不得繼續忽視。她坐在自己車上，車門緊鎖，等待顫意退下才敢發動引擎。她過去幾天在得知懷孕的驚慌和試圖忽略之間交替。然而無論怎麼做都沒有用。

要處理只有一個辦法了。

她回家路上在藥局暫停，一直等到裡面沒人才進去，然後表示想私下和藥師談談。十五分鐘後，她手提包裡便裝了一個中止懷孕所需藥物的小白盒走出來。藥師眼睛眨都沒眨，這個藥物也是免費提供。

她回到家時公寓空無一人，距離湯姆下班還有好幾個小時，時間當然很夠。她吞了第一顆藥錠，加上藥師堅持開給她的止痛藥，然後去洗洗衣服分心。她打掃了廚房和浴室，可是什麼也沒發生。湯姆回到家時，她煮了波隆納肉醬麵當晚餐，並告訴他自己很累，然後早早上床睡覺，儘管她根本睡不著。當他在午夜後不久爬上床鋪，她躺在那兒一動也不動。謝天謝地，他沒有來煩她。

星期六在一陣茫然中度過。她大多時間自己一個人，因為湯姆安排要和朋友碰面。還是沒有任何跡象發生。海倫不知道該怎麼辦。她前一天吃下第一顆藥錠時本以為會迅速發生什麼慘烈的狀況，可能會在幾個小時內就結束完事。可是除了竄上一股不適感，還有肚子微微不舒服外（而且非常可能是想像出來的），什麼也沒發生。

藥師告訴她要等四十八小時才能再吃第二錠藥，而且只能在第一顆沒有效用時吃。週六晚上，她依舊不可能入眠，大多時間都坐在自己的扶手椅上，把電視音量轉小看些垃圾節目。湯姆沒有起來問她有沒有怎樣。事實上，當他在週日早上起床，好像甚至沒注意到她幾乎徹夜無眠。他換上衣服後便像往常一樣去練足球了。

就在海倫思考要不要吃第二顆藥，還是再多等三小時，她感覺到了。而當她去一趟廁所，看見了血。她飽受驚嚇，不敢置信地盯著看，立刻清理了一下自己，找到包包、拿出平板傳訊息給瑪波。她突然萌生一股衝動，不想在家裡做這件事，希望能去別的地方。

不太舒服，想去妳家。希望ＯＫ。

她沒等瑪波回應就開車過去。她感覺有如行過水面，每個動作、每項決定都耗用超乎尋常的力氣。可是總之，她還是完好無缺地到了那裡。她逕自進屋，慶幸瑪波對她信任，告訴過她備用鑰匙在哪裡。屋裡沒人。

瑪波住在從祖母那裡繼承的一間漂亮小排屋。奶奶的很多東西她都留了下來。披蓋鉤針織毯的粉紅天鵝絨沙發貼靠在一面牆邊，地上鋪了一大張頗不搭調的大花朵地毯。廚房漆上不同色調的綠，既熟悉又令人安心。海倫在等壺裡水燒滾時，疼痛再次湧上。

她立刻感到這次不太一樣，更劇烈了，好像她先前體驗過的不過是預演。茶壺嘶嘶吐出一縷煙雲後啪的關上，而海倫幾乎沒有發現。她所有注意力都放在開始痙攣的子宮。疼痛先稍微舒緩，緊接著又以更劇烈的態勢捲土重來，往她臀部炸開、直下雙腿。她抓住流理臺邊邊，覺得頭重腳輕，出乎意料地害怕，全心專注在吸氣吐氣。她深深希望自己沒有在週五吃掉止痛藥。那個時候她還以為先下手為強是明智之舉，現在才理解自己有多愚蠢。她應該等到確定自己需要再吃才對。

下一個小時，她開著電視躺在沙發上，一杯碰也沒碰的茶放在旁邊地板。疼痛持續放肆，狠狠壓擠她的器官，然後再次放開，就這麼一次又一次重複這個過程。她根本不可能找到舒服的姿勢，不管躺成怎樣都沒差，不管怎麼做都沒幫助。

她勉強拖著身軀上樓，放了滿滿一浴缸熱燙的水，至少這樣能帶來些許喘息。海倫在水中打滾，每一輪新湧上的疼痛都像是在她體內開打的小戰爭。

水開始變冷時，疼痛達到高峰。痛楚變得持續不斷，她能聽到自己發出動物一般的可怕低吼，根本就停不下來。她緊緊抓住浴缸邊緣，體內一陣收縮、劇烈痙攣；一下，接著又一下。然後疼痛消失。結束了。

海倫孤獨一人，飽受驚嚇，花了一會兒才能動彈。她終於爬出了浴缸，把水放掉。她把自己擦乾，拿了瑪波的一件浴袍把自己包起來。衣服是有點褪的紫色，口袋上繡了放射狀光芒花紋。然後她把浴缸清理乾淨。

之後，她爬上瑪波的床躺在那兒，緊抓羽絨被，深深躲進散發友人放鬆氣息的軟綿枕頭中。她覺得雙腿沉重得不可思議，身體每條肌肉都在痛。她蜷起膝蓋、貼到胸口，一動也不動地躺在那裡，眼神空洞地望著床邊桌上的時鐘，看著分分鐘鐘慢慢流逝。

瑪波到家時她仍維持相同姿勢。

「海倫？」瑪波在門口問道，急忙衝進房裡。「抱歉，我去找我爸媽了。妳沒事吧？」

「結束了，」海倫對她說，努力露出一個虛弱的笑容。「藥有效，都結束了。」

「妳感覺怎麼樣？」

「我不知道，」海倫老實表示，「很累。」

「晚上留在這兒，」瑪波說，「我給妳弄點東西吃。我們就穿睡衣坐床上一起看點超油的電影。」

「聽起來超棒，」海倫勉強擠出笑容。「瑪波，謝謝妳。謝謝這一切。」

「我是妳最好的朋友，」瑪波說，「這是我的職責。」她靠過來，把海倫的頭髮從臉上往後撥開，手指動作輕柔得不可思議。也許最終一切都會沒事。最糟的階段已經結束，她也撐了過去。「很可怕嗎？」

「很可怕。」海倫承認道。她把臉埋進雙手痛哭，瑪波則抱住她。之後，她拿了吐司、雞湯還有她的平板過來給海倫，她傳訊息給湯姆，告訴他自己在哪裡。

妳什麼時候會回來？他回覆。

不知道。很晚吧。可能晚上會留在這兒。

他放她乾等回覆。海倫在床上坐了起來，彎著膝蓋，用雙手拿著平板，絕望地不斷重新整理畫面。她之前本來沒有感覺，現在身體每根肌肉都因為緊張而繃緊。她新打了三句訊息又刪去，不想做出任何會讓他看出端倪的舉止，可是他通常不會讓她這樣乾等。瑪波試著拿她新買的指甲油幫她塗，讓她分心。

終於，她的平板響了，他的訊息跳出螢幕，上面寫道：**好好去玩**。就這樣。

又是一陣讓人等到心臟停止的回覆時間，謝天謝地，這次沒像剛才那麼久了。**也愛妳**。

愛你。海倫這樣回覆，然後在後面接上一串愛心。

他說。就這一句話，一切再次恢復正常，海倫又能夠呼吸了。

「妳要告訴他嗎？」瑪波問她。

「不要。」海倫說。她把羽絨被稍微拉高一點。她想睡覺；她不想談湯姆。

可是瑪波棄而不捨。「我知道妳為什麼不想說，海倫，如果我是妳，也很可能會這樣。只是……」

「只是什麼？」

「妳和一個沒辦法談這種事情的人在一起，我真的很擔心，妳甚至要對他保守祕密。感情關係不應該是這樣的。」

海倫坐起來。「妳又懂什麼？妳根本算不上什麼專家，妳都一年沒約會了。」可是她知道，即便她說出了這些話，依舊深深知道自己怕的不是瑪波說錯，而是她其實說對了。她應該要能和湯姆開口，應該要能告訴他她不喜歡他那樣重新擺放客廳家具，或者明明說他會負責煮飯卻沒這麼做，或者晚上他總是打電動打個不停。可是，如果承認這些就等於承認他可能是個錯誤，這更令人難以忍受。她把羽絨被一掀、下了床，站起來時稍微有點踉蹌。「妳只是嫉妒，就是這樣對不對？妳嫉妒湯姆和我。」

「不是！海倫，不是那樣的……」

可是海倫不想聽。她找出自己的包包和鞋子，打道回府。

第二十八章 凱絲

凱絲小時候從來沒挨過打。她知道其他小孩有，因為他們會在學校談論，老師也告訴過他們，如果家長打小孩打得太誇張，是有可能進監獄的。但到底怎樣算是太誇張，卻從來沒有清楚定義，這使得年幼的凱絲深怕只是輕輕接觸，就會致使父母被帶離她身旁。不管怎樣，反正她的爸爸早就被帶走，而且也不是她的腿被打傷才讓他被抓走。是因為她媽媽。

可是現在，當她獨自坐在房間，用床邊桌堵住門不讓莎拉進來，卻發現自己非常害怕也會失去媽媽。這股恐懼排山倒海，讓她必須專注在臉上的灼痛，才能先將它拋到一邊。

其實痛楚不過幾秒就消退了，因為莎拉沒打那麼用力。可是凱絲輕易說服自己臉還在痛。她用手指輕壓著臉，左右移動下巴，測試著顎關節，尋找疼痛處，並在找到時鬆了一口氣。她需要證據，證明自己的母親真的遠遠越了線。

之後，凱絲會將自己的人生分成此前和此後。她會揣想，如果這件事沒有發生，自己是否會做出不同決定。目前而言，她在腦中重播導致這個結果的幾分鐘，並思考自己的母親是否一直都有暴力特質？這是否自始自終都存在，慢慢醞釀，等待機會浮上檯面？

凱絲重新回想舊日兒時回憶，將它挖開、掘出尋找情報，努力尋覓自己錯過了哪裡。她記憶中的莎拉總是一半在門口：不是衝出門工作，就是下班衝回家，在凱絲吃玉米片時殺氣騰騰熨著上衣，厲聲斥責她想買唇釉和打亮的要求。她想起坐在自己的房間，羽絨被拉到下巴，聆聽廚房傳來的聲音猶如雷響，暗暗希望父親可以別再吼了。

凱絲抓起羽絨被，抱得更緊一些。那個記憶是從哪裡冒出來的？那不是真相，是她的腦子在搞鬼。她猛力搖頭，頭髮左右甩動，沾到了嘴唇內側溼潤的地方，黏了上去。她把那幾綹頭髮用舌頭推開、吐了出來。憤怒的人才不是她父親，一定是母親才對。每次都是她。莎拉難道不正是證明了這件事嗎？她今天做的舉動、把葛雷格推出門外、電擊那個男人，三項憤怒的暴力行為。就像有一次，她偷聽到歐布萊恩太太說的話，如果你看見某人的真面目，就相信無妨。

門上傳來尖銳的敲門聲。「凱絲？我要出去了，很快就會回來。到時候我們得談談。」

「隨便。」凱絲吼回去，可是完全不打算在莎拉回家時還待在這兒。前門一關，凱絲就倉促爬下床，抓了平板寫下訊息，傳到她的舊平板，希望爸爸會讀。

媽打我。她連前提都懶得寫。這件事太嚴重又太重要了，無須其他修辭。

葛雷格幾乎是立刻回覆。**什麼？妳有打給警察嗎？**

沒有，我不想打。

那我來打。

不要，凱絲急忙打字，**別打。我們可以見個面嗎？**

一小時後在公車站外。

OK。

她抓了夾克和包包，憑著一股衝勁，直到手碰到門把，她卻僵住——要是莎拉其實沒有真的離開，這只是引誘她出來的花招怎麼辦？她往前靠，耳朵貼在門上細聽。什麼也沒有。然而，要將桌子從門前移走、把門打開依舊得鼓起所有勇氣。她動作很慢，以防萬一，可是公寓裡悄然無聲。莎拉離開了。凱絲在走道上停留半晌，在鏡中確認自己的臉：一邊絕對腫了起來。她能在空氣中嗅到一絲母親的香水味，有著微微的玫瑰調，接著她便因此反胃。凱絲衝到門前。

她在還剩二十分鐘時就抵達了公車站，於是坐在外頭的牆上，一面等父親來一面看著世界如常運作。她正開始覺得他不會出現時，就瞥見他朝她的方向走來。他仍穿著同樣一件灰色薄夾克，雙手深深插在口袋，牛仔褲膝蓋部位有個洞。凱絲從牆上跳下，朝他跑去。

「爸！」

「她打妳？」他問。

凱絲把頭偏往一側、露出臉頰。「直接打在臉上。」

葛雷格將一手從口袋拿出來，以暖熱的手指端起她的下巴，稍微把她的頭再往旁邊偏一點，仔細檢查臉頰，然後表情一暗。「要記得拍照。」

「做什麼的？」

「留證據，」葛雷格說，「妳會去跟警察報案吧？」

「我不曉得，」凱絲說，這已經是葛雷格第二次提到警察了，這弄得她有點不自在。告訴警察莎拉做了什麼讓她害怕。要是他們把莎拉抓走怎麼辦？凱絲不認為自己可以獨自住在慈母之家，儘管她不喜歡那兒，卻也沒有別的地方可以去。在她看過葛雷格在河畔居的公寓後，搬去和他一起住的念頭旋即消失無蹤。

「為什麼不？」葛雷格問道，「她攻擊了妳，凱絲，妳不能不當一回事。」

「我有當一回事啊。所以我才告訴你的。」

「妳這樣做是對的。」

「爸，謝謝，」她對他微笑。她只是想要這樣，她只想看到爸爸臉上那個表情，知道她取悅了他。以前只要講和莎拉有關的事都會有用，現在仍是一樣，她覺得很高興。

開始下雨了，所以他們躲進附近的咖啡廳。當葛雷格將門推上，發出嘎吱聲。「找個位置坐，」他說，所以凱絲挑了個靠後面、離窗戶很遠的地方坐下。桌上有一塊乾掉的番茄醬漬，黏搭搭的菜單立在鹽罐和一瓶麥芽醋中間。她的父親站在櫃檯，數著口袋掏出的錢。她身邊淨是男人，多半蒼老而灰白，吃著盛在廉價盤中的烤豆子和淡而無色的培根。她是這地方唯一的女性。

她的本能反應是站起來離開。她不喜歡這個油膩的場所——她不喜歡這裡的樣子、聞起來的味道，還有四周那些男人駝著背的可悲模樣。可是她逼自己待著。

葛雷格拿了兩杯茶過來桌邊，茶呈現牛奶棕色，茶包仍漂在裡面。凱絲興趣缺缺地低頭看著杯子。與其喝這可悲的混合物，她更渴望來個大杯熱巧克力外加一坨鮮奶油。

「我想妳母親應該不會帶妳到這樣的地方，」葛雷格說，「追蹤員的工作應該讓她拿到滿好的薪水，可惜她以前沒下定決心幹這行。不過話說回來，那樣恐怕就代表她不能再責怪我手頭總是那麼緊了。」他發出大笑，「是說現在也一樣很緊。」

「那不是你的錯，爸，一切會越來越好的。」

「我也希望，」葛雷格對她說，「可是說實話，小凱絲，我不確定到底會不會更好。這個禮拜我就被三個工作拒絕，他們甚至連面試機會都不給我。他們一看到你坐過牢就什麼也不想知道，先前我沒有太多工作經驗，更是幫了倒忙。很顯然照顧自己的小孩不算一種工作，如果你是男人的話。」

「那真的爛透了，」凱絲對他說，「你甚至沒有做錯任何事。媽才是那個……」

他伸出手放在她手上。「沒事的，妳不用這麼說。」

可是她還是要說。「你根本不知道和她住在一起是什麼感覺。打從她當上追蹤員……她就好像打從心底痛恨男人，你知道嗎？」

「我想她一直都是那樣，」葛雷格說，「她只是隱藏起來罷了。」

「她幾個禮拜前帶我一起去公司。」

「是嗎?那裡是怎麼樣的?」

「不怎麼樣,」凱絲承認,「我只在那裡待到午餐時間,然後她就叫我回家。那算什麼職業體驗啊。她在我在的時候電擊了一個男人,只因為他說他的追蹤器太緊。」

「我猜控制脾氣依舊不是她的強項。妳好像真的很不開心。」

總算有人可以理解了。「她都不聽人說話,」凱絲說,「她簡直把我當成五歲小孩。她都自己做決定,不管我想不想要都一定得遵守。我甚至打從一開始就不想和她去什麼職業體驗,可是她直接決定我應該做什麼,然後就那樣做,沒得討論。我已經不是小孩,我十八歲了。我真的不懂她為什麼無法接受這件事。」

「因為她很自私,」葛雷格說,「她向來都是想怎樣就怎樣。妳還小的時候我很努力不讓妳發現,幫她找一堆藉口。我不想讓妳知道,可是我猜我失敗了。」他嘆口氣。「我幾年前還有機會時就該離開她,可是妳年紀真的太小,我不想拆散我們的家庭。每次我只要真的打算要做,她就會說服我放棄。」

「你和媽差點分開?」凱絲不敢相信。她知道自己父母關係一直很差,可是從來不曉得有到那麼差。

「好幾次,」他承認道,「我真是傻。我之所以留下來,是因為我一直相信一切會越來越好,而且我也怕她把妳從我身邊搶走。」

「我才不會讓她得逞。」凱絲大膽說道。此時此刻,她那天晚上一閃而過的回憶終於變得合理。她在父親震耳欲聾的聲音中聽到的不是憤怒，是受傷，還有恐懼，如果基於他剛剛說的一切，就完全可以理解了。

葛雷格露出微笑，曾經完美的白牙卻不再那麼白。「凱絲，妳是個好女孩，」他說，「我只希望我能多保護妳一點。我從沒想到她會這樣對妳下手。」

在葛雷格的鼓勵下，凱絲侃侃而談她和莎拉的新生活，而且越講越多。他對每件事都感興趣，這也讓一切變得容易，而凱絲就彷彿籠罩在他全神貫注的目光之下。她很想念這樣。她也對比利大大抱怨過母親，可是那並不同。

葛雷格開始問她問題，不只關於慈母之家，還有莎拉的工作、她每天的日常，還有她空閒的時候會做什麼，去哪裡買東西、開什麼樣的車。凱絲潛意識的某處有個小小警鈴正在大作，但她予以無視，因為這就像是她和爸爸一起對抗全世界，像他坐牢之前一樣。而所謂全世界，就是她母親。

她簡直迫不及待把所有事情都告訴他，說到快喘不過氣。她說得越多、講出越多細節，他似乎就越高興。每次她告訴他莎拉做出哪些令她火大的事，葛雷格眼中就會出現一種特殊的火花。而凱絲發現，當她再去回想，竟發現自己從來不曉得有那麼多事物令她討厭，例如母親的新髮型，還有那笨重的鞋子。

「她的工作蠢死了，」凱絲聽見自己這麼說，「那些人全都跩得二五八萬，坐在那裡，一副高人一等的模樣，欺負那些進來的男人。她有一次告訴我，她們會寫計分表，計算她們能讓幾個男人抓狂，這樣就能叫警察來；她們覺得這樣很好玩。」

這種事當然從來沒有發生。可是都到了這個點上，凱絲發現說服自己這都是真的變得易如反掌。

「好爛，」她父親說，「可是我一點也不意外——在聽到監獄裡面其他男人的遭遇後。」

「天啊，」凱絲說，「真的嗎？」她暫停半晌，希望他能多提供一點資訊，可是讓她失望的是，他沒有。他只是把茶的最後一滴喝掉。凱絲往前靠。現在最重要的只有繼續抓住他的注意力，她已經被剝奪這感受很久了。「不過她們沒有自己想的那麼聰明。」

「這是當然，」葛雷格說，「霸凌者一直都是這樣。」

他們起身打算離開。這人是妳爸，她對自己說，這是妳欠他的。他們一到外面，她就把一手放在他手臂上。「你知道她們有多蠢嗎？我在那裡的時候，拿了一把鑰匙。」

他整個人僵住。「什麼？」

「我去做職業體驗的時候拿了一把，」凱絲能感到唾液在口中分泌。她吞了一口口水。「可以用。」

「該死——凱絲。」他說。

他抓住她的手臂，拖著她遠離咖啡廳，而她根本來不及做出任何反應。「放手！你弄痛我了！」

但他沒放。他拉著她繞到公車站後面，來到一小條荒涼而骯髒的路上，那裡人行道破損，還有一輛看起來沒開好一陣子的漢堡餐車。等他終於放手，凱絲退後了一步，揉著自己的手臂。她非常困惑，而且不只有一點害怕。

葛雷格開始踱步。往這邊走四步，又往回四步，才轉過身直朝凱絲走來。他們的雙腳只相隔幾英尺距離。「妳有告訴任何人這件事嗎？」

「沒有。」凱絲撒謊。她能感到自己下脣開始顫抖。

「很好，」他說，「他媽的妳最好給我繼續保密。」

「爸，我又不笨。」她都告訴了他那麼多事情，凱絲不敢相信他竟然做出這種反應。「我還以為你會很高興。」

「我為什麼要高興？妳到底知不知道，萬一被人發現妳有鑰匙，我會出什麼事？——他們會直接把我關回監獄，而且這次恐怕不會只有三個月，而是五年。」

「他們為什麼會把你送回監獄？這又不關你的事！」

「因為法律就是這樣規定。只要你一違反宵禁法，他們就會用盡所有藉口找你麻煩。就是因為這樣，才有這麼多男人最後又回去那裡。」

「你不會又回去監獄的，」凱絲向他保證。「我說了，沒人知道我有鑰匙。」

「那好，」他父親說，「最好繼續保持那樣。因為我絕對不要因為任何人再回去。」他惡狠狠地瞪著凱絲。「就算妳也一樣。」

他像一陣狂風那樣離開，留凱絲一個人眼中含淚。她用夾克袖子用力擦臉。他的怒火嚇壞了她。早先的記憶再次填滿腦中，現在又冒出了另一個。前一年的某天早晨，另一次爭吵，關於信用卡帳單的。她記得葛雷格說因為她上學需要一雙新鞋，所以他買給了她。沒有錯，鞋子是很貴，可是難道他沒有資格對女兒好嗎？他那時候還不曾送過凱絲新鞋，所以她一直殷殷企盼，然後在願望沒有兌現時不禁大失所望。她後來問了爸爸鞋子的事，他說她母親要他拿去退還，說他不是有意失控，也很抱歉讓她聽見。可是莎拉有時真的很不可理喻。

凱絲曾經安心地認為他絕對不會那樣對她發怒，可是現在事與願違，她不知道該怎麼做。他是她爸爸，而她承受不了自己竟讓他失望。

第二十九章
莎拉

莎拉本來只打算出去一小時，她需要和那間公寓還有凱絲稍微拉開距離。裡面的空氣令人窒息，她覺得自己無法呼吸。她究竟是怎麼了？她是什麼時候變成這樣的人？竟然沒辦法控制自己、出手打了女兒？

當手掌打到女兒臉頰上的軟肉，發出的聲音響徹莎拉腦中，她好想吐。她沒打過凱絲，從來沒有。那和她認為的母親本質完全背道而馳，而且她向來都能守住底線，即使凱絲不斷挑戰，用盡一切考驗莎拉的耐心。

但是到最後，凱絲還是找到了她的弱點。

那就是葛雷格。

在超市停車場，莎拉坐在自己車裡，做了她很久都沒有做過的事：哭泣。眼淚迅速從頰上熱辣辣流下，她一面努力想擦掉，淚水一面流過手背，舌尖嘗到了鹹鹹的味道。她伸手到車子雜物箱翻找紙巾，可是一張都沒有，所以最後不得不用T恤邊緣擦臉。這陣痛哭來得快去得也快。之後，她感到渾身像被抽乾，彷彿連續哭了一個小時。她往後靠在頭枕上，肌肉鬆弛下來、筋疲力盡，望著其他人悠然自得忙著自己的事。他們看起來都好平靜、好輕鬆。

莎拉總是認為自己基本上算是好人一個，如今這份信仰上出現一條巨大裂縫。她深深希望人生能回到一個月以前。她早知道葛雷格會從監獄釋放，這件事本就無法避免，她其實也沒有想怎樣。他一旦出獄，不管惹什麼麻煩都是他自己的責任，不關她的事。她只是希望他能離得遠遠，不要造成任何麻煩。她想要走在大街上，心中知道撞見他的機率等於零；她想要晚上安然睡在自己床上，完全不用費心擔憂這個人。他屬於過去，也應該留在那裡。然而他卻現身，回到她們的生活中，光是存在就毀滅了一切。

莎拉腦中短暫閃過一個想法，想著他若回來，事情可以變得多輕鬆。可是她不能讓這種事發生。她恐怕無力再把他推出門外。這感覺就像她為了幫自己和凱絲打造新生活做的一切努力都變成一場空。

車子的四壁彷彿朝她迫近，擠壓了空氣，壓縮她的肺，使得每次呼吸都變得困難。她抓起自己的包包和鑰匙，一把將門推開。

她漫無目的地在市內亂晃了整整二十分鐘，儘管每步都走得堅定，試圖讓自己看起來有地方要去、有事情要做。她摸著一些自己毫無興趣的衣服，瀏覽書店的架子，心思卻落在別處。

當葛雷格被推上警車後座，永遠離開她們的生活（至少她是這麼希望），感覺好像有了新的開始。她那天晚上好像充滿電似的上床睡覺，已經好多年都沒有這種感覺，然後幾乎整晚沒睡，一一檢視起像是為了今日而鋪墊的每起事件，在腦中一次又一次重播，陷入深思，想著這件事明明清楚擺在眼前，她為什麼無法早點看清——她撞見的視訊電話、隨之而來火山爆發般的怒氣。她恍然大悟，問題其實不在她身上，而是在他。

她搬進慈母之家後，和那些年紀較大、較為睿智的女人在深夜談話，有助她揭開謊言。葛雷格確實說了謊。更糟的是，即便直覺叫她不能相信，她還是信了，因為那樣比較容易，因為她是這麼忙又這麼累。莎拉放下自己在讀的書，走出書店，打算直接回家，亟需慈母之家其他女人的安慰。

然後她看見了他。

她整個身體都做出了反應。顫抖——從頭頂直至腳尖。甚至在她還來不及處理眼睛傳到腦子的資訊前就發生。可是，總之這都無所謂。她體內有個什麼被觸發了，觸發的原因是和她結婚相處快十八年的男人就在與她不到五十公尺的距離，來自身體深處的反應立刻發動，速度之快，就和看到蛇沒兩樣。

她整個人凍結，身體僵硬得像根冰柱，但這效應只維持了一會兒就消失。接著她邁開大步——不是逃離葛雷格，而是朝他跑去。他就是造成這一切的源由；他就是凱絲不跟她說話的起因。他還讓她變成充滿憤怒、性格扭曲又亂尖叫的潑婦，只要談起男人就失去耐心，零信任感。她體內填滿這麼多怒氣，以至於凱絲做錯的明明只是聯繫了他，她卻出手打了女兒。

她眼中除了他之外看不見其他事物。「你在這裡做什麼？」她對他尖叫。

他轉過身望著她。「莎拉？」他的嗓音低沉，肩膀似乎佝僂了起來，也黑著一張臉。

「這都是你的錯，」她繼續說道，「全部都是。你為什麼就不能待在監獄？你來之前一切都很好，而且本來還會更好。現在你一回來就把一切毀了。你甚至不該回來這裡，我告訴過你了，可是你還是要回來。」

她開始在腦中追究過去幾天發生的每一件事，移動重組，拼成一個全新而且令人深感不安的順序。不知怎麼，她的空氣好像從肺中被偷走。然而，這個想法一旦出現，就再也不肯離開，深深在腦海裡扎根。她帶凱絲出去吃午餐時，葛雷格在那裡，現在他又在這兒，刻意突兀地堵在她的路上。

「你在跟蹤我嗎？」她尖叫道。

「我的老天，妳聲音小一點。」葛雷格噓她。

「為什麼？你擔心被人聽見嗎？」

「妳發什麼瘋。」光線映在他頭上，使他兩鬢稀疏的毛髮變得醒目。他的眉間冒出一道深紋，拉扯兩邊眉毛，形成一個代表憤怒的V。「莎拉，說實話，我認為妳生了很嚴重的病。我才剛出獄，妳真以為我會花時間在市內到處跟蹤妳、冒著被關回去的風險？」

她本來是非常確定的，肯定到不行。可是當他這樣一說，這股確定遭到動搖。她打量四周，大家都在盯著看。她一直到嚐到血腥味才意識牙齒狠狠咬進了下唇。「好，那你在這裡做什麼？」

「過我的日子，」他說，「至少勉為其難地在過，說實在的，這日子還真不怎麼樣——都要感謝妳。莎拉，去找人幫忙吧，妳很需要。」他邁步走開，一面搖頭一面自顧自的喃喃說著一些她聽不清楚的話。

也許他說的沒錯。他們已經離婚了。他早就不是她的責任，就算住在同個地區。她應該要能放手，她想放手——卻放不開。她依舊憤怒到不行，依舊為此羞愧。她想要如法炮製他給她的傷害，想要他像自己終於發現真相之前的幾個月，深感困惑又充滿不確定。

也許她真的瘋了。

但是就算她瘋了，也是他害的。

第三十章
凱絲

柏提在週日晚上又開始傳訊息給凱絲。她一直沒睡，直到過午夜，將他傳給她的訊息無限重讀，著魔似的看著他的 iDate 檔案。她完全沒想到其他事情：她沒想到學校，沒想到母親，完全沒有。就連葛雷格都被她拋到一邊。並不是說她已不在乎，或者不想再幫助父親，而是他暫且變成背景，被散發著性魅力的年輕男子的光芒遮蔽。

但在週一早晨稍早，她意外看到柏提的 iDate 檔案上沒注意到的部分，發現一些不可能為真的事實。上面說，他目前有合法的同居許可。凱絲立刻傳訊息問他這件事，柏提也承認自己有女朋友。這個真相同時令凱絲沮喪又困惑。那些文字感覺像是一刀插進肚裡。她不敢置信地直盯著看。

有點複雜，他說，**我們的關係結束了，結束超久。只是現在對我來說很辛苦，因為我們還住在一起。**

她沒有回覆這訊息。但沒關係，他填補了這沉默。

拜託不要生我的氣。

但她生氣。他繼續說。

她就是不了解我，她和妳不同。我覺得我好像什麼都能告訴妳。

凱絲於是軟化。**沒有錯。**

但是這不是妳的問題。我必須一個人整理清楚。

你不用一個人，而且朋友是什麼都可以跟對方說的。

老天，妳真的好好。

凱絲更縮進羽絨被底下。他又傳另一個訊息來時，她還在打回覆。

想見面嗎？

我們不該見面，她回答。

我知道，可是我真的很想見妳。

他們像這樣又來回了一小時，凱絲才終於被他說服、決定見面。她在一手還拿著平板的狀態陷入夢鄉，做了一個清晰又狂野的夢。夢中她和柏堤一起逃亡，逃離一個沒有名字也沒有臉孔的女人，然後醒來時彷彿因為興奮而宿醉。

當她去廚房給自己弄杯咖啡，母親正在那裡，穿著凱絲恨透的黑褲子和灰上衣。「我們要去樓下吃早餐，」莎拉說，「而且這沒得討論。請妳去換衣服，我不想遲到。」

所以她沒有要道歉。雖然凱絲也不期待。她想對早餐的事據理力爭，可是因為熬夜，她很餓。而且，儘管她不想承認，但她現在有一點害怕母親。她不想讓莎拉再次失控，特別是現在。她不想要臉上帶著巴掌痕去見柏堤。她在淋浴間花了五分鐘，然後再花十分鐘挑選衣服，思考該穿什麼。

她換上上學穿的衣服，塞了一件替換用上衣、口紅，外加一些首飾到包包裡，乖乖下樓。她到公共餐廳的桌子坐在莎拉旁邊，倉促吃掉可頌和果醬。填飽肚子之後，她把盤子拿去回收處，笨手笨腳被洗碗的工作纏住無法脫身，花了二十五分鐘把手在肥皂水裡伸進伸出，洗掉其他人吃過乾掉的麥片粥。噁。

莎拉在她旁邊一起工作，擦乾鍋子、放到一邊。兩人都沒說話。之後，她們回到樓上。莎拉將門關上、轉向凱絲。凱絲十分清楚先前的沉默只是某種緩刑。她嘴巴瞬間乾澀起來。

「凱絲，坐下。」

「我得去趕公車，不然上學就會遲到。」

「只要幾分鐘就好。」

花了才不只幾分鐘。莎拉滔滔不絕講起葛雷格和她的工作，還有她不是故意失控抓狂、她有多愛凱絲，希望她知道這件事。然後她站起來，雙手糾結在一塊兒，身上是那件黑色工作褲和鬆垮垮的灰色上衣，雙腳深深插在一雙毛茸茸拖鞋裡，看起來活像一條溼答答的狗坐在她腳上。她的雙腿依然很細，可是身軀的中段已經胖了起來，這身衣服只是雪上加霜。

莎拉伸出雙手。「抱一下和好？」

如果是平常，如果凱絲不是深知必須盡力在不把情況鬧得太難看之下離開公寓，她一定會拒絕。可是她不想冒險。她放任莎拉抱住她，在母親的乳房壓住她自己胸部時感到胃裡一陣翻攪。莎拉的尖下巴戳著她的肩膀，她聞到一股喝過咖啡的難聞口氣。

莎拉拍拍她的背，後退幾步，將凱絲的頭髮從臉前撥開。「我在想，晚點可以買個外賣，一起看個片。來個女生之夜。」

「好。」

莎拉綻開一個假到不行的笑容。「太好了，那我們晚點見。」

兩人之間產生一瞬尷尬，莎拉才意識到自己還抓著凱絲。凱絲別無選擇，只能把她推開。她抓起自己的鑰匙，在莎拉還來不及說任何話之前趕緊逃跑。

噁。他媽的真是亂七八糟。她母親為什麼這麼黏人又這麼怪啊？她真以為逼她到樓下吃早餐，是為她的行為道歉的好方法嗎？如果她這樣想就大錯特錯。凱絲深陷在這個思緒之中，等她意識到，早已走到了公車站，而且坐上前往市中心的公車，而非繞過轉角、假意搭上去學校的公車。

她在接下來的五分鐘焦慮地重複確認平板，可是當她發現沒有莎拉傳來的訊息，就決定當作母親沒看見她的舉動，自己只是白擔心。她把平板轉成鏡子模式，開始塗唇膏，可是公車搖晃得讓她沒辦法把邊邊塗好，所以她拿紙巾擦掉，決定等到市內再說。她在購物中心的廁所換衣服，再重新嘗試化妝，然後穿過百貨公司的香水區，往自己身上噴了香奈兒五號香水。接著，她裝成母親打電話給學校，說她身體不舒服、不會出席。她不知道自己之前怎麼會沒想到這麼做。這樣她就能省下很多麻煩。

柏堤提議兩人十點在圖書館附近見面，凱絲一面等他一面玩平板。她思考要不要傳訊息給爸，告訴他她和莎拉的對話，但是決定做罷。

莎拉那天早上話中還有話，感覺起來是真心自責。可是同時，當凱絲告訴葛雷格追蹤器鑰匙時，他表現出的憤怒又讓她深感不安。她點開 iDate，再讀一次柏堤的檔案。

如果現在學校其他女孩能看到她就好了。雖然，她搞不好更希望她們不知道。那些跩得要命的賤貨。這一切都是她的，就她一個人的。然而當柏堤繞過轉角走來，這念頭旋即消失在排山倒海的荷爾蒙亢奮之中。他的目光直接落在她身上，好像受到看不見的磁力牽引。他對著她輕輕以下巴示意招呼，使得凱絲整個人暈陶陶，感覺很奇妙。「嗨。」她說。

「嘿，妳好啊。」

他們一起沿著運河走，這裡沒有公園那麼漂亮，可是在涼爽的秋日空氣中也夠舒適了。凱絲忍不住打量他寬闊的肩膀，以及雙腿長而精瘦的線條。她好喜歡他的頭髮微微捲垂在領子上方的模樣，還有不時朝她方向望去的眼神，就像在確認她沒有不見似的。

她想表現得冷靜，不要輕易淪陷，因為雜誌上都是這樣諄諄告誡。可是當他人在這裡，她發現自己臉上死黏著一副愚蠢的笑容、不肯退下。她好像也忘了該怎麼說話。可是這似乎都沒關係，因為柏堤填滿了兩個人的份量。

「我其實不確定妳會不會出現。」他說。

「為什麼？」

他聳聳肩。他實在是有夠完美。「因為每次只要我覺得人生就要變得美好，總會發生些事，告訴我想得美，我想錯了。」

他認為她會讓他的人生變美好！我的天——我、的、老、天。「我這不是來了嗎，」她咯咯輕笑，實在忍不住，笑容就這樣溜了出來。凱絲不禁臉紅，意識到自己聽起來有多幼稚。他在跟她說一些重要的事，結果她卻在這邊講一些蠢話。「話說回來，你還好嗎？昨天晚上你感覺真的很不開心；我很擔心你。」

他嘆口氣。「嗯，我沒事的。有時就只是……一切都一團混亂，妳懂嗎？」

「我懂。」凱絲說。雖然她其實一點也不懂。

「老天，我怎麼會把自己搞到這個地步？我到底是在想什麼？她那天晚上甚至連家也不回，天知道她去了哪裡。」

「你覺得她背著你偷吃嗎？」

「我只是……我不知道。我猜是有這個可能。」

凱絲不敢相信竟然有人會背著柏堤出軌。「她一定是瘋了。」

「妳這樣說只是人太好。」他說。

認真的，難道他不曉得嗎？他是真的不曉得嗎？他的女友一定傷他很深。凱絲早就知道那女的一定是個愛操弄人又控制狂的臭潑婦。很顯然她將他的自信打擊到千瘡百孔。

他們聊了一小時，分享的字句越多，兩人就靠得越近，音量越是降低，直到彷彿在講些親密的悄悄話。柏堤令凱絲神魂顛倒，她清楚意識到他的身體，還有他靠她那麼近。當他的平板響起，他確認了訊息後說他得走了，此舉引起的失望簡直令人難以承受。「你真的非走不可嗎？」

「嗯，真的，」他說，「抱歉。」

他快步走開，留凱絲傻瓜一樣盯著他的背後。她得用跑的才跟得上他。「柏堤！」她喊道，「柏堤，等一下！」

他回頭看見她，接著整個人轉過來，慢慢倒退著走。「怎麼了？」

「沒有，我只是……」凱絲得稍停片刻才能喘過氣；他走得很快。「你真的得走嗎？」

「得去幫我一個朋友辦點事。」

「噢，」她努力想擠出一些話來講，只要能延長和他相處的時間，什麼都好。她希望他能多說點什麼，可是他沒有。「我想我晚點再傳訊息給你好了。」她對他說，重複他對她說過的話。

「妳實在是很可愛。」他停下腳步，對她露出笑容——那種會讓她腹中蝴蝶飛舞的笑。

「是嗎？為什麼？」

「沒有為什麼。」

「一定有原因的吧。」

他聳聳肩。「妳就是很可愛。」

他停下腳步，凱絲朝他上前一步，然後又一步。「你是在笑我嗎？」她問道，開玩笑似的推他一下。他連一吋都沒移動。

「完全沒有。」他說，

她現在距離他非常近，而且發現自己正盯著他的雙脣。突然間，她冒出一個想法：她想吻他。可是她從來沒吻過任何人，沒有這樣吻過，她不知道要怎麼吻才好。

「很好，」她調整表情，做出生氣的模樣。穩穩當當一手扠在臀部，想藏起心中的不確定。

「掰了，凱絲。」他說，然後轉過身，臉上仍帶著笑。

凱絲被一股渴望壓倒，驅使著她再一次追上他。她抓住他的袖子、用力一拉，當他停步，她來到他身前，踮起腳尖，對準了他的雙脣——她接觸到了。然後她腳跟再次落地，臉頰因為這甜美而興奮的感受開始燃燒。「掰了，柏堤。」她說，然後能走多快就走多快。她忍不住咧開笑容，怎樣都收不起來。

接下來她也無處可去。她不想回慈母之家，冒著風險被歐布萊恩太太逮到並對莎拉打小報告，說她又太早回家。唯一的選項就是去學校。她對接待人員說自己感覺好一點了，彷彿無事發生一樣飄回教室——雖然其實有事發生。不幸的是，她那天下午有宵禁課。不過就算這樣，她也似乎可以承受。

柏堤在她坐下來十分鐘後就傳訊給她。

第三十一章
海倫

海倫也開始質疑自己的精神狀態。她對一切本來是這麼的確定，關於湯姆還有他們的未來；關於成為母親。她本來對墮胎也是這麼確定，以為那只是小事一樁，肚子稍微痛一下就結束。她真是錯得離譜，她現在知道了。她讀過的一切都無法讓她擁有足夠心理準備，面對其中的現實。

從瑪波家逃走後，她到處亂開了一會兒，可是她也知道自己並不適合握方向盤。她在午夜過後不久回到了家，睡在沙發上。她沒見到湯姆。臥室大門緊閉，可是他的鞋子在前門裡，亂扔的針織衫躺在沙發上，廚房也亂七八糟。他在家。

就算她週一早上顯得有點累、動作有點慢；如果她午餐時間把自己關在教室，說打分數快要做不完，就不需要和任何人說話。這也不是什麼大事。身體方面她沒有事，沒人會知道她做了什麼，除非她選擇跟他們說。

可是她怎麼也甩不開那股恐懼，覺得自己會做出或說出一些什麼洩露祕密。會有人莫名其妙猜到，她就是那上千個因為驗出胚胎是男孩就偷偷終止妊娠的女人之一。這個議題一年裡會在國會裡掀起幾次討論，如果新聞了無新意，沒有什麼東西可報，媒體就會發布相關文章。可是沒人真的會多看幾眼。

午餐時間結束的鈴聲響起。海倫心不甘、情不願地從桌子起身、打開門鎖。學生三三兩兩出現。當她看見比利，她猛地想起（而且不是第一次）他實在是個奇怪的男孩。他總會消失在背景中，在一個空間裡沒有任何會被注意到的特質。這也是海倫在課堂上總試圖稍微推他一把的原因，像是問他意見之類的。與其讓他完全隱形，不如稍微伸出援手。

今天，當她看見他穿著破舊的T恤和非常需要修剪的髮型，發現自己根本是白費心機。說到底這根本不會有任何改變。她打開筆電，在凱絲．強森走進來時正在下載上課要用的投影片。「抱歉，」凱絲說，然而語氣中沒有任何抱歉。她擠過桌子之間，在比利身旁坐下，拿出平板打開，連看也沒看海倫一眼。

海倫倒不至於無法處理她那副臭脾氣，此時一種新的感覺卻油然而生。她看著凱絲，湧上一股她也同樣懶得理會、擋無可擋的感受。

在今天的課堂，他們應該討論同居許可的引介。海倫一點也不期待。她不想太仔細去檢討原因。「許可在二〇二六年時引入，」她開口，「做為婚姻法的擴大解釋，一般認為舊的婚姻法已經過時。雖有法律保護女人不遭到家暴傷害——這在當時是重要議題，可是許多女性仍覺得不夠，原因為何也很也很明顯。如果你以毆打或脅迫控制罪起訴男性，傷害老早就造成了。我們必須在發生之前就先行阻止。只定義它們是違法行為並沒有用，儘管那也是很重要的一步。」

她拿起平板、打開影片，開始播放申請同居許可的過程。牆上的投影螢幕秀出一對迷人的年輕情侶走進諮商中心，和一名笑容滿面的諮商者談話。一切都那麼美好又愉快。

放完時，海倫將注意力轉回課堂。她以前要總看好多好多次，而且老是看到有些眼眶含淚，因為她一直認為那就是未來的自己，因此滿心期待。她從來沒想過拿到同居許可之後會怎樣。在那之後的未來都是一片模糊。她根本沒想過這件事會這麼反高潮。

因為她現在就是這個感覺：無聊、落空、失望。也許她該在下班後打給芬恩醫生，週末再安排一次時段。儘管她不確定湯姆會不會開心。她想，不管什麼時候，她就算自己去應該也沒關係。對，她就要這麼做。她只需要聽芬恩醫生告訴她說這個感覺很正常，這樣就行，說隨著時間過去一切就會變好。畢竟，當妳抱著這麼高的期望，掉回踏實的地面後撞了點包也是無可厚非。

「大家覺得同居許可有辦法幫助蘇珊．朗恩嗎？」她問課堂同學。

「絕對有，」艾咪．希爾說，「如果她知道他的真面目，就不可能和他發展太正式的關係。」

然後是凱絲。要向其他女孩的堅定發出挑戰書需要莫大勇氣——不然就是莫大愚蠢。可能兩者皆是嗎？不管怎樣，凱絲還是做了。當凱絲開始滔滔不絕，就連海倫都覺得自己無法喘息、心中滿是震驚。「同居許可這點子超爛，」她說，「首先，那就像是暗示女性不夠聰明，無法自己做出決定，好像沒人在旁監督就什麼也做不了的小孩。」

海倫絕對不會承認和湯姆進行那些同居諮商流程時，她也冒出同樣想法。當她從凱絲・強森口中聽到這話，不禁意識到那有多麼天真、多麼狹隘。

「還有一件事，」凱絲說，「這東西根本算不上絕對可靠，還不是有拿到同居許可的情侶最後一樣分手。」

「諮商並不代表情侶就是彼此的真命天子，」海倫指出，「重點不是這個，那只是代表能辨識親密伴侶之間的暴力風險會變高的情侶，以防他們住在一起。」

從前這聽起來很夠，現在她卻不太確定了。湯姆搬進她公寓以前，同居感覺是相當聰明的練習，就像當媽媽一樣。可是現在不是了。倒不是說她和湯姆會分手，她也曉得自己和他在一起十分安全。可是她希望芬恩醫生對她更公開、更坦白，也希望自己對於和一名男性住在一起的現實做了更完善的準備。「我還是看不出同居許可要怎麼幫助蘇珊・朗恩。」凱西說，「他們從來沒有住在一起，在她被殺的時候，兩人早就分手了。」

「她也許應該更早結束關係，在兩人糾纏得更深之前先去做諮商。通常只要許可被拒，情侶就會分手；如果在一起沒有未來，人們大多會漸行漸遠。如果蘇珊有這麼做，她就能更快離開他、踏出下一步，說不定就能讓事情變得不一樣。」

「她根本不需要諮商師來告訴她這個人是爛人好嗎！他早就因為跟蹤前女友被人報警了。」

「蘇珊那個時候還不知道。」

「可是她發現之後還是持續和他見面。」

「情況比那再複雜一些；他一直不肯放過她，」海倫說，「他會不請自來出現在她家、在她工作的地方；他威脅要把她的私密照放到網路上。她盡了全力試圖控制他的行為。而有的時候，女人會發現自己處於某種狀況：要是逆來順受，一切就會比較容易、比較安全，即使她們其實想要拒絕。」

「好，」凱絲憤怒地說道，「就當作他真的很可怕好了。那蘇珊．朗恩為什麼不去找警察？他其他女友就找了。」

「警察無視女性的歷史已經不是一天兩天，」海倫交叉雙臂，靠坐在桌子邊緣。「不聽她們申訴、不認真看待她們。蘇珊是公眾人物，她有形象和工作要顧。她擔心要是自己去找警察，媒體就會發現，傷害到她的職涯。」

「那妳就不能說這不是她的錯，」凱絲的臉漲成深粉紅。「我不懂為什麼男人必須揹上所有責任。」

教室裡的其他部分彷彿褪入背景，海倫只看得見凱絲。她覺得兩人彷彿進行著完全不一樣的對話，這裡發生了一些她不太瞭解的狀況。凱絲說出口的每個字中雖有憤怒，但是不知怎麼，好像還添加了得意洋洋的弦外之音。那女孩的身體前傾、緊繃，好像隨時都會從椅子上爆衝出去。她畫了一圈黑色眼妝，讓雙眼看起來巨大而狂野，在這個對比之下，她的皮膚更顯蒼白稚嫩。「凱絲，夠了。」

幸運的是，在這瞬間鐘聲響起，代表課堂結束。凱絲抓了包包推擠出去，以驚人的力道狠狠衝撞海倫。海倫踉蹌一下跌回桌子，將自己的包包撞翻到地上，碰的一聲掉落，內容物散得地上到處都是。門先是嘎吱一聲打開，接著又碰的一下關起來。

教室裡其餘的人迅速跟著離開。海倫蹲在自己桌旁，開始把東西塞回包包。好幾雙腳經過她身旁，大多穿著髒髒舊舊的運動鞋或匡威帆布鞋。沒幾分鐘學校就成空城，在一天結束時青少年的動作能有多快，向來令她咋舌。一般而言，她會多留個一小時，準備一下明天早上的事。可是今天她不想，她沒心情。即使她現在已經沒懷孕了，在朝車子走去、開車回家時依舊覺得身體沉重。她現在一心只想要洗個熱水澡後蜷在床上。這應該不算要求太多吧？她對自己說，明天一定會更好。

可是當她走到家門前，卻找不到鑰匙。她檢查口袋、包包、車子，然後再檢查一次包包。毫無蹤跡。她考慮要不要開回學校，可是就連這個念頭都令她幾乎要噴出眼淚。所以她輕輕用腦袋在門上撞了幾下，希望讓自己清醒一點。她傳訊息給湯姆。週一是他去大學的時間，雖然他應該過一會兒就會回來了。

把自己鎖在外面了。

需要我回家嗎？他回覆。

需要，拜託。

等我十五分鐘。愛妳。

十五分鐘不算很久，雖然他真的到家時拉長到了四十分鐘。那時海倫已經又冷又餓，而且一肚子火。當他在路上走來，她正坐在自己車裡無事可做，幾乎要哭出來。她打開車門下車。

他用目光將她打量了一遍。有一瞬間，海倫發現自己屏住了呼吸，突然不確定自己應該怎麼做。她想斥責他怎麼花了這麼久，卻本能覺得最好還是別這麼做。

「我找不到鑰匙。」她說。

「我把鑰匙借給我一個朋友了，因為他今天早上想拿個東西過來。我確定有跟妳說。妳沒在車上放備用鑰匙嗎？」

「沒有。」海倫說。他有告訴她嗎？他一定有吧。

「過來，」他張開了雙臂，她便朝他走去。他緊緊抱了她一下。「我不是來了嗎，」他說，「我們快進去裡面吧。」

他一手伸進口袋，掏出一串她打給他的新鑰匙，用熟練而輕鬆的動作把門打開，在她前面進去，把鑰匙扔到一進門的那張桌上。鑰匙啪啦一聲落下，沒投進用來放的碗裡。海倫彎下身去撿，輕手輕腳地把鑰匙放進碗中。即使她的手指在他的鑰匙上多停留了一會兒，即使她思考著是否要把它從鑰匙圈上拿下來、放進自己口袋，也只是想想，不代表任何意義。

反正他都來了，她也進屋了，門口階梯上的四十分鐘很快就被拋到腦後。她到廚房加入他，在他往壺裡倒水時從碗櫥拿出馬克杯，並提醒自己能夠一起做些什麼有多麼美好，即使只是像這樣的小事，她都極為渴望。沒錯，她被鑰匙弄得很火大，可是不值得為此開口吵架。

也許寶寶是男孩也是好事，因為這一切都太多也太快了。她過於急躁、沒想清楚，或應該說——如果她對自己誠實點——她根本想都沒想。海倫已經獨身很久。她的父母等同視訊電話另一頭的陌生人；她渴望家庭。可是她和湯姆需要時間先更瞭解彼此。芬恩醫生一直在試圖告訴她這件事。

好吧，現在有時間這麼做了，而且還可以帶著清楚的腦子。

「晚餐吃什麼？」湯姆問道，一面放下水壺、打開開關。

「冷凍庫裡有雞肉。你會不會想做你跟我說過的雞肉咖哩？」

他拉長了臉。「今晚嗎？」海倫一手放在流理臺，身體重量靠在上面。她累到不行，在外面坐了快要一小時也毫無助益。「對。」

「昨天是我煮飯的。」

「但是昨天晚上我不在啊，」她在瑪波家裡。痛苦不堪、害怕不已。

「沒錯，」他說，「但那根本不是我的錯。不然妳想要我怎樣？餓肚子嗎？」

海倫不知道；她沒想過這件事。她的心靈和身體都被某件遠比湯姆更重要的事情占滿。當她注視著他，想將真相對他一吐而快的衝動簡直無法壓抑。可是她沒有說。「我只是有點驚訝我不在的時候你會煮飯，」她說，「目前為止你還沒為我們兩人下過廚。」

「我的老天，」他啪的一下將雙手摜在流理檯面。「我真不知道妳現在到底是怎麼回事，可是我希望妳快點想開。我今天不想煮飯是因為我已經安排好和兄弟打線上遊戲，我也告訴過妳了。」

他有嗎？她不記得了。可是她不想挑釁他。她想要過個開心的晚上，不要吵架。水槽裡面還有早餐沒洗的盤子，所以她打開水龍頭，等著水溫變熱。「抱歉，我忘了。」

他打開裝茶包的錫罐，拿了一個出來。「妳整個禮拜都這個模樣。」他說。

「我什麼模樣？」

「下賤的可憐蟲。海倫，我愛妳，可是妳有的時候真的太拚了。」

海倫覺得腳下的地板好像在搖晃，聽見他這樣說她時，湧上心頭的沮喪亦然。她知道自己心不在焉，可是她真的有那麼不好嗎？她把冷凍庫翻了一遍，開始把晚餐材料拿出來，試圖想出能夠花最少時間和力氣湊合出來的東西，拚了命想取悅他，找回兩人不過幾天前在彼此身上感到的正向氛圍。

「妳現在又是在做什麼？為什麼像神經病一樣亂翻冰箱？」

海倫頓時停下，手裡還抓了只紅椒。「我要煮晚餐。」

他臉上的一條肌肉抽搐。「妳要做可以，但不用這樣乒乒乓乓。」

「我沒有乒乒乓乓。」

「妳有，妳看妳，根本就是在亂發脾氣。媽的，海倫，」他靠過來，堅定地用手臂將她推到一旁，並且以同樣不耐煩的怒氣拿來砧板和刀。「我只是想要有個美好的夜晚，和兄弟打幾個小時遊戲，現在卻得處理這些爛事。」

海倫震驚至極、心跳加快；她退得離門口能多遠就多遠。

「是妳要我搬進來的，海倫，就算再等久一點我也樂意，可是妳這麼想要，我不願意讓妳失望。」

是真的嗎？他寧可多等一會兒嗎？是她逼他的嗎？「那你怎麼不說？」

「我這麼努力想讓妳開心，」刀子切得碰碰響。「我只是不知道該怎麼辦；我不知道妳要什麼。妳知道我非常喜歡妳，什麼都願意為妳做，可是即使那樣還是不夠，對不對？」

海倫恨不得想告訴他真相，想要說：不對，她最近之所以怪裡怪氣又疏離，是因為她墮掉了兩人的寶寶，而且深知那是對的。可是即便如此，她仍覺得自己好像犯了錯。這會讓她變成壞人嗎？會讓他認為她是壞人嗎？可是她實在太怕問了他會得到什麼答案。然而她必須給他一點什麼，什麼都好，只要能帶走他臉上的憤怒，還有她身體承受的重量。

「我很高興的，」她對他說，「我只是……」

「只是怎樣？海倫？說真的，妳到底是怎樣？」

只要能讓他別再發脾氣，什麼都好。「瑪波和我吵架了。」她不是故意要把瑪波推入火坑，可是她知道，能夠奏效的就只有這個了。

屋裡的氣氛瞬間改變。

「吵什麼呢？」

「其實沒什麼，」海倫說，「只是……她不太開心，因為我上週沒和她去吃晚餐。」

「媽的那頭死母牛，」他停止切菜，可是刀尖仍在半空中顫動。「她就是嫉妒妳、嫉妒我們。妳知道的對吧？」

「我也是這樣告訴她的。」

「妳不准再和她見面了，」他說，「就這樣。妳和她完了。」

「可是……」

「不行，海倫，她是個大麻煩。我在乎的只有妳一個。我不會讓她害妳心情不好，如果她又那樣，我會親自把她處理掉。」

第三十二章

潘蜜拉

現在，下午一點三十分

我回到警局，發現裡頭氣氛嚴肅。儘管蘇做了所有嘗試，依舊無法從凱特．湯森那裡逼出任何接近自白的說詞，而且她也沒有其他證據。其餘的都只是間接證據，因此他們兩人將無罪釋放。

我走進去，發現蘇．佛格森站在房間中央。「我們不能排除凱特，」她說，「我要重申此事，她仍是嫌疑犯。我們手上有動機，我們知道她當時人在那一區，我們也知道她符合嫌犯描述。只要一能確認屍體屬於莎拉．華勒斯，我們就要把她羈押回來。」

但是她垮下的肩膀和交叉的雙臂卻確實無誤地傳達出沮喪氛圍。桌上到處散放咖啡杯，這裡的人工燈光感覺太亮。

「全部人都給我回去工作。」蘇命令道，然而我卻被帶進她的辦公室。

「妳跑去哪裡了？」她問我。

「我頭痛，」我撒謊，「快速買了個止痛藥。我錯過什麼了嗎？」

蘇看著我，大喝了一口咖啡、舔舔嘴脣。我不住思忖她是否看出我在說謊。「湯森姊弟身上都沒有任何DNA的痕跡，我們得放他們走——就目前來說。媒體小組準備了另一段聲明，我要妳來發表。十分鐘。」我點頭表示瞭解，然後走到自己桌前坐下。我痛恨這裡，這開放式辦公室，到處散的桌子。我在這裡無法——真的完全無法思考。然而我還是得思考。我獲得了某種碎片，一些對不起來的拼圖，可是一定要對起來，一定要。我沒告訴蘇自己到底去了哪裡，因為我知道她會把那些碎片搶走，不讓我細看。因為，當我看著我們受害者的臉，見到的是男性留下的痕跡，蘇卻只看見必須應付的問題。

我再次迅速叫出莎拉·華勒斯的資訊。一張照片出現在螢幕背景，是一個臉上沒有笑容的女人大頭照。我想起那具屍體，試圖合併兩張臉孔：那張破碎的臉和這一張——是有可能，我不能說沒有。但話說回來……「有女兒的消息了嗎？」

「沒有，」瑞秋靜靜說道，「我們排除了監視攝影機上的人是她的可能性。她不夠高。此外我們也確認了她的醫療紀錄。」

我等著她開口，等她問我是否認為凱絲·強森是我們的受害者。她沒有問。

「前夫呢？」

「前夫怎樣？」瑞秋問道，再次轉回螢幕。

於是我逕自鑽研起監獄紀錄。他叫葛雷格·強森，無論各個方面都是模範受刑人，一次錯都沒犯過。他因為舍房分配的緣故早一週獲得釋放。莎拉·華勒斯曾提出申請，希望他重新安置到其他地方。關於這個男人，和紀錄一起出現的簡短描述令我提不起勁，可是在葛雷格・強森和監獄諮商師的對話中，他宣稱自己之所以違反宵禁法，是因為莎拉把他推到門外。根據我剛剛讀到的描述，我其實也怪不了她。然而不知怎麼，他的名字持續困擾著我。我回去點閱先前做的筆記。強森、強森……找到了。

「妳在找什麼？」瑞秋問道，在她桌前坐下。

「妳還記得我們之前去問話過的那個女人嗎？那個大半夜出去見男人的？那男的好像是莎拉・華勒斯的前夫。」

「我的天。」瑞秋說。她拿出平板開始點擊鍵盤，手指簡直一分鐘幾十萬上下。媒體聯絡專員急急忙忙走過來。我把螢幕關上。「我們需要妳發表另一個聲明。」她說完後推給我一個平板，我別無選擇、只能接下。

「妳確定我是這件事的正確人選嗎？」我沒敢問蘇，因為我知道不會有用。但是現在似乎值得一試。

「前一次是妳發表的，」她說，「我們需要有連貫性。」

我被人團團包圍，朝著門的方向被帶過去，一個轉眼就發現自己站在外頭，面對這群暴民——恐怕也只能用這兩個字來形容了。我等了好幾分鐘這些人的音量才減弱，讓我說的話能被聽見。即便如此，我還是不時遭到喊叫打斷。

我讀了聲明的前幾行句子——還在調查、隨時會收到新的資訊、這對大家都不容易——

等等。但是，當來到最後一句，我停了下來。

也許牙醫紀錄會回來，並且確認受害者是莎拉．華勒斯沒錯；也許，蘇會莫名其妙找到方法把罪栽到凱特．湯森和她的悲痛上，儘管事實證明，屍體上遍尋不著凱特的DNA。如果這都沒發生，也許她會找到方法冠在史嘉蕾．卡德威頭上，因為現在，很顯然我們必須更仔細地調查這個人。也許這一切都會按照蘇．佛格森想要的方向走，而只要再一個多小時，我就會回到這道階梯、宣布這件事。

可是我做不到，我無法唸出最後一句話；我不願意撒謊。我不會在我們根本八字沒一撇時假裝快要解開案情。有人知道我們的受害者是誰，有人在想念她。而他們很可能甚至還不知道這件事。也許該讓他們知道了。我關掉平板、看著大眾。「我們目前還不知道屍體身分。」我對著他們說，「當我們還不知道，要查出是誰幹的就會變得非常困難。我能告訴你們的只有：受害者是一名成年女性，她遭到勒殺和毆打。我們相信她年齡在十八到四十五歲之間，白人，深色頭髮，身上沒有刺青或疤痕，或其他明顯特徵。」

我拿出自己的平板，快速打開，叫出我拍攝的受害者衣服照片，舉了起來。「這是她的衣服，」我說，「如果你認得，請聯絡我們。」我慢慢將它從一邊移動到另一邊，盡可能讓越多人清楚看見。我知道只要過幾分鐘，這些畫面就會廣大擴散出去。

我還有一件事想說，而且覺得幾乎就要衝口而出。我掙扎著思考這到底是不是好主意，但沒有思考很久。如果我什麼也不說，如果我沒有至少試一下，蘇．佛格森和她的成員就會繼續那麼做，並且去找個女人來定罪。瑞秋那樣年輕的警官一定會幫助他們。「我已經當了三十年警察，」我說，「我見過許多喪盡天良的案件。如果這樁謀殺發生在宵禁法之前，我毫無疑問會認為是由男性犯下——毫無疑問。我不認為現在我們就該畏懼考慮這個可能性。」

對我來說，最重要的事一直以來都一樣：真相。我不在乎它是否難以接受或令人不快。除非我們知道究竟發生了什麼，否則無法確保事情不再發生。

我轉身回到裡頭，看見瑞秋和蘇·佛格森。我不曉得她們在場。我看到了蘇臉上的憤怒，還有瑞秋臉上的震驚。

我想我麻煩大了。

第三十三章
莎拉

莎拉在週五帶著腹中沉重的感受去上班。這真是太難理解了，才不過幾週以前，她還這麼熱愛這份工作，以為自己永遠不會想放棄。她的野心會是長遠的那種，而且還會記在她平板的行事曆上。再過六個月：資深追蹤員。一年後：中心管理者。而今，因為過去幾天發生的事，她已不再確定上述這些是不是還有可能——保羅．湯森的死，加上消失的追蹤器鑰匙。感覺一切好像都全然走錯。她上班時焦慮不已，深怕萬一又犯下別的錯誤。她在公共場合也焦慮，怕又會撞見葛雷格。現在就連在慈母之家她都焦慮，因為她曉得自己會多麼容易對凱絲情緒失控。

她告訴自己不會永遠這樣的。只要凱絲去上大學，如果她想，就能夠搬到另一個市鎮，在別的地方重新開始。如有必要，她甚至可以買個自己的小窩，雖然她很喜歡和其他女人住在一起。這讓她感覺沒那麼孤單。

莎拉重複確認包包，然後下車。這一整天的情況都如她所料：同事心情都很肅穆，男人乖巧得十分不尋常。莎拉則很高興。如果情況有必要，她仍有自信可以再拿起電擊槍來用。

可是她真的不想。

至少瑪波好像開心點了。她買了杯茶給莎拉。「抱歉這週我心情都那麼差，」她說，「我知道我實在很糟。」

「那不是妳的錯，」莎拉對她說，「這幾天大家都不好過。」

「也不只因為這個，」瑪波說，「我和海倫吵架了。」

「發生什麼事？」

「我猜告訴妳應該沒關係吧。」瑪波說，「她懷了孕，是男孩，所以她決定不要留著。湯姆不知道。我跟她說，她不該和一個連這種事都得保密的人在一起。她說我是嫉妒他們兩個。」

「有時妳得放手，讓他們自己把事情釐清楚，」莎拉說。而在她說出口的同時，也意識到她最好也聽從自己的建議。也許她該讓凱絲自己決定要不要見葛雷格。

瑪波聳聳肩。「我才不在乎她到底要不要釐清。」

莎拉懷疑瑪波不過是在說服自己，可是暫且放下，這不是她的問題，她不想被捲進這種……怎麼說呢，說到底根本微不足道的口角裡。

下午過到一半時，哈荻亞來到她辦公室，告訴她追蹤安全委員會傳來了最終報告。他們確認了與被她電擊的男人過世的一切相關證據，包含驗屍報告，並且做出裁決，判定莎拉的舉動合情合理、並無過錯。

這感覺就像心中落下一塊大石。莎拉在椅子上往後一靠，從頭到尾又把報告讀了三次，好徹底確定。她不禁眼中湧上淚水，然而這股情緒迅速在身體中消散，她幾乎是立刻冷靜下來，準備要移往名單上的下一名男性，接著再下一名，然後——彷彿數日以來，她第一次感到自己的人生終於又開始前進。

現在只剩一件事情：呈報失蹤的鑰匙。她在這天下午做出申報。

「妳最後一次看見是什麼時候？」哈荻亞問道。

「我不確定，」莎拉承認，「過去幾天一切都太亂七八糟，我之所以沒有直接呈報，是因為我以為放到了某個很扯的地方，它一定會自己跑出來——但是沒有。」

哈荻亞吐出一口氣。「鑰匙一不見妳就應該告訴我的。」

「我知道，」莎拉望著地板。「我嘗試用過追蹤程式，可是系統怎麼也定位不到。」

「電池很可能沒電了，」哈荻亞說。她拿起外套，將手伸進袖子。「我真的該走了，我們下個禮拜再來解決這件事。反正也不是說會有別人把它拿來用。」

這個結果值得慶賀。莎拉將辦公室整理乾淨，等待宵禁時間到來，打算回家路上買瓶酒和歐布萊恩太太一起喝，她告訴過她，品嘗勝利的滋味非常重要。而這就是那種勝利。她面對的是一個打算造成麻煩、也想要造成麻煩的男人，而她信任了自己的本能、做出應變措施。她沒有等麻煩真的發生。這就是她在葛雷格身上做錯的事。她沒有聽從直覺，對放在眼前的一切視而不見，因為一旦看見，就表示必須著手處理，而她不曉得自己做不做得到。再也不了。她再也不會懷疑自我。當她看見有東西塞在車子雨刷下面，已經走到停車場的一半。那是一張字條，一張便宜的白紙用大寫粗體寫道：

賤貨，我知道妳幹了什麼好事，妳一定會後悔自己的所作所為。

看來湯森家的人越來越過分了。

第二十四章
凱絲

凱絲和柏堤見面才過兩天，感覺卻像是過了好久好久。她完全沒去想其他的事，只是不斷在腦中重播兩人的對話和街上的親吻，直到那個記憶呈現某種猶如電影的魔幻質地。在她的腦中，她就像局外人一樣看著自己的演出。週二晚上，她不斷傳訊息給他，怎麼也阻止不了自己，即使他告訴凱絲自己無法回覆，因為女友在家他就沒有任何隱私。

等到週三下午，她覺得自己就要發瘋。凱絲恨不得想知道他在做什麼、想什麼，他有沒有想著她。她想要他和女友分手，並且發現自己實在越來越難以理解他為什麼不分。他讓她苦苦在回應與回應間等待。休息時間時，她會到廁所哭，用袖子悶住啜泣，希望其他女孩不會聽到。她會上一刻處於極度喜悅，然後一眨眼又墜入沮喪深淵，接著再次回升。讓情況變得更糟的是，她沒有任何女性朋友能談這件事，沒人能夠幫助她客觀地剖析他的訊息。她對他的 iDate 檔案倒背如流，卻還是忍不住一遍又一遍去看有沒有哪裡變了。

她能聊的人只有比利，可是她卻在躲著他，因為比利拚了命想要她把追蹤器弄回去。

「拜託，」那天他在學校懇求她。「下課後過來。不然，如果妳想，我們現在弄也可以。我們可以去操場沒人會看到的地方，妳看，我有戴。」比利將褲腳拉起來給她看；他用膠帶把追蹤器綁在腳踝上。

「不行，」凱絲說，「我們再等幾天。」

「為什麼？」比利問。

「因為我想等，」凱絲對他說，朝著女生廁所走回去，曉得他不能跟過來。由於她有權對他呼來喚去，因此稍微緩解了無法讓柏堤或父親多關心她的沮喪。

她太怕去催促葛雷格，那麼，就剩下柏堤。凱絲在恍惚中撐過最後一堂課。當鈴聲響起，她沒等比利就離開，搭上進市中心的公車，抵達那裡時已過四點。

她急忙前往咖啡店。透過窗戶，她能看到柏堤在裡面，因此心情飛揚。凱絲花了一會兒對著窗戶檢查頭髮，咬了咬嘴唇，讓血色更粉嫩，然後推開了門進去。她急匆匆來到櫃檯。

「嗨，柏堤。」她開朗地說。

他不是一個人。櫃檯後方有個女人，個子小小，金色頭髮，穿著黑色長褲與Polo襯衫的標準制服。她的目光輕輕飄到凱絲身上，再回到剛剛正在清理的咖啡機。

「嗨，」柏堤快速瞥了他同事一眼。「想喝點什麼呢？」

凱絲期待的不是這種回應，他看到她甚至也不怎麼開心。她不懂。「香草拿鐵。」她說。

她得在包裡翻找一陣子才找到平板付錢，飲料則是由那個金髮女人做的，而她實在做得不怎麼好。凱絲在一張空桌找到位置，面對櫃檯坐下，開始玩平板。她覺得自己被徹底擊潰。

——然後她的平板就發出了聲音，提示有訊息。是柏堤。她迅速往櫃檯瞥了一眼，可是他沒往她這邊看。

妳在這裡做什麼？

我想見你。

時機不對。

櫃檯後面的女人對他說了些話，不管是什麼，一定都很有趣。因為他笑了。

凱絲又喝了一口拿鐵。突然之間，它嘗起來太甜又太厚重，而且她發現自己根本就不想喝。她剩了一半沒喝完，從桌子站起來走出去。她覺得整個人搖搖晃晃、滿心失望，必須非常拚命才不至於爆哭出來。最後，她甚至沒能繞過轉角就隱忍失敗，直接站在那裡用袖子抹臉抽泣。

而柏堤就在那時出來找到了她。他慢慢靠近，雙手藏在褲子口袋。「凱絲？」

「幹嘛？」

「妳為什麼哭？」

「我沒有哭。」

「有，妳有哭。」

她堅決地抹了一下臉，用力吞了一口口水。「你在乎嗎？」

他的表情一沉。「我怎樣了嗎？為什麼要受妳的氣？」

凱絲用鞋子磨著地面。「你沒怎樣。」她咕噥道。

「聽好，」他說，「妳嚇了我一跳，只是這樣而已。妳知道我的家裡狀況複雜，可是和我一起工作的人並不知道。」

她偷偷抬頭看著他。「我不是故意要讓你困擾的。」

「嗯，好吧，」他把雙手塞進口袋。「晚點我傳訊息給妳，好嗎？」

「好。」

「但妳不能在我工作的時候突然出現。如果妳來，有其他員工和我一起上班，那就當我們兩人不認識，OK？」

「好啦，」凱絲說，努力地對他露出微笑，然後徘徊不去，希望能得到更多，期望他可能會迅速偷親她一下。但他沒有。

「對我來說，妳太好了，」他說，「我不值得。」他頭往後仰，雙手抹了抹臉。「我真的得走了。晚點好嗎？」

「好。」凱絲說。當他回到店裡，凱絲玩弄著自己的夾克，覺得雙眼疼痛，臉上皮膚繃緊得不太舒服。她讓自己出了洋相。凱絲帶著一種想吐的感覺朝公車站走去，一心只想躲起來、消失在世界上，可是這個世界總是不放過人。她在回家路上收到了爸爸的訊息。

得和妳談一些事。收到立刻回我。

她回覆時，他要她來河畔居找他。凱絲其實不太想去，她不想面對入口門廳的尿味或髒兮兮的樓梯，或住在葛雷格隔壁公寓的男人。可是她還是去了。

要爬上樓梯敲響他的家門需要某種程度的勇氣。儘管這裡是這麼骯髒，她最害怕的其實是他還在對她生氣。她告訴他追蹤器鑰匙的事情時，他的反應讓她覺得自己像是洩氣的氣球，又乾又扁、毫無用處。過去這幾天來有更多回憶重新湧上，而她再也無法假裝自己從沒看過父親發脾氣。脹紅的臉、眨都不眨一下的目光，其實她都很熟悉。其中差異只在於父親發脾氣的對象從來不是她。凱絲完全沒想過自己會成為這個對象。葛雷格只會對莎拉發火，而且每次都是莎拉的錯。

對於凱絲，他向來和顏悅色、和藹可親。他會偷偷在睡覺時拿糖果給她，會在莎拉拒絕買給她玩具時買給她，會在母親禁止她穿耳洞後還帶她去穿。而莎拉說，到最後她一定會發炎感染。

至少在這件事上莎拉算是說對了。凱絲還記得自己大半夜醒過來，耳朵熱辣辣的痛，也記得她是怎樣悄悄溜進浴室，從櫃子拿止痛藥吃。後來莎拉得帶她去看醫生拿抗生素，即使葛雷格說她反應過度，只要過個幾天那就會好了。她把這些全忘了。而今，她碰了碰耳朵，感覺著那小小一顆銀釘。

當她走到樓梯最上方，葛雷格打開了門。凱絲朝他走去時，他張開雙臂，用一個大大的擁抱迎接她，抱著她左搖右晃。「見到妳真好，」他說，「這禮拜過得怎麼樣？」

關於兩人上次見面的一切，他隻字未提。但如果他希望裝出一副什麼也沒發生的模樣，凱絲也樂於配合。她整個身體似乎放鬆了下來。「還行，」她說，「你呢？」

「沒什麼特別興奮的事要說，」他大聲呼出一口氣。「噯，我也太沒禮貌了，快進來。」他往後一站，讓她能夠進入公寓。「今天早上剛檢查過我的追蹤器，一點問題也沒有，這大概是這幾天唯一興奮的事。」

「你去了追蹤中心？」凱絲問，想到了母親，稍微驚慌地心臟猛跳一下。

「不是，是他們來這裡。我們不能去中心。」

「我的天，他們真的把你當成罪犯了是不是？」

「這是當然。」他在沙發上坐下，把戴了追蹤器的腳踝抬到膝蓋上揉幾下。「我覺得我戴的追蹤器太緊，這該死的東西都勒到皮膚裡了。但他們不肯幫我放鬆，說這樣根本沒事。」

「都勒到了怎麼可能沒事？」

「我也是這麼說的。他們叫我拿些消毒藥膏擦，看有沒有幫助，可是那有點超出我的預算。」

「我幫你買一點，」凱絲迫不及待，「你要哪種的？」

「我不確定，」他說，「我們可以去轉角的店看看他們有什麼？」

「當然可以。」凱絲說。

他們到那裡後，她發現自己不只買了消毒藥膏給他，還有保溼乳液和嬰兒油。「謝了凱絲，」他們離開時，他手裡提著袋子這麼說道。「這真的有很大的幫助。」

「不客氣。」凱絲迅速表示，壓下心中不快，因為她突然發現自己其實不必放任他的失心瘋。可是這個人是她爸爸，他什麼也沒有。這不過是些清潔用品，而她不想再做任何會讓他對她發脾氣的行為。

之後，他們慢慢走回河畔居，葛雷格每走幾公尺就停下來揉腳踝。他問凱絲想不想進來喝杯茶吃個餅乾，儘管她想不出還有什麼比這更糟，依舊沒有拒絕。茶沒什麼味道，餅乾也只是便宜的消化餅。住在房間樓下的人把音樂開到要震破耳膜，凱絲都能感到音樂穿透地板了。

葛雷格又去揉腳踝，然後拉起長褲的褲腳給她看追蹤器：周遭的皮膚紅腫潰瘍，而且就連在凱絲看來都實在是被束得太緊了。「真不敢相信他們覺得這樣可以接受。」她說。

「我覺得我們的健康應該不是他們的第一要務。」

「應該要是才對，他們有義務要注意。」

「我哪敢妄想跟他們說這個。」他用手指在大腿打著鼓，然後嘆了口氣。「那個，我知道上次見面我對妳有點失控，我只是太驚訝，就是妳跟我說妳有……有那個東西。還在妳手上吧？」

「還在。」凱絲說。

「妳覺得妳能不能……算了。」

「能不能什麼？」

「能幫我弄鬆一點嗎？一點就好？」

凱絲知道自己不該這樣，她不想再亂搞另一個追蹤器。可是另一方面，他是她爸爸，他只不過是請她弄鬆一點罷了。她記得自己在追蹤中心目睹了什麼，她看見過母親對那個抱怨追蹤器太緊的男人做出了什麼。那是她最不希望發生在父親身上的事。

「我可以試試。」她打開包包、找出鑰匙，稍微轉往一旁，這樣他就不會看到她啟動鑰匙，也擔心可能不會有用。但是鑰匙就像先前那樣打開了。然後她解開他的追蹤器，盡量不要碰到那片腫起來的皮膚——他仍然縮了一下。凱絲調整了帶子，正要再鎖回去時，葛雷格靠近來看，用拇指測試了一下舒適度。

「妳可以再弄鬆一點嗎？」他問，「問題在於我的腳踝有時會水腫，讓情況變得更糟。」

「當然可以，」她再弄得寬一些，然後在他的無聲暗示下又弄得寬了一些。最後他似乎滿足了。凱絲再次鎖回去。

「好多了，」他說，像是獎賞一樣給了她一個笑容，問她要不要再來一片餅乾。凱絲拒絕了。她確認一下平板，說自己得走了。葛雷格要她傳訊息給他，這樣他就會曉得她有平安到家，他也說能見到她很開心，還有他非常想她。

也許，拿走追蹤器鑰匙也不算多嚴重的錯吧。

第三十五章
潘蜜拉

現在，下午兩點二十五分

我提供媒體第二次聲明之後，發現自己再一次和蘇．佛格森一起關在辦公室。我坐在椅子上，她則站著。我並未忽視這個權力展示的姿勢，任憑她的怒意如雨落在身上，讓我的皮膚熱辣辣的灼痛。

「妳怎麼可以這麼愚蠢？這麼恣意妄為？」她雙手扠在臀部，邁著大步從房間這邊走到另一邊。「妳對於目前的情形就這麼難以理解嗎？」

「我沒有恣意妄為，」我說，「我是忠於真相。」

「大眾不需要真相，」她的怒火似乎瞬間消散，接著一屁股坐在桌子另一邊的椅子，將臉埋進雙手，發出呻吟。「妳是一個經驗豐富的警官，潘蜜拉，妳很清楚這不只是找到凶手那麼簡單。」

事實上我還真不清楚。對我而言這可以說是唯一重要的事。「不然還會是怎樣？」

她瞪著我，一副無法相信我有多愚鈍的模樣。「宵禁法。」她說。

「什麼？因為絕對不可能是男人犯的罪？因為男人不可能在不被抓到的情況下去到外面？蘇，我得告訴妳，我認為有很大的機率……」

「到此為止，」她打斷我，捏起自己的鼻梁。「妳連那種話都不要說。聽懂我意思了嗎？我不允許。我已經警告過妳做出這種事會怎麼樣了，潘蜜拉。」

這個瞬間，我終於瞭解。她不是被派來這裡解決這件事，她是被派來這裡用正確的方式解決這件事。其他案子就是這樣——肇事逃逸，還有持刀傷人。就是因為這樣，調查那兩件案子的人才都不跟我說話。因為她們早就知道了。我忍不住猜想她都是說了些什麼才讓她們閉嘴。

「宵禁法有用，」她對我說，「那是我們能夠維持治安這麼久的唯一理由。妳我都知道那造成了怎樣的影響，又有多少女人被拯救。可是它非常脆弱，也有失去的可能，潘蜜拉，而且甚至不需要多大打擊。法律是可能被廢除的。」

而需要的只有逮捕一個男人。

「我們所需的證據就在那兒，」她說，「而且我們也會找到。我們知道莎拉．華勒斯絕對失蹤了。她今天早上沒有去上班，慈母之家的女人不知道她在哪裡，她沒回覆她的平板。瑞秋不久前帶了另一個嫌疑犯的名字來找我：史嘉蕾．卡德威。她很顯然和莎拉．華勒斯有關，而且平板的資料指出她昨晚人在外面。我已經派了警官去帶她過來，我們要查出潛在動機。」

「屍體上的男性DNA呢？」

「那可能有各種各樣的解釋。」

「例如說？」

她不理我。「最重要的是，我們要用大眾能夠理解而且合理的方式來講故事。」

可是這不是故事，我逕自想著，而是一個女人被活活打死、扔在公園。這不是小說，她的性命被人奪走，我們欠她一個事實真相，即使那會揭開一些我們不想聽到的宵禁法真相。

「潘蜜拉，我們現在有共識了嗎？」蘇問我。

我用舌頭抹過牙齒，嘴巴乾枯，想不起上一次喝東西是什麼時候。我不眠不休，直接從夜班值到日班，身體每個部分都極度敏銳易感，我已經累到無法承受。「我不認為有。」我說。

平板嗡嗡響起，不管蘇・佛格森要對我做出什麼回應，我都因此逃過一劫。我把平板從口袋拿出來檢查訊息。是蜜雪兒。「牙醫紀錄回來了。」我說。蘇・佛格森的平板也響起，應該是同個訊息。

「該死。」蘇看向自己的平板時嘟囔一聲。

不是莎拉・華勒斯。

我們兩個都還來不及說出任何一個字，瑞秋就衝了進來。她甚至連敲門都省了。「我們有消息了。」她滿臉通紅，好像跑了一百公尺，而不只是橫越一間開放式辦公室。「失蹤女子，剛剛進來的通報。我想……這個可能有一點點不一樣。這已經是第二個通報行蹤不明的人了。」

「是誰？」我問瑞秋。「可以把細節傳給我嗎？」

她傳了，我打開看，然後看著那個名字和照片，在我心中，那張被打得不成人形的臉和這張融合了起來，我心中罩下一股可怕的悲傷，像是一片落下的雪幕。「是她，」我說，「她是我們的受害者。」

當我望向蘇·佛格森，她的表情陰沉到不行。這就是剛剛告訴我要是說出真相會傷害宵禁法、那她寧可撒謊的女人。

我不禁揣測她又打算怎麼在這件事上瞎掰。

第三十六章
凱絲

週一，凱絲早早起床，在莎拉還在睡時離開慈母之家。她有事情要做。她知道自己又蹺一天課是在鋌而走險，可是她有應變計畫：她打算請生理假。

她計畫的核心是柏堤。她前一天晚上傳訊給他時，他是如此體貼且善解人意。他原諒了她跑到他工作的地方，也完全清楚她和慈母之家的女人發生什麼事，因為他也經歷過——和他的女朋友。他說她的朋友也讓他過得很辛苦。

她想要他來和她見面，他不太願意。可是凱絲不接受否定答案，到最後，他同意了。同個時間同個地點。然而他又晚到，她開始胡思亂想他是否不會出現，但是他出現了。

他不想去喝咖啡，或者去運河，或繞著公園散步。

「那你想要去哪裡？」凱絲問他。她真不敢相信他才剛來就已經想離開。

「我不知道，」他語調低沉，雙眼非常深暗。「就只是……我不喜歡去可能會被看到的地方；她有很多朋友。」

凱絲不能理解；他以前都沒關係的。「好吧，可是我們也不能去我家，」她說。這不在選項裡面。男人都不能進入慈母之家。雖說，就算可以她也不會帶他去。「那你的公寓呢？」

「那恐怕不是好主意。」

「我真的很想和你待在一起。」她對他說。「我以為你也想和我在一起。」

他別開眼神。

「拜託，」說出這句話時，凱絲覺得自己極度尷尬可悲，可是她已經不知道該怎麼辦了。

他嘆了口氣，握住她的手，帶她沿鋪石子路的街道行走，然後繞過轉角，直到遠離所有人目光才停下來。「我真的不曉得這是不是好主意。」

凱絲覺得眼睛深處湧上刺痛的淚水，「為什麼不是？」

「妳不會懂的。」

「你說說看啊。」她忍不住猜測他在想什麼。她思考應不應該再嘗試吻他。她上前一步，接著又一步，然後舉起一手碰觸他的夾克前面。他沒阻止。「你可以相信我的，」她對他說，「記得嗎？」

他露出微笑，稍微搖了搖頭。「妳太聰明，不會和我這種人生已經完蛋的人扯上關係。」

從來沒有人像他這樣需要凱絲；從來沒有人讓她覺得這麼被需要。「你沒有完蛋，」她說，「你到底想要什麼呢？柏堤？告訴我，沒事的。你不需要怕我。」她覺得自己超像大人，如此確定、掌控了一切。這感覺實在令人陶醉。「我只想和你獨處。」

她與他十指交織相握，無聲催促他答應說好。

他們在近乎無聲中展開這趟短短的路程、來到他的公寓，彼此身軀緊密相貼、坐在一起。怕被看見的擔憂似乎完全溜走。他打開前門，趕忙將她塞進門廊，凱絲走進公寓——一個陌生人的公寓，而且是她很清楚他還和前女友同居的公寓，雖然她什麼也看不見，她的眼中只看見他而已。她的心跳得超用力，簡直要從胸口蹦出來。而且當他終於用雙臂環住她的腰、垂下頭來親吻她，她還以為自己會快樂到死掉。

他帶著她以退後方式走進臥房，開始拉扯她的衣服，她也由著他。他的嘴巴到處遊走，她也以同樣方式奉還，不想被他發現自己沒什麼經驗。接著他開始解自己的牛仔褲釦子，進入她的身體，全程不到幾分鐘就結束。他呻吟著、整個身體突然一僵，接著便從她身上滾下，四肢大張躺在床上。

凱絲大著膽子伸出一手橫過他胸膛。「你沒事嗎？」

「我很好。」他打著呵欠。

「你喜歡嗎？」

「什麼？噢，喜歡啊。」

她躺回去，對於剛剛發生的事有些震驚、有些不確定。她張開嘴想問，又決定不要。一股令人不適的冰冷感受鬼鬼祟祟在她皮膚上擴散開。她拉起羽絨被，想爬到底下，但是他實在太重，她拉不到足夠的被子能蓋住自己。於是她躺在那兒，皮膚迅速冷卻，不禁納悶自己是否該將衣服穿回去，又不希望他覺得她老古板。接著，她感到雙腿間一股黏搭搭、暖呼呼的東西沿兩側大腿滑下。

前門打開的聲音打亂了她的思緒，一個女人的聲音傳來。「嗨？有人在家嗎？」

凱絲匆忙坐起。是他女友嗎？

「該死，」柏堤說，「媽的她在這裡做什麼？」

在他們兩人還沒想到要動之前，已經有個女人推開臥室門。她一手拿著購物袋，戴著巨大的金色耳環，身穿黑色鋪棉夾克。在未來，凱絲只要看到這個組合就會立刻爆出冷汗。

「凱絲？」她說，「妳在這裡做什麼？」

凱絲沒有回應；她好像忘了該怎麼說話。

瑪波的目光望向柏堤，接著凱絲，然後又回到柏堤身上。「你這該死的混帳，」她啐了一口口水。「我他媽的抓到你了，你這該死的混帳。」

柏堤倉皇去抓牛仔褲。「給我離開我的公寓，瑪波。」

「你的公寓？我可不這麼認為。你就等著海倫知道這件事吧。你很快就會被趕出去，在今天結束之前滾回你那個連隔間都沒有的破公寓。」

「妳這該死的拉子，給我離海倫遠一點。」

「你剛剛叫我什麼？」

凱絲悄悄溜到床鋪邊緣，用顫抖的雙手一把撈起衣服。她穿上自己的T恤，把裙子拉到腰上，完全懶得穿內衣褲，直接往門口衝去。他們兩人好像都沒注意到她。

當她在前門口暫停腳步，只正好趕得及把鞋子丟到地上、腳穿進去，雖說花了比一般還要長的時間，因為她抖得非常厲害。她站在那裡時，第二個炸彈就此落下：三張一組加上飾框的照片就掛在門內牆上。是柏提，和他女友。

他的女友。

泰勒小姐。

凱絲落荒而逃。

第三十七章
海倫

週二早上，海倫去上班，覺得狀態比這幾天以來都好。她的精神高昂，灰敗的氣色終於從皮膚上褪去。自從她承諾不再和瑪波講話，和湯姆之間的一切就變得更好了。也許他是對的，也許，她們的友誼正是問題的一部分。瑪波週一晚上試著打給了她幾次，最後湯姆拿走她的平板，封鎖了那個號碼。之後，他對她非常體貼。他終於煮了她等待已久的大餐，還幫她放了洗澡水。

海倫把化妝包拿出來，對著前門裡面的鏡子化妝，因為那裡光線最好。她把裝了剩下墮胎藥的白色盒子藏在包裡。時機到時，她會丟掉，但是就目前來說，她想把那當成提醒，記得發生了什麼事，還有那有多麼難熬。她不會讓自己產生別的想法，再犯下另一個愚蠢的錯誤。

就連綁頭髮時頭髮也很乖巧。她第一堂課順利到她不再認為自己是全世界最糟的老師。她將那之後的空閒時間用來補上落後的打分數作業。

因為午餐值班，她得到自由時間，於是拿了一瓶水在操場閒晃，偶爾停下來確認一下大家都在該在的位置上。天空晴朗，生活又再次變得美好。她繞過轉角。她和湯姆會撐過去的。沒錯，他雖有她先前不曉得的怪癖和令人不快的習慣，可是她可以學會忍耐，然後大概在一年內，她就會再次懷孕，到時候一定會是女孩，她可以感覺到。

她繞過主要大樓轉角，打算再回去裡頭把水壺裝滿，可是沒能走到那麼遠。門口擠了一堆十三年級的女孩，她們講話很快，全神貫注陷在對話之中，以至於沒聽見海倫靠近。她站在那群人的邊緣，悄悄偷聽。

「凱絲，妳他媽的實在是個騙子。」

「我才不是！」

「這才不可能，我不相信妳，反正我就是不相信妳。」

「妳想相信什麼都隨便，對我來說根本沒差。」

人群之中此起彼落傳來竊笑。「最好是沒差。」

比利也在。海倫沒注意到。他一如往常站在群體邊緣，帆布背包掛在一邊肩上，而且沒穿外套。「住手。」他出言懇求，可是沒人理他。

海倫推擠到那群人裡面，當她看見凱絲用纖細的手臂抱住身體、站在中央，一點也不驚訝。海倫進來的時候，她轉過身。

「發生什麼事了？」海倫問道。當她看著她們，盡量讓聲音保持平穩，暗自將在場的人記在心中。

「妳怎麼不問她呢？」其中一個女孩指著凱絲。

「我是在問妳。」海倫說。

傳來更多竊笑，還有推擠。「妳們是怎麼搞的？」海倫對她們說。「都十三年級了！」開口說話的是艾咪．希爾。「老師，妳男友在市內的咖啡店工作對不對？」

「這不關妳們的事。」

「我們都知道，老師。之前有個禮拜金柏莉．史密斯看到妳和他在一起。」

「我不知道這和這一切有什麼關係。」海倫說。突然之間，她發現自己成了注目焦點，凱絲完全被遺忘。那些女孩現在只對她——還有湯姆感興趣。

艾咪露出微笑。她讓海倫聯想到蛇。「凱絲覺得她跟他上床了。」

世界彷彿停止了轉動，死寂降臨在她們周遭，就連鳥兒好像都不再鳴叫。海倫覺得頭暈目眩，彷彿地面在腳下晃動。「妳們所有人都離開。」她說。

凱絲還來不及離開前，海倫抓住了她的手臂。比利在幾公尺距離外晃來晃去，但海倫太過憤怒，忘了叫他離開。「介意告訴我這到底是怎麼回事嗎？」

「什麼事也沒有，老師，」凱絲大膽說道。她的臉漲得通紅，緊緊用雙臂抱著自己。

海倫已經當了太久老師，非常知道怎麼一眼看出別人撒謊，而她在凱絲稜角分明的蒼白臉上、充滿挑釁的肩膀角度、被過重的黑色眼線圈住的眼睛裡——看到了。那是一個披著大人外皮的孩子。

湯姆不會感興趣。

他會嗎？

「其他女生為什麼覺得妳認識我男友？」

「這不關妳的事。」

「說真話，我認為這關我的事。」

凱絲發出一個疑是警告的聲音。「為什麼？妳根本不曉得他是什麼感受。妳不懂他，至少不像我一樣懂。」

「妳說什麼？」

「這是他告訴我的，」凱絲大膽說道，「妳就不用白費心機否認了。反正你們的關係早就在好幾百年前結束了。他想告訴妳，可是不曉得妳會有什麼反應。妳害他徹底崩潰。在遇到我之前他非常憂鬱，真的非常憂鬱。」

「他才不憂鬱，」海倫說。對於凱絲剛剛說的話，她腦中好像只能擠出這麼一個回覆。

「妳覺得自己超級聰明，站在我們面前講了一大堆關於宵禁還有它有多棒的屁話，說什麼現在情況改善多少，女人可以把男人呼來喚去，不讓他們過正常的生活。妳在家裡一定也是個超級賤貨，因為這樣一來一切就合理了。」

海倫吸了一口氣，空氣衝進肺中。整個世界彷彿再次開始運轉。「夠了。」她說。

「妳無時無刻都在貶低他、控制他的錢，什麼都不讓他買。他這麼努力想讓妳滿意，妳卻甚至注意不到；妳就只會批評而已。」

「我說夠了！」海倫大吼一聲，然後震驚地用手背掩住嘴巴，牙齒輕輕擦過那兒敏感的皮膚。她以前也吼過自己的學生，可是向來都掌控得很好。她從來沒有真的失控，沒有像這次一樣。

她慢慢將手放下。「我不知道妳是從哪裡聽到這些的，凱絲，可是這都不是真的，妳必須搞清楚。」她突然想到一些什麼，連忙將之抓緊。「妳是在哪裡碰到他的？咖啡店嗎？」

凱絲下唇顫抖。

「是咖啡店對不對？我打賭他對妳一定很友善。」一定是這樣。很多年輕女人都會去咖啡店。那些人會嘗試挑逗他，把他的專業禮儀誤認為有其他意思，這絕對不會是第一次。「凱絲，妳要瞭解，他對每個人都很友善，那不代表任何意思。」

而凱絲，可憐又寂寞的凱絲，因為爸爸剛從監獄放出來，不過是從年長而且帥氣的男人那兒得到友善的隻字片語，便從中發展出一整個幻想。

海倫為她深感抱歉。

「他在iDate上！」凱絲對她尖叫，「我就是那樣認識他的。我可不是隨便一個和他調情的女孩，我們已經約會好幾個星期——我們還在你們公寓上床。」

海倫還來不及說任何話，凱絲已經轉過身跑走，走捷徑跑過草坪進入大樓。海倫眼睜睜看著她推開大門衝進去，門在她身後晃起關上，海倫本來考慮要追上她，又決定放棄。她全身都在顫抖。此時此刻，她非常敏銳地意識到自己的皮膚和髮根，以及樹葉在風中舞動時發出的沙沙聲。

這不可能是真的，湯姆不會的，他不會的。他不是那種人。可是，當她拿出平板、登入iDate，海倫被迫承認她其實並不清楚他是哪一種人。

而且她也不能說沒有人警告過她。

第三十八章 凱絲

凱絲其實也不曉得自己為什麼要告訴學校其他女生柏堤的事。也許是因為她們在錯誤的時機逮到了她，針對她爸爸和她的打扮說了些閒話，然後問凱絲讓比利奪走她的第一次了沒，她才因此爆炸。她只是想讓她們滾開，不要再來煩她。她想讓那些人知道她比她們強，已經體驗過那些人沒體驗過的事。

她當然不打算對泰勒小姐提起這一切，可是她卻穿著那件漂亮粉紅羊毛衫和絲質上衣現身，凱絲感到恨意在體內湧上，那些話語就這麼翻滾而出。使得情況變得更糟的是，顯然泰勒小姐一點也不相信她。

在和柏堤上床之前，凱絲想像過他終於告訴女友說要離開她時，一切會如何發展。她早預想過自己可能得和那個女人對峙。可是，在她想像中，當她面對另一個女人的歇斯底里，她會冷靜自持，心底深深清楚自己和柏堤之間超越了那女人還有她擁有的一切。然而情況完全不像那樣。

她對著泰勒小姐尖叫，並在想起此事時臉上一陣熱辣。當她衝過走廊、朝地下室出口跑下去，凱絲知道自己再也不會回到這所學校，她已經完了。

那一瞬間，凱絲心中超越一切的強烈感受是好想找媽媽。她從來沒有覺得這麼孤獨、這麼受傷、這麼丟臉。她這樣走了快要半小時，才意識自己走到了市中心，就在咖啡店外面，但是沒有進去。她站在路的另一邊，透過窗戶看著客人在裡面兜兜轉轉。他在店裡，她能感覺到；她甚至不用看見他也能知道。

凱絲不曉得自己要怎麼辦，直到他在兩點過三十分時走出大樓。她跟在他身後，沒離太近，就剛剛好讓他落在視線範圍。她暗自希望他轉過來看見她，心裡燃燒著深深扎根的痛苦渴望。她想像當兩人雙眼對上的瞬間，他會停步，她則會看見他的訝異。然後，當他發現真的是她，她將從他眼中看見一分釋懷。也許他會朝她走來，而且明顯壓抑著想跑起來的衝動。他會用雙臂緊緊將她抱住，告訴她他恨不得想傳訊息，卻沒辦法。這可能是其中一個原因，又也許是他弄壞或搞丟了平板。他會解釋一切——關於泰勒小姐、他昨天為什麼那樣反應、他對瑪波說的事——這麼一來她就不會覺得自己那麼像個骯髒的二手貨。

就在這瞬間，他將手伸進後面口袋，拿出平板來看。凱絲聽到自己發出了一個小小的怪聲。她又跟了他十五分鐘。然而，她每走一步就更清楚自己鑄下何種大錯，可是她好像停不下來。他就像磁鐵一樣，不斷拉著她一起走。

他轉上他所住的街道，凱絲馬上認了出來。他稍微放慢步伐，然後再次伸手到口袋撈鑰匙。柏堤垂著腦袋，注意力仍放在平板上。他拿出來時鑰匙叮噹作響。柏堤開始吹口哨，調子快樂又輕鬆，一點也不像是個心碎的男人，而散發著傲慢、外放又招搖的氣質。

「柏堤。」凱絲喊道。她不知道自己為什麼開口——為什麼是在這裡、在這個時候。

他停止口哨、轉過身。他看見了她。「妳他媽的在這裡做什麼？」

「你完全沒回我訊息，我很擔心你。」不完全是事實，可是十分接近，讓她能說服自己是這樣。

「凱絲，回家去。」

她收近兩人之間的距離。「不要，」她說，「在你告訴我到底怎麼回事之前，我不回去。你最近為什麼不理我？在那個……之後你為什麼不傳訊息給我？」

這時傳來車子靠近的聲音。「該死，」他咕噥著把鑰匙擠進鎖裡、將她推到裡面。柏堤碰的一聲把門關上，凱絲動也不動地站在那兒，不知該如何自處。她把玩著包包的帶子，不肯去看泰勒小姐掛在牆上的裱框照片。她的心跳之快，讓她都不舒服了起來。「柏堤。」她再次開口，可是他沒有心情聽。

「妳到底在想什麼？竟然跑到這裡來？」他對她大發脾氣。「妳會被人看到的。我說真話，妳難道什麼都沒考慮嗎？妳真的有那麼笨嗎？」

這不是解釋，也沒有讓她覺得比較不像骯髒的二手貨。

「就算有人看到我，有什麼差嗎？」

「有什麼……我、的、耶、穌、基、督，」他捏著自己的鼻梁。她本來覺得帥到驚人的那張臉突然整個走樣。因為憤怒，他真的變得非常、非常醜陋。「妳難道覺得我希望整條街都知道妳的存在嗎？」

「我不曉得，」凱絲說，她的音調拔高，恍若回到原始狀態。「如果我知道就不會問了。」她能感到胃裡有一股往下沉的詭異感受，彷彿硬化成鉛，然後不斷、不斷地往下沉。她覺得自己的雙腳好似被黏在了地板。所有雜誌都警告過這種事，可是她從來沒想過會發生在自己身上。這應該是其他女人才會遇到，是那種不知道怎麼讓男人保持興趣的無聊女子；那種會說錯話、而且無法辨別混帳的女子。

「聽著，」他說，「妳和我就只是玩玩，完全沒有任何認真成分。」

「可是你告訴我和她在一起你有多悲慘，你說和我在一起就不一樣——你說我不一樣。你說你認為我們可以認真發展關係。這就是啊。」

「那只是說說罷了，在最熱情的時候誰都會講那種屁話，不代表什麼。」

「可是我跟你上床了。」

「所以呢？」

「所以你不喜歡嗎？」也許是因為那樣——也許就是因為那樣。她可以做得更好的，她知道，如果他願意再讓她試一次。

他不可置信地低頭望著她。「不過就是上個床罷了。」

凱絲覺得自己的下巴簡直就要掉下來；她的嘴巴慢慢打開。此時此刻，站在她面前的男人，和她上了床的那個男人完全判若兩人。她覺得一股巨大的背叛感徹底沖刷過全身，寒冷有如一桶冰水。而就在這個瞬間，她的感覺轉變。她知道他幹了什麼，更糟的是，她也很清楚自己成了什麼，又做了什麼。「你這滿口謊言的人渣，」她鎮定地說道，隱隱有些歇斯底里。「你也不過是個低級的騙子。」

「那妳就只是個愚蠢的小蕩婦。妳真以為我會拋棄女友、放棄這一切？」他比了比周遭，「只為了一個還在唸書的屁孩？」

「你說這是你的公寓！」

「這當然不是我的公寓。我每個禮拜三天在咖啡店工作！妳真以為我賺的錢能負擔得起這個嗎？」

「我怎麼會知道，」凱絲冷冷地說，「我根本不知道你賺多少。」

她突然意識到自己對他非常陌生，一無所知。她以為自己知道，可是那都只是空話，是虛幻的承諾，除了花言巧語之外沒有別的。他拿謊言欺騙她，而她只因為那些話讓她覺得強過學校其他女生，於是照單全收。她熱愛那種感覺：她懂得她們不懂的事情，並因此覺得充實，有如血糖衝高那樣不斷不斷給她力量。

現在那一切盡皆消失，剩下的殘渣實在是糟糕透頂。她覺得彷彿體內被狠狠刮到擦傷，覺得好渺小、好薄弱、好空洞。他應該要和我墜入愛河，她逕自絕望地想道，可是他沒有，而我真的不曉得為什麼。

她拚命抓著這個念頭。如今，對她來說最重要的事就是賴在這裡、直到找出答案。一定有些什麼吧。也許只要她能找出那是什麼，就能讓他回心轉意，讓他對她說過的事還有成真的可能。她試圖壓抑心中的憤怒和放棄（這兩者目前都有點太過嚇人），緊抓住那個還有轉圜餘地的想法。

她往後退了好幾步，擠出勇氣，轉過身走進公寓。他們要像大人一樣攤開來講。確實，兩人剛剛都說了一些糟糕的話。可是那只代表他們太過憤怒，代表他們之間還有感覺，令人恐懼而深刻的感受，因為兩人都受傷太重、因此不敢面對。好吧，也許他們可以攜手面對。她之前還沒進過起居室，那是一個整潔的白色空間，有張淺色的沙發和淺色的地毯。凱絲在沙發邊緣坐下。

「妳他媽的以為自己在做什麼？」他對她大吼。

「坐下來啊，這樣我們才能像個大人一樣好好談談，而不是對著彼此大吼大叫。」

「根本沒有什麼好談的！」

「我覺得有。」

「妳就是這裡搞錯了。」

凱絲用顫抖的一手拍了拍旁邊的位置。「坐下吧。」

他以整個身體和渾身的怒火填滿了門口，臉脹得通紅，脖子上清晰突出一條血管。他一動也不動，可是身周的空氣好像正在震顫一樣。

凱絲緊張地在位置上動了動。

「不准一副高高在上的模樣。」他說。

「我沒有！可是我真的認為我們應該談一談。」

「要談什麼？」

「談你和我！」

「沒有什麼妳和我；從來就沒有。」

「可是你說……」

「我是說了，」他的手在空中一揮、將她打斷。「而妳竟然笨到會相信。」

凱絲立刻站起來，「我以為你不一樣，」她對他說，儘管到底哪裡不一樣，她也不曉得。她之所以這麼說，是因為在她讀過的書裡，還有趁媽媽出門時看的老電視劇的女人說過這句話。「我以為我對你有特殊意義。」

他將頭往後一仰、瞪著天花板。「幹，我真不敢相信，」他咕噥著說，「妳這瘋女人。」

凱絲聽不太懂，可是那很顯然不是在稱讚人。「我才不是！」

「我說，妳把潛臺詞聽進去好不好？妳誤會我們是認真的，我很抱歉，但我們除了打個炮之外不可能有別的。」

「你撒謊，你是個騙子。」她覺得喉嚨有種奇怪的感覺，下唇怎麼樣都不肯停止顫抖。

「妳沒告訴我妳還在唸書。」

「你也沒告訴我你女友就是泰勒小姐。」凱絲回答。

他只是用彷彿踩到什麼東西的眼神望著她，而凱絲發現自己忍不住疑惑一開始怎麼會覺得他吸引人。如今的他沒有任何一點魅力，只不過一眨眼，他就完全變了樣。這個人好像是她想像出來的；她創造了一個根本不存在的人，把他放進站在面前的這個身軀。當她意識到自己正和一個陌生人關在另一個女人的公寓，脖子後面的毛髮整個豎了起來。

——而且，一想到這是泰勒小姐的公寓不知怎麼讓一切變得更糟。但話說回來，她還是不能就這樣離開，現在還不行。如果他想逼她走，她會拒絕。她想要先傷害他，要讓他也體會到她的感覺。她內心湧上那種最最古老的感受，彷彿地面在腳下挪移，在它靜止下來之前，她必須拚了命才能喘過氣。

「你是個超級大混蛋。」

他聳聳肩。「妳說是就是囉。」

他不在乎。他親眼看見她的痛苦，卻不覺得對他有任何意義——她對他沒有任何意義。

「好，」她說，儘管她根本一點也不好。凱絲用力撞開咖啡桌，並且因此弄傷了脛骨，雖說她幾乎感覺不到。她推擠過他的身邊。幾天之後，她仍會清楚記得這最後的一次激烈接觸。

她用力踏在通往前門的短短走道上，泰勒小姐的那張照片笑容燦爛，好像在說她是全世界最快樂的女人。當凱絲看到那張照片，不禁猶豫。她瞪著照片大約一下心跳的時長，然後轉過身注視著他。「你愛她嗎？」她問道。

他笑出聲音。「我的天啊，」他說，「妳真是令人不敢置信。」

「這只是一個簡單的問題：愛還是不愛。你就連這個都答不出來，還覺得我可悲？」

他再次大笑。

凱絲抓了照片朝他扔去，他舉起雙手啪地擋下，照片重重摔在地上。因為衝擊，框四分五裂。「媽的賤貨！」他對她大吼，「出去！妳給我出去！」

「不用擔心，我要出去了。」凱絲對他啐了一口。但是在她出去之前，先從門旁掛勾抓起外套和夾克，一同對著他扔過去。矮桌上的花瓶也跟著一起飛了出去，此外還有放鑰匙零錢的碗和一個鬆垮垮的小化妝包。因為沒有拉好，包裡的東西便在落地時噴了出來，灑了他一頭眼線筆、舊髮帶和一個白色盒子，是裡面會裝藥的那種。那東西在一堆便宜化妝品中看起來嶄新得很突兀。

「我恨你。」她對他說，抓住門把用力把門打開、跑了出去。

最終，她發現自己跑到了運河那兒，並決定沿著那條路走。這條路會帶她回家，而且沒有任何聲音，這就表示她可以平靜地哭泣。她生活中的一切都是災難一場，每件事情都出了錯。她沒了朋友，現在男朋友也沒了。除了慈母之家，她無處可去。她一無所有。

她拿出平板、傳訊息給比利。他一定會站在她這邊的。

可是就連他也懶得回應。

第三十九章
莎拉

瑪波來敲莎拉的門之前，就各方面來說，她算是度過了一個美好到不可思議的早晨。莎拉告訴了哈荻亞和慈母之家的女人她車上便條的事，並且承認自己認為湯森家人在騷擾她。所有人都要她去報警，莎拉承諾會去，儘管仍在考慮。凱特．湯森還在哀悼，沒有辦法清楚思考，莎拉不想讓她落得更慘。凱特的父親做出這種行為並不是她的錯。

瑪波悄悄將門在身後關上，背貼著門站在那裡，眼神訴說有事要談，而且莎拉恐怕不會喜歡。

瑪波臉上掛著鬼鬼祟祟且尷尬的表情，雙眼在辦公室裡到處飄，什麼都看就是不看莎拉。「我得跟妳說一件事。」

「直接說吧，」莎拉開口。她在位置上往後靠，努力表現出放鬆的模樣，儘管她做好了心理準備，知道一定會聽到壞消息。

「是凱絲的事。」

莎拉更用力。「她怎麼樣？」她說。是追蹤器鑰匙嗎？瑪波莫名得知凱絲拿走了嗎？

瑪波的臉紅了起來，快速眨了好幾次眼。「我……我好像抓到她去了不該去的地方。」

不是鑰匙。莎拉吐出一口氣。「像是？」

「這真的是難以啟齒。」

「妳就說出來吧，不要賣關子，直接說。」

瑪波一手抹臉。「我在海倫的男友床上抓到她。」

這句話裡面的訊息量太多，多到莎拉無法聽一次就理解。她先從腦中冒出的第一個問題下手。「什麼？是什麼時候？」

「昨天早上。我在休息時間快速去了一趟海倫的公寓，去放她留在我家的幾個東西，他們兩人就在家裡。」

「可是凱絲在學校！」

當瑪波沉默不語，只是抿起下脣咬住，莎拉被迫重新思考這句話。她緩緩倚著桌子坐下，靠在那兒，幾乎沒注意到鍵盤壓進了她右臀部。她沒有任何方法能確定凱絲人在學校，而凱絲當然也證明，無論什麼時候，只要她想逃避，就會逃避。她甚至還無法處理凱絲和湯姆·羅伯茲一起躺在床上的念頭。莎拉將手伸進包包，在裡面摸索平板。「妳確定是她？」

瑪波點頭。「真的很抱歉，我知道我昨天應該說點什麼。我只是……不知道該怎麼說。我告訴自己這不關我事，可是又想，如果她是我女兒，我一定會想知道。」

「她到底是在哪裡認識他的？」

「她剛滿十八，」瑪波說，「也許她加入了iDate，海倫就是這樣認識他的。如果我發現他還在上面，恐怕一點也不會驚訝。此外，他在市內的咖啡店工作。妳不是跟我說過凱絲很喜歡去哪裡嗎？」

「海倫知道嗎？」

「我懷疑不知道。」

「妳要告訴她嗎？」

「我昨天晚上嘗試打給她，」瑪波說，「她不接。」

「直接去找她，」莎拉說，「她必須知道這件事。」

「她不會相信我的。」

「也許吧，」莎拉說，「但是既然他親手交給妳吊死自己的繩索，就不要毀了這個機會。」

直到瑪波離開辦公室、將門關上，莎拉才允許自己把頭埋進手中，發出無聲的尖叫。她早該猜到會這樣。她一直很清楚凱絲在這六個月來對異性的興趣快速增長，可是她總以為會是比利。而在她想像中，這誇張且又戲劇化的關係只會存活一個多月，再結束在意料之中的淚水裡，然後在未來一整年都不會造成什麼了不得的問題。

但是，有認真交往女友的成年男人則完全是另一回事。凱絲怎麼可能這麼輕易遭到矇騙？其實很輕易。莎拉意識到。她得到某個有魅力的男人一點點注意，她又太年輕、太天真，看不出他的真面目。莎拉打給學校，校方很快便確認凱絲前一天並不在校。

莎拉考慮要告訴哈荻亞自己需要再次早退，但是最後決定不要。她迅速且有條不紊地處理完每項預約，確認一切都處理妥當。當一天結束，她精疲力盡，然後腦中裝滿了接下來必須處理的千頭萬緒、前去開車。

先前她橫越停車場時感受過的那股不適，並未在這次困擾她，主要是因為她太忙著思考凱絲的事，沒有注意周遭狀況。

大錯特錯。

可是這回，來的不是凱特．湯森，而是葛雷格。

他就站在她的車旁，穿了一件醜陋的短褲外加黑色運動鞋和白襪子。他雙手埋在拉起拉鍊的帽T口袋裡。

「你想怎樣？」她問他，在幾英尺的距離外驟然停步。「你為什麼在這兒？」

「我想和妳談談，」他說，「我不能去慈母之家，妳已經說得非常清楚；我也不能打給妳。所以我還可以怎麼做？」

「你可以不要來煩我。」

「我也很想，」他說，「相信我，我恨不得再也不要見到妳，可是很不幸，妳讓這件事變得不可能。我們得談談離婚——更確切的說，我想談配偶贍養費。」

莎拉想到她的電擊槍，就鎖在桌子抽屜裡，然後真心希望有把它帶在身上。她實在恨不得能看到他倒在地上尿失禁。「在我報警以前離我遠一點。」

「妳想報警就去報，」他說，「我沒有犯任何法。現在是白天，而且這裡是公眾場合。」

但是莎拉依舊將手伸進包裡拿平板。要是他以為她真的會打給警察，說不定就會離開。她點了螢幕。

「說不定我可以告訴他們妳打凱絲。」他說。

莎拉僵住，胃裡一陣翻攪。

「妳不曉得我知道這件事對不對？」他繼續說，對她露出冷笑。「我說不定也可以告訴他們妳在市中心衝到我面前對我尖叫，他們一定會感興趣。男人還是有一點權力的；雖然不多，但有一些。只要我們遵守宵禁，就可以安安靜靜想做什麼就做什麼。」

「葛雷格，你給我滾。」

「我一直都曉得妳脾氣不好，」他說，「可是我不知道妳是真的有病。但是事實擺在眼前對吧？妳怎麼可以攻擊自己的女兒？」

「我沒有攻擊她。」

「我聽到的可不是那樣。」

「我沒必要跟你談這件事。」

「妳應該小心一點，」他說。而她的腿終於有辦法動起來，舉步衝過他身邊。「妳已經毀了我的人生，我不會讓妳也把小凱的人生也毀掉。」

莎拉猛地摔開車門、躲到後面。她亟需某種金屬障礙的保護。「這是在威脅我嗎？」

「要看妳啊，不是嗎？不過讓我講清楚一件事：莎拉，如果妳敢再對我女兒出手，我會毀了妳的人生。」

她一屁股坐上駕駛座，碰的把門關上、催下油門，從停車場衝出去，速度之快，差點撞上另一個方向的來車。當她用力踩下煞車、千鈞一髮閃過去，心臟簡直要從嘴巴跳出來。當這條路開到盡頭，她必須面對現實：她嚇壞了，根本無法開車。所以她轉進一條小街，在引擎仍在運轉時停下來坐了整整十分鐘。

她不知道該怎麼辦，可是也不能繼續這樣下去，而且她連一毛錢也不會給葛雷格。她想過要回家打包然後離開。讓葛雷格去照顧凱絲好了，他似乎非常關心她過得好不好，就讓他去處理可能發生的意外懷孕或性病吧。讓他去應付凱絲每次逃學時學校那邊的後續餘波。又也許，凱絲會為了葛雷格乖一點。畢竟他們兩人這麼喜歡彼此。這就是身為母親的問題之一：妳永遠不可能真的逃離和妳生下孩子的男人。他會永遠存在妳的生活中，不管妳多麼拚命想把他趕出去。

可是，不管莎拉怎麼努力嘗試，還是無法說服自己。在她心中，凱絲仍是那個長著細軟頭髮、喜歡巧克力鈕釦而且滿臉笑容的五歲娃娃，也是在花園嘗試側翻的十歲小孩，更是個把自己搞得一塌糊塗的十八歲青少年。而且，一旦這個青少年發現自己犯下多可怕的錯誤，一定會非常需要媽媽。

一個只要莎拉做出她不喜歡的行為，就會背叛她跑去找爸爸的小孩。

她回到慈母之家，等著凱絲回來。

等她回來，她真的要殺了她。

第四十章
海倫

海倫那天下午一下班就直接匆匆回家。事到如今，家門另一邊的討論已經避無可避。可是，當她走在回家路上，卻在盡頭看見一道熟悉身影等在角落：瑪波。海倫不想和她說話，可是那樣一來就表示和湯姆這場無可躲避的談話必須延後。所以她停到路旁，讓瑪波靠過來。

她轉下窗戶，可是沒有下車。

「我得跟妳說一件事。」瑪波開口。她開門見山。沒說好話、沒有閒聊。「是湯姆的事。」

海倫覺得心臟一沉：拜託不要。「不管是什麼我都不想聽。」

「但妳還是要聽，」瑪波停了一個呼吸的時間，可是並沒有久到讓海倫能擠個字進去。「我不知道怎麼說，所以就直接講了。我也知道妳一定會生氣，可是妳要瞭解，我絕對不會亂編這種事。昨天我到妳家公寓停一下、放妳的東西，湯姆也在，而且和一個女孩在床上。說真話，我不知道該怎麼做。我和她媽媽一起工作，海倫，她恐怕才剛滿十八歲，還在唸書。我昨晚試著打給妳，可是妳都不接平板。」

每個字都像一顆子彈。如今海倫已經麻木得感覺不到。昨天，這件事昨天才發生。他們前晚才一起吃晚餐，吃牧羊人派，然後在同一張床上睡覺——她的床。這一整段時間他都藏著祕密，而她一點也沒有察覺，可是學校裡每個人都知道。他封鎖了瑪波的電話，現在她知道原因了。

「我得走了，」海倫說。她動手拉排檔、開車離開，從後照鏡瞥見瑪波站在路上注視著她，海倫因此湧上一股反胃感。她不想相信凱絲．強森，她幾乎都要說服自己不相信了。可是現在，她再也說服不了自己了。她停在自家公寓外面，抓起包包走到前門。她就要將鑰匙插進鎖裡時，湯姆打開了門。

他站在那裡，低頭俯視著她，眼中帶有某種極度黑暗危險的神情。他的身高、他的體型——她曾覺得他吸引人的那些特質，如今變得可怖至極。

海倫本能覺得自己應該離開、應該拔腿就跑，可是腦袋下指令的速度甚至來不及衝到雙腿。湯姆抓住她衣服前襟，一把將她拖進公寓。他將她推在自己前方，一腳將門踢起關上。碰。他抓她衣服的力道加重，使得她背後的布料繃得死緊。「妳這賤貨。」他說。

「放開我！」她抓住他的手，拚命想讓他放開。可是他太強壯，這一點作用也沒有。他如此用力地搖撼她，讓她腦袋前後晃蕩，牙齒喀喀撞在一起。他為什麼要這樣？他看到她和瑪波講話了嗎？

「妳什麼時候才要告訴我？」他喊到。

「告訴你什麼？」

「少給我耍小聰明，海倫。妳很清楚是什麼。」

他將她往後一推。當她腳步踉蹌，他便抓著她站好，然後從門進了起居室，接著一把將她推到沙發上。她四仰八叉地一倒，拚命想要喘過氣，心跳快得簡直一小時百萬英里。

「那個。」他用顫抖的一手指向桌子。

桌子表面別無他物，正中央是裝了剩餘墮胎藥的盒子，就是她藏在化妝包裡的那一個。他翻遍了她的物品——她的私人物品。「那不是我的，」她說，因為心中最先想到也最容易的答案就是否認。

「那是誰的？」

「瑪波的。」

「瑪波？抱歉了親愛的，妳恐怕得想個比這更好的答案。」

海倫伸手去拿，可是他動作超快，搶在了她之前。湯姆一把搶過來扔到她臉上。「海倫，這是墮胎藥？妳為什麼會需要墮胎藥？」

「那是舊盒子，很久以前的了。」

「標籤上說是上個禮拜開的。」

他整個人罩了上來，海倫發現自己被死死釘在那兒無法動彈。「妳怎麼會懷孕？我以為妳在用藥。」

「我……」

「是我的嗎？」

「當然啊！當然是啊！我不是那種會和別人上床的人。」她說。可是他好像聽不到。

「你把我的小孩墮掉了嗎？海倫？」他問道。音調壓低，變得非常、非常危險。

她想撒謊，可是又怕這只會讓情況變得更糟。當然她也不打算告訴他真相，所以她選了唯一剩下的選項，就是什麼也不說。她能聽到血液在耳中發出怦怦巨響，嘴巴乾得要命。她的眼神不斷溜到桌面上的盒子，而當眼神又回到湯姆，她怎麼也無法忽視他衣服上的標誌，直視不了他的臉。她努力嘗試，想從中找到某種善意、某種徵兆，顯示他會稍微講點道理。可是又好怕一看之下發現根本不存在。

「他媽的給我回答問題！」他對她大吼，音量大到嚇得她將答案脫口而出。

「對。」她小聲說道。

第四十一章

凱絲

凱絲整晚都在自己的思緒和憤怒中煎熬。她躲在慈母之家的洗衣房逃避母親，兩人經歷了一場糟糕透頂的爭執。莎拉發現她在和柏堤約會，因為瑪波告訴了她。這讓凱絲感到全世界都在和她作對。不只自己的母親或慈母之家的女人，而是每一個人。可是九點剛過，歐布萊恩太太就抱了滿懷的被單進來，所以凱絲必須逃回樓上，把自己關在臥房。

她在房裡一圈一圈地繞，分析每一件事，她和柏堤——或湯姆·羅伯茲發生的事。現在她知道他的真實身分，便重播他所講過的一切，還有他述說的方式。她將兩人在iDate上的對話讀了又讀，直到覺得自己幾近發瘋。是她嗎？一切都是她想像出來的嗎？他的行為舉止其實很正常嗎？其實是她的錯嗎？是她過度解讀、太希望有點什麼，可是其實根本沒有？她就和莎拉說的一樣單純愚蠢嗎？到最後，在歷經大喊大叫然後徹底筋疲力盡之後，她終於能夠回答那個問題。

他撒謊了。

而且沒錯，是，她是單純愚蠢，因為她竟然相信了他。好吧，她不會再幹這種事了。她已經睜開雙眼。凱絲聽過這種男性行為，卻予以忽視，十分肯定不會有人這麼自私或糟糕，認為所有故事都有兩面。但是女人呢？她們在這一切之中又扮演什麼角色？從來沒人談過。

現在她知道原因了。

男人都是渣。

他們就和她拒絕相信的一模一樣，殘酷又愛擺布別人，什麼也不在乎；他們愛撒謊，而且能夠輕而易舉做出違心之論和行為，只要能得到想要的東西，或推卸不想要的責任。

她好希望過去這幾個禮拜的事都沒有發生，她希望覆水能收、所有一切復原。可是不可能。她好像剛剛打了一架，身體上極度疲累，心靈上千瘡百孔，到處都痛。她是個徹頭徹尾的傻瓜，而且她自己也清楚。現在她唯一的希望是能找到方法挽回其中一些，否認其餘那些。要是母親得知真相，她恐怕無法承受。

因為，要是她承認慈母之家的女人對男人的看法都是對的，就表示她們對宵禁的看法也是對的，凱絲的看法都是錯的。當她的思緒在腦中一遍又一遍地轉，有個聲音壓過了其餘一切。

她得把比利的追蹤器鎖回去。

她溜下床、換了衣服，只暫停一次去檢查小鬧鐘上的時間。凌晨兩點。她從藏匿處找出鑰匙，安安穩穩放進褲子口袋，然後把臥室門打開一條小縫偷聽。悄然無聲。

她悄悄在走道上走去前門，心臟一面狂跳一面打開，然後走到外面。街道上一片荒涼，只有隻悄悄行走的貓避開了她。當她跑到比利住的街道，根本無人阻攔。她決定不去敲大門，而是繞到房子後面。「比利！」她用氣音低喊，根本徒勞無功，他不可能聽得到，她甚至在開口之前就知道。可是還是放手一試。

凱絲打量四周。沿著他家後方延伸的小徑大多由泥土和碎石組成，她挑了幾顆石頭，在手裡估了一下重量：第一顆甚至沒能超過廚房窗戶，不過第二顆幾乎命中目標。她又多找了幾顆，正打算再試一次，窗戶正好打開，比利爬了出來。凱絲看著他往下爬到廚房延伸出來的平屋頂，再從那裡下到地面。看到她的瞬間，比利猛地煞住腳步，好像被車頭燈照到的鹿。「凱絲？妳在這裡做什麼？」

「我才要問你好不好！你在外面做什麼？」

比利瞥了房子一眼，然後轉回凱絲。他跑到她面前，一把將她拉到花園旁邊的陰影。

「他們又在吵架了。」

「所以？」

「不是妳說的嗎？妳說我應該在他們鬧成那樣的時候溜到外面、去找一點平靜。」

「我不是真心那樣說的！你到底哪裡有問題？」

他過去這禮拜不斷拜託她把追蹤器鎖回去，而凱絲予以拒絕，因為她喜歡掌控權力帶來的感覺，她喜歡他倚賴她、還有那感覺帶來的控制欲。他渴望成那樣，以至於她從沒想過他真的會違反宵禁，即使提議這件事的就是她自己。而今，看到他人在外面，在黑暗中，凱絲不禁一陣反胃。

「如果妳不想要我違法，就應該在我要妳鎖回去時照做。」

「這又不是我的錯，」她才不會讓比利把責任推到她身上。這是他自己的選擇，他一個人的。「反正我是來把你的追蹤器鎖回去的。」

「現在？」

「對，現在！」

「妳不能在這裡鎖啦！如果妳現在鎖回去，警察就會知道我在外面，」他說，「妳得明天再弄。」

如果是在前一天，凱絲一定會同意。可是現在不了。「不能等，」她對他說，「我媽知道我拿到了鑰匙，」她還不曉得這是真是假，可是莎拉鐵定懷疑凱絲拿走鑰匙。她暫停一下、思考一番後做出決定。「我跟她說我把你的追蹤器拿掉了，」她撒謊，「比利，她知道你沒戴追蹤器。她說我得在明天之前鎖回去，不然就要召你回中心做隨機檢查。」

比利的呼吸霎時粗重起來。「妳為什麼要這樣？」

「我非這樣不可。不然你以為我有別的選擇嗎？」在黑暗中，她沒辦法把他看得很清楚，因此要判斷他到底怎麼想變得有點難。目前為止，比利一直很可靠，她也向來能夠預測他會怎麼做。可是現在她沒辦法了。凱絲慢慢地站起身。

比利咕噥了一些她聽不太清楚的話，也站起來。「我們得爬回去裡面。」他說。

凱絲看著那片延伸出來的屋頂。「我沒辦法啦！」

「那不然妳覺得我們要怎麼辦？」

「你得打開門讓我進去。」

「我爸媽就在樓下！」

「這又不是我的問題。」凱絲推了他，他往前踉蹌，然後無聲走向圍籬。她在旁邊看著他爬上去，再攀上延伸屋頂，從那裡到臥室的位置，再從窗戶進去。比利不算敏捷，體型也不特別健壯，可是仍能輕輕鬆鬆回到屋裡。凱絲悄悄走到後門，盡可能努力躲在陰影中。她覺得好想吐。現在她真心希望自己從來沒有拿走鑰匙，也沒有拿來用。她先前的無知有如掛在脖子上的大石那樣沉重。

她彷彿等了一個世紀才聽到門鎖打開的聲音，比利的臉從門縫中露出來。「妳得在這裡弄。」他小聲地說。

「太黑了，我看不清楚。」

他咒罵一聲，把門開得寬一點。「安靜，」他用氣音對她說。當她推擠過他身旁，聽見起居室傳來吼叫，流理臺面上有幾只空酒瓶。比利抓住她的袖子，把她拉向樓梯。她跟著他上樓進了他臥室，他小心翼翼把門關上。

突然之間，凱絲清楚意識到自己被關在他房間，夜半三更，而且沒人知道她在哪裡，他也沒掛追蹤器。她從不曾感到那麼脆弱。

他坐在床上，將牛仔褲腳拉起來。「妳真的那個了嗎？」他問。

「我真的哪個？」

「妳真的和泰勒小姐的男友上床了嗎？」

他的追蹤器就在腳踝上，仍用膠帶固定。他扯下來。

「這不關你的事，」她嘗試啟動鑰匙，卻什麼也沒發生。「沒用！」她陷入驚慌。

「妳說沒用是什麼意思？」

「鑰匙——壞掉了，它沒辦法用了。」

他一把從她手中搶走、仔細檢查。然後比利——身材瘦弱、滿臉痘痘、人畜無害的比利，失控暴走了。

第四十二章

潘蜜拉

現在，下午三點二十分

他迅速前來應門，頭髮亂七八糟，臉色就像整晚沒睡一樣浮腫蒼白，可是衣服乾乾淨淨。我敢打賭他才剛換過。「哈囉？」他說，並且改了個語調，聽起來像在問問題。

「湯姆．羅伯茲？」

「是我。」

「我們可以進來嗎？」

「是海倫的事嗎？」他問，臉上所有血色彷彿全部褪盡。「我的天，是她對不對？」

「我們到裡面談可能比較好。」我溫和地說。

他好像直到此時才聽懂這句話，挪到一旁讓我進去。

牙醫紀錄回來，確認屍體是三十歲的當地教師海倫．泰勒時，蘇．佛格森不太高興。她男友看到網路上瘋傳的衣服照片後申報她失蹤。蘇的團隊正在試圖將她和凱特．湯森、史嘉蕾．卡德威，或任何昨晚待在外面的女人連起來。我不認為他們能成功。

瑞秋自願去找男友談話，蘇．佛格森同意。要是她發現我也在這裡，恐怕不會太開心。但對於這件事她也不能怎麼樣。

公寓有個窄小明亮的入口，四壁都是白色，到處都有裱框照片。當我從一些照片中認出海倫．泰勒，不禁感到一絲悲傷。生前，她有著明亮雙眼、討人喜歡的氣質。每張照片裡面都有別人在，男友只出現在其中幾張，我大膽判斷都是新近才增加。有一些學校課堂照，大批青少年聚在海倫身邊，個個露出不自在的笑容。很多張照片裡都有個鬈髮的高個子女人，我們必須找出她的身分、進行訪談。我在平板上這麼筆記。

位於左邊有間臥室，右邊則有間小廚房，我跟著湯姆走到起居室盡頭。我把瑞秋留在外面，叫她去和鄰居談談。我們的車會引誘他們出洞。我看得出來她想反抗，但我立刻斷了她的念頭。

湯姆一手耙過頭髮，但髮絲又啪的再次蓋回他前額。他的指節破了皮。

我以前也見過這種傷口。

「你可能坐下來比較好，」我說，快速地瞥了他的腿一眼。他喜歡穿貼腿褲，我能看見他腳踝部位藏不住的凸起一塊。雖說在和追蹤中心管理人談話過後，我已經不把這當作阻撓，而是障礙。障礙是可以被克服的。事實擺在眼前。要殺死一個人，你最最需要——也許更勝動機或身體條件的——其實是機會。能夠抓到他們孤獨一人或處於脆弱狀態的機會。

家是女人最孤獨也最脆弱的地方。

他看著自己背後，彷彿在檢查沙發的位置，然後聽了我的建議。他拿起一顆靠墊抱住，一手死死把它抱在身上。除了擦破皮的指節，他手腕也有瘀青，當他看到我盯著看，也垂下眼神注視。「我摔腳踏車了。」他說。

我不予理會。「據說你申報海倫失蹤。」

「對，」他說，「我真的很擔心。好像沒人知道她在哪裡。我們小小吵了一架，她昨晚跑去一個朋友家住，我以為她還在那裡，可是當我發現她把平板留在這兒，我聯絡不到她，又看到新聞上的事，我就想，我……我就想……」

我不讓他繼續說。「我恐怕有壞消息。我們今天早上找到了海倫的屍體。」

「天啊，」他說，「我的天啊。」

他整個人跳了起來，開始在房裡走來走去，似乎頓時茫然不知所措，雙手插進了頭髮。

「她出了什麼事？」

「我們還不確定。」

「可是那真的是她？

「沒錯，我們確認了身分，不會有錯，我很遺憾。我可以幫你通知誰嗎？」

「我自己可以，」他說，然後走進廚房。幾秒過後，我聽到他講話的聲音。那些字句狂亂而急迫，音量拔高。當我從門口偷看，他正在用平板通話。我決定讓他繼續說，一面仔細打量起居室各處，一面分神偷聽對話。這裡乾淨整齊，非常有女性氛圍。淺色系牆壁、淺色系家具，到處都是小擺飾，唯一不搭軋的東西就是巨大的電視，以及連在一起放在下面地板的時髦遊戲機。他們的同居紀錄說兩人住在一起還不久，我猜這應該是海倫的公寓，搬進來的是他和他的遊戲機。我能想像這個畫面：一個年輕的單身女子，大多時間快樂而悠閒地躺在那張沙發上，讀著那個書架上的書，用漂亮的馬克杯喝茶。

他又回來了。「我朋友要過來，」他用慌亂的手大力抹過頭髮。「我不知道該怎麼做，我該怎麼做？——她爸媽，我得告訴她爸媽。」他又開始戳自己的平板，甚至沒問一句能不能看看她（這對我來說相當不尋常），也沒試圖告訴我說我搞錯了，那不可能是她。對於聽到這種消息的反應，各式各樣我都看過，也學會不要妄下判斷。可是我實在忍不住想到孤孤單單待在太平間的海倫。

「那個我們會處理，」我說，「跟我說說海倫。你們兩人在一起多久了？」

「我們幾週前才拿到同居許可，」他說，「一切都發生得很快。妳知道，海倫是我這輩子的摯愛。」

他就在這刻崩潰，而我因為門上的敲門聲大鬆一口氣。我打開門，發現瑞秋帶了一個滿臉憂慮的年輕男人站在那裡。「這是他朋友。」瑞秋用唇語對我說。他手裡拿著鑰匙，好像正打算自己開門進來。我讓到一邊給他進去，他非常慎重地把鑰匙放在門旁桌子的一只碗裡。鑰匙掛在一個類似向日葵形狀的鑰匙圈上。我注意到桌子上方的牆壁掛了幾幀空相框，散發孤單氛圍而且格格不入，不禁思忖原本的照片去哪兒了。

「妳怎麼想？」瑞秋問我。

「海倫．泰勒是個不錯的女人。」我說。

「只是男友品味很糟。」瑞秋說。

「嗯哼，」我回答，「除非是他幹的。」

「妳真的是走火入魔，」瑞秋說，「妳知道吧？妳無所不用其極想定罪到男人身上。」

「要是我是對的怎麼辦？」我壓低了音量。「他符合監視影片上的影像，而且身體條件絕對強壯得可以抱起屍體。他的手上有割傷也有瘀青，和海倫臉上、身上遭受的傷害一致。」

「但是也掛著追蹤器。」瑞秋火大地點明。

「沒有錯，」我說，「我們得檢查看看追蹤器，確認它運作正常。」

我讓瑞秋打給蘇．佛格森，請她派幾名下屬和一個諮商師過來公寓。接替我們的人一抵達，瑞秋和我就回警局。

蘇的團隊已經找出那位朋友的身分：是個叫瑪波．布萊特的女人。已有警員受命去和她談話。凱特．湯森和史嘉蕾．卡德威已從嫌犯名單中排除。我掙扎著是否要問能不能檢查一下湯姆．羅伯茲的追蹤器，最後決定不要。蘇絕對不會同意。我下去自助餐聽，餐點食之無味。我喝了雙倍濃咖啡，可是除了讓我想上廁所外沒有別的效用。

海倫．泰勒身上到底發生什麼事、發生的原因又是什麼，我的直覺認為答案就在那間公寓，在牆上消失的照片和昂貴的遊戲主機裡。也許那位男友確實無辜，可是話說回來，也許他並不無辜。也許我確實鬼迷心竅地想把罪責釘在男人身上，湯姆・羅伯茲正好倒楣。也許，比起真相永遠無法水落石出，是他幹的對我們所有人都好。

又也許不會。

我距離退休只剩一個月。他們還能對我做出什麼糟糕的事？我又沒有必須守護的職業前途。我拿起平板，打給追蹤中心的哈荻亞，告訴她那具屍體不是莎拉・華勒斯。她爆淚狂哭。當她平復過來，我請她找出湯姆・羅伯茲的紀錄。沒錯，他最近才檢查過追蹤器，有點故障，所以他過來置換。負責處理的人是莎拉・華勒斯。更有趣的是，搞到最後瑪波・布萊特也是追蹤員。

如果有追蹤員移除追蹤器，男人也可以違反宵禁。

我感謝哈荻亞撥空談話。

「希望妳能抓到犯下這件事的人。」她說。

「會的，」我說，「我也這麼希望。」

我走到外面，用自己的平板稍微調查了一下瑪波・布萊特，找到一個討人喜歡、在網上十分活躍的年輕女子。但是她非常小心，沒洩漏太多資訊。目前為止，我決定先讓蘇去調查瑪波。

我改為檢視海倫・泰勒在網路上的人生，沒花多久就找到了。那不是海倫自己的貼文，而是伯賽高中的學生貼的，那是她工作的地方，而且貼文和凱絲・強森有關。莎拉・華勒斯的女兒。怎麼無論走到哪裡好像都會碰到莎拉・華勒斯。我又多調查了一下凱絲。她最近剛滿十八歲，並在生日當天加入了iDate。因為工作之便，我有拿到私人訊息和照片的權限。我調查她和誰聯絡過，一看之下整個雞皮疙瘩都起來了：她的平板也在那晚外出的名單上。

似乎該來拜訪慈母之家了。

第四十三章
莎拉

莎拉沒聽到凱絲離開公寓，可是有聽到她回來。她坐在起居室的沙發上，用雙手捧著一杯茶，看著電視上的新聞，強烈意識到女兒臥房那張空盪盪的床。公園中發現一具屍體。在那可怖的數分鐘裡，莎拉還以為那是凱絲。她一直活在女兒某天會死的可能性中，她被帶回凱絲出生後一片死寂的幾秒鐘，屏息等待聽到她的哭聲。當門打開、凱絲走了進來，就有如新生兒的第一聲啼哭。

「凱絲，」莎拉喊道，「快點進來。」

她聽到女兒拖拖拉拉的腳步聲。

「馬上進來！」她大吼一聲。

凱絲乖乖聽話。

「妳去哪裡了？」莎拉問她。

「就出去，」凱絲的眼神射向電視機，「是那個公園？」她說，「他們找到一具屍體？」

「顯然是這樣。」莎拉說。

「太怪了，」凱絲說，「不知道那是誰。」

「他們還不曉得。我還以為是妳，」莎拉靜靜說道，感到淚水在喉嚨深處灼燒。「發現不是妳我不知道有多高興。」

她雙手摟住凱絲的腰，將她帶到沙發。「坐下。」她說，然後跪在她唯一的女兒面前，細細端詳那張臉。不過幾天前，這張臉才讓她強烈地想到葛雷格，並湧上一股洶湧恨意。而今她眼中只見她深愛的孩子。莎拉努力讓聲音鎮定下來，儘管心一點也不鎮定。她雙手擱在凱絲膝蓋、緊緊抓住。「凱絲，再也不要這樣做了。」她說，「不要不說一聲偷偷在半夜溜出去。我知道，要是妳說了就不算真的溜出去，但我們就假裝一下，好嗎？」

凱絲緊緊抿住嘴脣，快速眨了好幾次眼。「媽，」她說，「我可以跟妳說一件事嗎？」

「當然。」

「我做了一件非常糟糕的事。」她無法和莎拉的眼神對視，只能看著地板。

來了，莎拉逕自想道。「是不是和湯姆．羅伯茲有關？」她覺得肚子打了一個結。她實在怎麼也抹不去那個人的印象。那魅力，那笑容，漫不經心透露的愛慕虛榮。她看著凱絲，深知她對那些根本毫無抵抗力。「至少告訴我妳有避孕。」

「媽！」凱絲整個臉脹紅。「不是那個啦。」

還能比這更糟嗎？「說吧。」

凱絲努力想說話，卻怎麼也說不出口。她清清喉嚨。「妳一定會對我發飆，拜託答應我不要發飆。」

「我盡量。」莎拉說。

凱絲深呼吸一口氣，然後吐出那些在之後會讓莎拉做惡夢的字句。「我說沒拿追蹤器鑰匙是在說謊，我真的拿了。我找到了啟動鑰匙的方法，拿掉了比利的追蹤器。現在它沒辦法用，我也鎖不回去，妳得幫幫我們，媽。他現在沒有追蹤器，他該死的完全沒有，而且都是我的錯。然後他跑到外面，我抓到了他，然後……」她整個人洩了氣，開始掉眼淚，圓滾滾的大顆淚水從她臉頰滾下，滴落下巴。

原先她以為女兒和湯姆．羅伯茲正在進行一段不倫關係的感覺如今煙消雲散，這和那根本不能比。「鑰匙在妳手上嗎？」

「嗯。」凱絲說，在口袋翻找一陣後拿出來。她遞過去。

莎拉接過，緊緊握在手中，好幾件事同時發生：鬆一口氣的感覺排山倒海，同時間（她驚訝地發現）也湧上一股平靜。她是這麼確信凱絲拿了鑰匙，卻在凱絲否認、她又找不到的時候充滿自我厭惡和懷疑。她曾因為搜了女兒房間痛恨自己，而今那些感受都已不再。

她碰觸螢幕，嘗試打開鑰匙，可是就如凱絲所說，它沒有反應。「這個被停用了，」她說，「鑰匙如果弄丟，我們就會這樣處理。」

「我不曉得。」凱絲用很小的聲音說。

她沒有任何能充電鑰匙的方法，手邊沒有正確的轉接器。「我得到追蹤中心幫他預約一個時間，」她的腦袋正在快速運轉。「如果由我處理，就可以在不讓任何人知道的情況下把他的追蹤器掛回去。」

「我們可以今天弄嗎？」凱絲抱著希望問。

「不行，」莎拉說，「最快只可能是明天。」

新聞還在背景播送，她拿起遙控器關掉。她不想聽。莎拉站起來開始踱步。她得在不引起懷疑的情況下安排預約，並且確保比利見的人是她。這恐怕不會太容易。

「不能等那麼久！」凱絲說，「他違反宵禁了！他不能在沒戴追蹤器的情況下多過一個晚上。要是他又違反宵禁、然後這次被抓到呢？」

如果他真的被抓到，就會被問到非常棘手的問題，莎拉很確定比利一定會回答，然後這答案就會回到凱絲身上。而莎拉不想去思考要是有人發現她女兒做了什麼，凱絲會陷入多大麻煩。現在她的優先順序是要保護凱絲。她必須解決眼下狀況，更重要的是，她要撥亂反正。

「我得去追蹤中心，看能不能拿到另一把鑰匙。」莎拉說。她快速換了衣服，穿上工作的長褲和襯衫。她從房間出來，發現凱絲正焦慮地點著平板。「妳在做什麼？」

「傳訊息給比利，告訴他我們在幹嘛。」

「不要傳，」莎拉說，「不對，妳關掉。」

「為什麼。」

「這東西可以追蹤，」莎拉說，「妳的訊息也會被讀到，最好別冒任何風險。」

凱絲聽話照做。她們兩人悄悄下樓、出去上車，卻發現兩個前輪完全扁了。

「拜託不要又來。」莎拉說。她踢了其中一個輪子，她甚至能看見輪子哪裡被割破。

「我不懂，」凱絲看著輪子說。「怎麼會兩個一起扁掉？」

「我和那個被我電擊的男的家人有點小矛盾，還有其他一些……狀況。」雖然她沒想到凱特‧湯森會做到這個地步。

「可是妳什麼也沒有說！而且這才不是小矛盾。他們弄壞妳的車，妳應該報警。」

「現在應該不是和警察扯上關係的好時機，妳說對吧？」莎拉以溫和的語氣問道。

凱絲臉紅了。「對。」

「來吧，」莎拉說，「我們坐公車。」

可是在經過二十分鐘見不到一班公車之後，莎拉決定改成走路。她們花了幾乎一小時才抵達追蹤中心，走路途中經過三輛警車。每經過一輛，莎拉就多一分緊張。

她們抵達時還很早，而且中心也還沒開。兩人在停車場等待。這裡瀰漫刺鼻尿味，凱絲摀住鼻子，不住抱怨。

她們等得越久，莎拉就越開始覺得這不是好主意。哈荻亞一定會想知道她為什麼沒進行全天的業務，而她最不希望的就是在偷偷將鑰匙拿出大樓時被抓到。她甚至不曉得凱絲是怎麼闖關成功的。

「這樣恐怕沒用，」她低聲咕噥，在哈荻亞的車子開進停車場時拖著凱絲躲進灌木叢。

「我們得想其他方法。」

第四十四章
凱絲

莎拉想回慈母之家，可是凱絲說服她繼續等。「媽，拜託啦，」她說，「我們一定要今天就做，他違反了宵禁法。」

她們在路另一邊的長椅上等，盯著追蹤中心看，可是兩人似乎都不打算更靠近。她們就只是聊著天。不知怎麼，這樣坐在這兒、不看著彼此，好像比較輕鬆。在超過一小時後，她們才嘗試移動。兩人看見另一輛警車，還有一輛廂型車。

「妳覺得那和公園裡的屍體有關嗎？」凱絲問。

「我不知道。」莎拉說，「可是我不喜歡。」她握住凱絲的手。「來吧。」

「我們要去哪？」

「去火車站。」

「可是追蹤器鑰匙……」

「我知道，」莎拉說，「但那恐怕不可能了。」

她們走到市中心，經過公車站，這令凱絲想到和爸爸的那次可怕對話。當她告訴他自己手上有追蹤器鑰匙，他失控發飆。她想告訴莎拉這件事，她想把一切都告訴她。她覺得身體脹得快要爆炸。可是她並不預期母親會確實、強烈或堅決地站在她這邊。她只告訴莎拉比利的事，因為她已經沒有其他選擇。

在火車站，莎拉從錢包和包包底部搜刮出許多紙鈔和硬幣買下車票，她們上了去倫敦的第一班車。「我想去一個不會撞見任何人的地方，就這麼幾小時也好。」莎拉說，而凱絲無力反駁。她不想待在市中心，待在一個可能撞見湯姆的地方。兩人去了博物館，在公園吃三明治，即使三明治冷冷冰冰。可是她們不能永遠逃到遠方，而當她們回到慈母之家，那裡有壞消息在等著她們。

「這裡有位女警，」歐布萊恩太太說，「她想和妳們兩個談談。」

「知道是什麼事嗎？」莎拉說。歐布萊恩太太經過時用力地捏了一下母親的手臂，凱絲並沒有遺漏。在這個碰觸之中有些什麼，像是善意之類，凱絲也想要得到。當她真的得到，心中再震驚不過。

「不管怎麼樣，都會沒事的。」歐布萊恩太太對她說。

那位女警在公共餐廳等她們，那裡沒有別人。有人給了她一杯茶和一盤餅乾。凱絲能感到自己的雙手在發抖。她很感激母親在這裡給她平靜。

「嗨，」女警說。她們靠近時，她站起身。「是莎拉・華勒斯嗎？」

「是的。」莎拉說。

「那妳一定就是凱絲了。」她微笑著說，但是凱絲無法也用笑容回應。

「是發生了什麼事呢？」莎拉問道。

「請坐。是說，我叫潘蜜拉。」

莎拉拉出一張椅子，凱絲也照做。她們坐在彼此旁邊。她感到母親在桌面下方的手，當她摸索到，莎拉便緊緊握住、沒有放開。

「妳今天給我們帶來了一些麻煩呢，」潘蜜拉說，「看到妳們兩人，我實在無法形容我鬆了多大的一口氣。」

餐廳門是開的，凱絲看見歐布萊恩在外頭徘徊。這也有點幫助，她的行為似乎不再那麼八卦了。

「我不確定我懂妳意思。」莎拉說。

「確實，」潘蜜拉說，「確實可能這樣，但是現在我們先不擔心這個。凱絲，妳可以告訴我妳對一位叫湯姆．羅伯茲的男人知道什麼嗎？雖然妳知道的可能是柏堤這個名字？」

這和凱絲的預期有些不同。

「我有麻煩了嗎？」她問。

「至少對我不是。」潘蜜拉溫和地說。

凱絲吞了一口口水。「他在市內的咖啡店工作，我去的時候和我聊過天。我是在iDate上碰到他的。」她承認道，「我們開始互相傳訊息。我……我們見了幾次面，可是只有那樣而已，我已經不跟他見面了。我發現他有女友，他還撒謊隱瞞。」

好，她說出來了，而且也盡量在能分享的範圍內多摻入一點事實。

「他是怎樣的人？」潘蜜拉問道。

「一開始他人很好，」凱絲說，「他說他喜歡我，」她的臉紅了起來，「可是其實他不喜歡，只是假裝。然後他就變得很可怕。」

「怎樣可怕？」

「就是會講一些話。他真的很噁心。」

「我懂了，」潘蜜拉說，「他是否在肢體上變得有攻擊性？」

凱絲感到莎拉在位置上不安挪動。「沒有，」她說，「不是那樣的。」

「為什麼要問這些？」莎拉追問。

這位女警觀察了她一會兒，然後從座位上站起來、將門關上。當她坐回位置，一舉一動全然改變。「我猜想妳們應該注意到了，今天早上在公園裡發現一具屍體。」

「對，我們在新聞上看到了一些，」莎拉說，「可是我們一整天都在外面，也都關了平板。」

「那具屍體是羅伯茲先生的女友，海倫・泰勒，」潘蜜拉說，「我知道妳們兩位都認識海倫。」

這幾個字改變了全世界——以及凱絲。在那之後，她永遠回不到從前。就像海倫・泰勒被蘇珊．朗恩的死改變，凱絲．強森也將被這件事改變。

她全身都開始顫抖。她想說點什麼，卻說不出來。她只能看著莎拉，恍若發出無聲的求助，並在莎拉的臂彎中找到浮木。因為莎拉伸出了雙臂，將她緊緊摟住。

「海倫．泰勒是凱絲的一位老師，」莎拉說，「凱絲開始和湯姆約會的時候並不知道泰勒小姐是他女友，她一發現就結束了和他的關係。」

「泰勒小姐是否意識到妳在和他約會？凱絲？」

凱絲只能點頭。她想逃離這件事和所有一切，逃得遠遠的。她想倒轉時間、抹去自己的每一項行為。她好希望永遠沒遇見他，她希望自己有告訴泰勒小姐她喜歡她的鞋；她希望她有聽媽媽的話。

可是木早已成舟。

「謝謝妳，」潘蜜拉說完，站起身。凱絲以為她可能會再說些別的，可是沒有。她反而輕輕將那盤餅乾推往凱絲。「如果還有需要問妳的事，我會聯絡妳的。」

「妳應該去找瑪波．布萊特談談，」莎拉說，「她也是追蹤員。她是海倫最好的朋友。」

「我會的，」潘蜜拉說。她走到了門邊才轉回頭。「另外，凱絲，我必須問妳平板的事。」

「怎麼了嗎？」莎拉問道。

「我們追蹤了所有昨晚在外面的平板，凱絲的是其中之一。」

「這不可能。」凱絲說。她去找比利的時候把平板留在這裡，她非常確定。

「我可以看看嗎？」潘蜜拉問。

凱絲從包包裡拿出來，遞給潘蜜拉，她輕輕一個滑動，來到設定檢查位置數據。

「嗯，看來沒錯，」潘蜜拉說，「妳有沒有可能還有另一個平板呢？這個看起來非常新。」

「舊的她弄不見了。」莎拉說。

「什麼時候的事？」

「一個禮拜前。這個是用來替換的，他們跟我說舊的會停用，看來並沒有。」

「顯然如此。」潘蜜拉說。

她感謝她們撥出時間，旋即離開。

莎拉轉向凱絲。「現在，」她說，「告訴我妳的舊平板到底怎麼了？」

第四十五章
潘蜜拉

現在，下午四點三十五分

我採納莎拉・華勒斯的建議，前去找瑪波・布萊特。她住在市內舊城區一間漂亮的小排屋。進去之前，我傳了訊息給瑞秋，詢問有無更新訊息。瑞秋告訴我瑪波的嫌疑已被排除。昨晚她在父母家中，他們花園裡有監視攝影機。瑪波進去後直到今天早上七點都沒出來。

我敲了門。當她來應，整個人恍若分崩離析。她個子很高，可是佝僂著身軀，好像脊椎再也撐不住了。此外，她的臉也因為哭泣而浮腫。「我把知道的一切都告訴先前來的警官了。」她說。

「感激不盡。」我說，「很抱歉又要再麻煩妳。我們還有幾件事需要談談。我能進去嗎？」

她讓我進去。我感到她彷彿已疲累到無力拒絕，甚至忘了把門關上，反而讓我來關。我們走進一間十分有朝氣的起居室，裡頭壁爐架上有一張海倫的照片。沒錯，我確實看得出兩人是朋友。「她昨晚不在這裡，」她說，「我知道湯姆說她在，可是沒有。我去了父母家。我過了很糟的一天，不想自己一個人。」

「妳最後看到她是什麼時候？」

「我昨天下午和她說過話。我想告訴她……我抓到湯姆和別人在床上。」

「凱絲・強森。」

她看著地面。「沒錯。」

「我已經和凱絲談過了，」我說，「她告訴了我發生什麼事。我知道她透過 iDate 和他有聯絡。」

「那該死的混帳甚至沒把帳號刪掉。妳敢相信嗎？」她稍微坐挺了些，彷彿從某處找到了能量來源。我想應該就是她對湯姆・羅伯茲的恨意。「他告訴海倫他們多麼相愛，可是一直以來，他都在和網路上釣到的青少女亂搞。」

「海倫對這消息有什麼反應？」我問。

「沒有我想像得那麼糟，」瑪波對我說，「老實說，從她的反應判斷，我想她早就知道了，雖然我不曉得她怎麼發現的。週一時我試著打給她，可是她沒接。我們最近處得不太好。」

「我可以問妳們為什麼處不好嗎？是不是發生了什麼事？」

她揉揉眼睛，「是可以這麼說。就是……她懷孕了。當她發現懷的是男孩，她墮了胎。她完全沒跟湯姆說這件事。我說我不認為她應該和還得隱瞞祕密的人在一起；這種關係不健康。」

我認為我可能剛找到了動機，男性曾因更微不足道的動機殺人。祕密向來都能鑽到漏洞、自己攤在陽光底下。

「她說我嫉妒他們兩人，」瑪波說，「我把原因歸結於她心情不好。我其實可以理解。我想，如果我給她個幾天、冷靜一下，就會船到橋頭自然直。她在我這裡留了一些東西，所以我週一早上順路拿去她公寓——我有鑰匙——我就是在那時抓到湯姆和凱絲．強森的。」

一點一點，拼圖碎片拼了起來。「妳怎麼知道那是凱絲？」我問。

「我和她媽媽一起工作。幾個禮拜前，莎拉把凱絲帶到追蹤中心進行職業體驗。那天實在是一團亂。我和來的一個人出了點狀況，莎拉電擊他，他因為心臟病過世。有夠糟的。」

湯森家就是這樣進入莎拉的生活。可是，儘管我們今早在他們身上費盡心力，我現在卻很清楚他們與此毫無關連。「最後幫湯姆檢查追蹤器的是莎拉，對不對？」

「對，」瑪波對我說，「是緊急預約。他的追蹤器出了點問題，可是莎拉解決了。」

我就是要找這個。我因此整個人起了雞皮疙瘩。「出了什麼問題？」

「我不確定，」瑪波說，而我霎時領悟。「妳覺得是他幹的嗎？」她問我。「妳是不是認為他找到了拿掉追蹤器的方法、然後殺了她？」

我注視著她滿是淚痕的臉。「沒錯。」我說。

「很好，」她說，「因為我也是這麼認為。」

我腹中深處的直覺勢不可當，可是這樣並不夠。

下一步要怎麼走？

我前往諮商中心找發給海倫和湯姆同居許可的諮商師。她將海倫描述為一個彬彬有禮、受良好教育而寂寞的人，湯姆．羅伯茲則是虛榮、愛耍小聰明、懶惰又投機取巧。「我認為他們非常不搭，」她對我說，「海倫還沒準備好聽到真相，我認為最好的應對措施是就讓他們住在一起，給她機會自己看清。我想留一扇門，讓她可以再回來。我並不認為他很危險，」她拿下眼鏡望著我。「我是不是錯了？」

「這是個大哉問，對吧？」

我離開時，平板響起。是病理學家蜜雪兒。

「屍體上的男性DNA屬於男友湯姆．羅伯茲。」蜜雪兒告訴我。

我謝過她後便掛了電話。只有這個還是不夠，我希望能找到他的微量跡證。可是畢竟也沒有其他DNA，至少這算得上點什麼。

之後，我回到警局。走進門時，我已經做好心理準備。比較理想的狀況，我會希望回追蹤中心再和哈荻亞談談。可是我至少得假裝自己還是團隊的一分子。

「妳去了哪裡？」當我來到自己桌前，蘇問我，語調鋒利如刀。

「蒐集資訊。」我說。

「沒先得到我的允許？」

「對，」我沒有試圖否認，或假裝不知道自己在做什麼。她的怒火令我不禁想後退一步，只能拚命壓抑。瑞秋坐在自己位置上看著我們兩人。我忍不住猜測我不在時她究竟告訴了蘇什麼。「我知道你從瑪波．布萊特那裡什麼也問不出來，」我說，「而且凱特．湯森和史嘉蕾．卡德威那裡也是一樣。面對現實吧，蘇，妳必須開始往不同方向調查。在這件事上，我們不能這麼封閉心胸。」

她轉過身丟下我走掉。

「我們必須調查那個男友，」我在她身後高喊，「妳得清醒一點。」

她停下腳步。在隨之而來的死寂中，周遭靜得連針落地都能聽到。她一個轉身，「如果妳這麼相信是他幹的，那就去證明。」她說。

然後她就像一陣暴風那樣衝進辦公室，碰一聲把門關上。所有人都望著我，等著看我接下來會怎麼做。而我決定悉聽尊便。

我點了點平板，發送訊息，然後轉向瑞秋。「妳跟我來。」我說。

「我們要去哪裡？」她問。

「帶湯姆．羅伯茲回局裡審訊。」

「什麼？不可以！」

「我是妳的資深前輩，」我已經受夠了她的態度、她的無知，還有拒絕聽從我的指揮。

「該死的，妳給我乖乖聽話，瑞秋。」

三十分鐘後，我們帶著他從前門進來。他的朋友搭了順風車——在我准許之下。但是我讓他去接待處等。如果湯姆．羅伯茲想要有人牽他的手，可以找律師。現在最重要的就是採取必要措施，而且保證過程百分之百流暢無礙。

我帶他們進入審訊室，哈荻亞已經等在裡頭。她帶了一個小黑盒子。

「我們必須檢查你的追蹤器。」我對湯姆．羅伯茲說。

「為什麼？」

「例行程序，」我一派若無其事，「我們必須排除所有可能性。」

他顴骨上分別冒出兩抹紅色，刻意放慢動作、拉起牛仔褲、露出綁在腳踝上的黑色帶子。我打開平板，開始記錄。

「如妳所見，它好得不得了。」他說。

「我知道你前一個追蹤器似乎有些狀況。」

「沒錯，但是我去了追蹤中心，也處理好了。這是新的。是說，我有麻煩了嗎？我需要律師嗎？」

「如果你需要律師，我們可以幫你安排。」

他眯起眼睛。「不必，」最後他說。「沒關係。」

哈荻亞小心翼翼移除了追蹤器，謝過湯姆的耐心等待。我將她帶到隔壁房間。

「這可能需要點時間。」她對我說。

「不成問題，」我說，「不用急。」

在她檢查帶子和外殼時，我在旁注視。上面沒有明顯的損壞痕跡。接下來，哈荻亞將追蹤器和她的平板相連，下載裡面的資料。「怪了。」她說。

「怎說？」

「它從午夜開始就不再傳輸訊息，然後大概在凌晨四點又重新啟動。」

「怎麼可能這樣？」

「通常追蹤器拿下來的時候會停止傳輸，可是他會需要鑰匙才能做到。他要去哪裡弄到鑰匙？」她雙手抱頭。「我們之前有把鑰匙不見，」她說，「可是昨晚也不可能用，首先是電池現在早該用完了，而且我一發現不見，就立刻把它停用。」

「但總之他還是找到方法拿掉了。」我說。

我上樓去，將這些發現報告給蘇。她看起來筋疲力盡、臉色灰敗。她的頭髮解開，變成一大圈恍若光環的鬈髮。今天早上走進警局那個牙尖嘴利的自信女子已不見蹤影。

「派一組人去搜查公寓。」她說。

我們找到海倫買給他的工具組；他就是用那個來移除追蹤器的。

此外也在廚房找到海倫的血跡。

之後回到警局，在湯姆．羅伯茲遭起訴後，蘇．佛格森把我叫到辦公室。

「妳做到了，」她說，「妳查出了妳想要的結果。」

「我是查出了真正的結果。」我說。

「是嗎?」她問我,「因為我沒有那麼確定。我們的目標應該是保護女性,潘蜜拉,為了達到這個目的,我們必須保護宵禁法。」

「所以就該讓他逃脫刑責嗎?要是他再次——再對其他人下手怎麼辦?」

「他只是一個男人,最多也只能做出這些事。」蘇說。

「就算只死一個女人也很多了!每一個人都算數,蘇,是每、一、個、人。而且她們每一個都應該得到正義。」

「那麼,那些一旦沒了宵禁就會受傷的女人要怎麼辦?」

第四十六章

莎拉

潘蜜拉離開後，凱絲和莎拉獨自坐在餐廳。也許，她們應該回到樓上，可是那兒似乎太遠，得花太多力氣，而此時此刻凱絲終於張開了口，莎拉不想做出任何讓她閉上的動作。海倫・泰勒死了。莎拉一想到這件事就感到嘔吐感微微湧上。而不管她多麼難受，她知道凱絲的難過一定更甚。

「她怎麼會死？」凱絲不停地說，一遍又一遍。

「親愛的，我也不知道，」莎拉擁抱著女兒，嗅著她髮上的香味。她聞起來已經不是嬰孩，而是一個年輕女人。歐布萊恩太太和幾個女人走了進來。

「發生什麼事了？」歐布萊恩太太問。

「他們找出了公園屍體的身分，是一個叫海倫・泰勒的女人。她是凱絲的老師。」

凱絲開始顫抖。歐布萊恩太太脫下自己的刷毛外衣披在她肩上，莎拉對此感激不已。就算在這件事結束很久之後，她也會記得這些女人的善意。電視打開，她們坐在一塊兒看著報導慢慢開展，直到晚上十一點，有個衣著時髦的女人出現在警局臺階上，告訴聚集群眾，一名男子被起訴涉及謀殺海倫。是湯姆．羅伯茲。他找到了能夠不被抓到並移除追蹤器的方法。

歐布萊恩太太在那一瞬間關掉了電視。

幾個女人開始哭泣，其他人則回到自己的公寓，逕自處理自己的悲傷和驚駭。莎拉帶著凱絲上樓。「我不敢相信他竟然做出這種事，」凱絲說，「但他真的做了，對不對？」

「如果他們找到足夠證據起訴他，應該就是。」

「他看起來不像壞人。」

「他們都是這樣的。」莎拉說。她咬住嘴脣、嘗到了血味。她忍不住思忖凱絲距離危險多麼近，近到她只要一想就覺得不舒服。

「我以為宵禁法不會帶來什麼不同，可是其實有，對不對？我以為湯姆人很好，」凱絲暫停片刻，「不對，」她慢慢地說，「不是真的。是我希望他是好人，所以才這樣告訴自己，即使他很顯然不是。」

「妳怎麼會知道呢？」莎拉說。

「妳就知道，」凱絲指出，「妳就是因為這樣才去當追蹤員，對不對？因為妳早就知道我們不能相信男人。他們會說違心之論，只因為我們蠢到願意聽進去，還假裝他們不會傷害我們——但他們會，而且他傷害了泰勒小姐，他傷害了她。她不應該落得這個下場。」

凱絲的呼吸變得急促，莎拉能感到她的恐慌即將全面爆發。其實這沒什麼好驚訝。「現在不要想這些。」

「我忍不住。」

「妳不會是第一個犯下這錯誤的人，凱絲。」莎拉說；她嘴巴好乾。「也許我應該把妳爸爸違反宵禁那天的事告訴妳。」

她感到身旁的凱絲身體一瞬僵硬。「是什麼事？」

「就是我為什麼會那麼做。」莎拉舔了舔嘴脣，努力找出正確字眼。「我真心希望有早點告訴妳，可是我不想要妳把他想得很壞。不管他做了什麼，依舊是妳的父親。」

她深呼吸一口氣，撈尋著最後一天的記憶。還真是恍若隔世。「我工作時間總是很長，因為非這樣不可。妳父親和我……妳還小的時候，我們就決定其中一人要待在家裡照顧妳。宵禁法實施時，很顯然這個人必須是他。合情合理。他照顧妳和這個家；我去賺錢，好長一段時間好像可行。我以為我們很快樂——我以為他很快樂。」

「嗯……」凱絲想說什麼，但莎拉打斷她。

「讓我說完。」她說，「現在回想，應該是從妳十五歲開始。就是從那時，我開始發現一些改變。可是當我質疑一些事，他就會否認，並且讓我覺得自己很蠢。」

「像是哪些？」

「對帳單上看到的一些事情，」莎拉說，「餐廳、我不會去的店的衣服、昂貴健身房的會費。他體重減了很多，髮型也換了。」

「我不懂。」凱絲說。

「我也不懂，」莎拉回答，「至少我對自己說我不懂。我猜我是不想面對真相：他有外遇。我撞見的就是這個。他在用平板和她通話，就站在我的廚房中，在我花錢買的房子裡，問他女友喜不喜歡他用我的信用卡買給她的鞋子。」

「我想我看過他們在一起，就一次，」凱絲說。她用手指壓住雙眼。「在市中心，他說……他說她和他去同個健身房。他給了我錢，叫我買點喜歡的東西。我有一些想要的化妝品，那時我更煩惱的是那個。我沒有……我沒多想，媽。」

「妳怎麼會呢？」莎拉問。如果連她都沒辦法看清，當然不會期望一個青少年能做到。

葛雷格把她們兩人都耍了。

凱絲在膝蓋之間緊貼著雙手。「因為那根本就很明顯，」她語氣酸楚，「他們都撒謊嗎？他們就是那樣的嗎？難道沒有任何人是正派的嗎？」

「我不知道，」莎拉說。那天發生的一切，關於海倫．泰勒，關於湯姆．羅伯茲被逮捕，關於凱絲告訴她的話，只是在在強調了莎拉深信男性打從根本就有問題的信念。「我好像還沒遇到任何一個。就是因為這樣，我才想住在慈母之家。」

「我不敢相信我會這麼天真，」凱絲說，「關於這一切，而且不只比利的追蹤器，我也給了爸我的舊平板。」

莎拉花了點時間消化此事。突然之間，有些碎片拼湊了起來。「就是女警官問的那支嗎？她說通宵都在外面的？」

「對。因為他沒有，而且說他負擔不起。我很擔心要是發生緊急事件，他會沒辦法聯絡任何人。」

「可是……」莎拉開口，接著便看見了女兒臉上的表情。她感覺彷彿整個人跳入一池冰冷水。「妳還做了哪些事？凱絲？」

「我沒拿掉他的追蹤器，」凱絲說。因為太急著說出口，字與字紛紛撞在一起。「我發誓沒有，我只是弄鬆了一點。」

「什麼？」

「他說帶子太緊，害他起了疹子，我就幫他弄鬆。然後他說他需要擦疹子的消毒藥膏，可是也買不起，所以我們去了店裡，我把那些東西都買給他，像是乳液還有油。我不知道，但我想也許……我想如果他把油拿來用，可能有辦法在不弄壞的狀況下拿掉。」

莎拉站起身，鎮定地走到浴室，將門鎖起來無聲尖叫。她抓住水槽邊緣，看著鏡中的自己。她花了漫長的好幾分鐘才有辦法控制住情緒。她往臉上潑了點冷水，有點效。葛雷格，沒掛追蹤器。他想在什麼時候、想去什麼地方，就能去什麼地方。這個念頭幾乎令她無法忍受。

她打開浴室門，再次回到起居室。凱絲仍坐在沙發上。「把一切都告訴我。」莎拉對她說，「一件都不要遺漏。」

那之後，她們拿了凱絲的平板，追蹤舊平板的活動。就和潘蜜拉說的一樣，這支平板整晚都在外面，而且去了慈母之家和追蹤中心。莎拉想起留在她車上的字條，還有割破的輪胎。她本以為該究責的是湯森家人，但是現在她沒那麼確定了。她越是想，越是確定幹出這些事的是葛雷格，不是哀悼中的凱特・湯森。

她應該告訴凱絲嗎？她不想，這太可怕了。有一些事你一旦知曉，就再也無法抹去，而她不想要自己女兒承受這分重擔。可是這仍舊無法阻止莎拉心中的念頭。

凱絲早早上床，因為今日各種事件筋疲力盡。可是莎拉沒睡。她望著凱絲平板上的追蹤紀錄。他的活動和去向有一個模式。一如往常，如果葛雷格可以預測，那就不是他了。

她知道自己該做的事是什麼。唯一的問題在於，她要怎麼想辦法做到。

第四十七章
莎拉

當她敲響莉茲．歐布萊恩的公寓大門，表示想借車，心中還是不確定。她開到市內靠河的那側，停在接近葛雷格住在河畔居的區域。此時幾乎接近宵禁要開始的時間，她看到幾個男人朝著住屋走去，人手一個裝半滿的購物袋。其中一人看到她時露出怒容，令莎拉畏懼得發動了引擎，從路緣開走。可是她很快又繞回街道，再次靠邊停。這一次，她停在路另一邊的某棵樹下。

她靜靜等待。

夜色漸深。

她繼續等。

儀表板上的時鐘上一分一分經過。她一定是不小心睡著了，因為原本是凌晨兩點，一個眨眼就五點半了。她試著在座位上伸展，但是空間不夠。她的嘴巴嘗起來有不新鮮食物的味道，而且得去趟廁所。她應該回家，可是不能，因為她的前夫就在那棟建築物裡，戴著一只說不定能輕易拿掉、鬆鬆垮垮的宵禁追蹤器。

他為什麼被釋放到這裡？他為什麼就不能永遠待在監獄？為什麼不能把他們全從社會上除掉，還容許他們住在一群會遭他們欺凌、擺布、傷害的女人之中？追蹤器改善不了問題，他們就沒有放過海倫．泰勒。凱絲認為追蹤器根本是白費工夫，她沒有錯，只是方向和她心中想的有點不一樣。

莎拉揉揉膝蓋，努力忽視膀胱傳來的疼痛。這實在不可能做到。她稍稍將車門打開一條縫。如果是在凌晨五點半，在市內的這一塊區域，她快速去一下路邊應該沒人會注意到吧。

但就在她要下車的當兒，路另一邊似乎出現了動靜。莎拉整個人身子一低、躲進座位；屏住呼吸，心臟狂跳，所有感官升到最高警戒，然後便看見她來到這裡最想看到的景象。

葛雷格向來在每天早上宵禁一結束的七點出去跑步。他本來可以更晚，等凱絲去學校再去。但他不想，他就是要在七點。他總是說他希望可以更早出去，這樣就能跑得更久。現在看來，他對跑步的執著和開始出軌的時間點差不多，而且很顯然兩者有關連。

此時此刻，他就在這裡。

他張望一下馬路，轉轉肩膀、伸展腿部肌肉，然後開始朝路盡頭慢慢跑起來。她先讓他跑得遠一些才發動車子。

她悄悄拉上安全帶，無聲地從馬路邊欄駛離。她發現自己忍不住猜想他要去哪兒，並且決定跟著他。他朝著市中心跑，大約過了十五分鐘，有輛開往相反方向的車停下。葛雷格改變路線、朝車過去，打開副駕駛座上車；他抱住了駕駛座上的女人。

莎拉往路邊開，再次停下。她將自己的平板從口袋拿出來，追蹤凱絲的舊平板。它的路線和其他晚上一模一樣：前往一間教堂旁邊的安靜小路，然後在那裡持續待個四十五分鐘。莎拉不想跟著他們過去；她不想知道。

她從沒想過葛雷格會在出獄後繼續和史嘉蕾・卡德威的外遇。可是他就是在這兒。這對他們來說一定很詭異。他顯然不想在河畔居幽會，可是也不能去她家，因為她丈夫會在家裡。兩人選擇有限。可是在車子後座？太噁了。

一切按行程計畫，平板再次開始移動，而且葛雷格很快已橫過馬路、走了好幾百碼遠。莎拉發動車子。目前他們距離市中心不遠，她維持著安全距離。他跑過公車站前方、切過馬路。

橫過追蹤中心的停車場。

他在莎拉的車位停下。

他將雙手伸進短褲前方，好像在摸弄什麼，她花了一會兒才領悟他在幹麼。可是當她領悟，便馬上停到路旁，坐在那裡整個人噁心個半死：他在她的停車位撒尿。這骯髒的混蛋。

他算是很快就結束，離開了停車場，跑了個大弧，速度現在變得稍快，好像恨不得快快回到家。

莎拉沒有多想、直接行動。她一腳對著油門踩下，一手緊緊抓住方向盤上端，直接朝他衝去。

他看見了她，大吼了些什麼，試圖往旁躲開——太遲了。她撞上了他，他像陀螺一樣旋轉起來、雙臂狂揮，沒有任何東西能抓，就這麼摔在柏油路上，緊抱住右腳踝。他手裡一直握著某樣東西，那東西掉在地上砸壞：是凱絲的平板。

莎拉沒有停手。

她慢下到可以接受的速度，鎮定而平靜，打開自己的平板撥了九九九。她對著接電話的女人說自己在市中心德納路看到一個男人，然後便掛掉，接著回家。

三十分鐘後她接到警方電話。葛雷格遭到逮捕，正在送回監獄的路上。

第四十八章
凱絲

凱絲坐在追蹤中心外面的牆上。她應該要在學校，但是莎拉已經說了，如果她想休息個幾天也沒有關係。她有好多事情要消化，從泰勒小姐，到她的父親。她還沒有完全接受這一切。她受到夢魘糾纏，夢到湯姆在她房間，接著便會尖叫著醒過來。此外，她也不斷見到會讓她驚惶不安的可怕兒時記憶閃回。然而，慈母之家的女人實在很了不起。每一扇門都為她敞開，她無論何時都能找到願意傾聽的人。而不管發生什麼事，當她渾身發抖、恐懼不安地醒來，她會知道自己在這棟建築裡是安全的。因為沒有男人能進來這兒。這裡有非常堅固的前門，還有一整支女人大軍，將他們擋在門外。

她現在十分感謝粉紅地毯、深深的浴缸，還有她能夠俯瞰花園的房間。她很感謝公共餐廳，還有能夠和其他人一起吃飯。更甚，她很感謝有母親在，以及莎拉用何等俐落的方式接手處理她闖下的禍。

凱絲現在知道自己有多蠢，還有她冒了怎樣的風險。她也知道自己再也不會做出這種事。前個晚上，她和歐布萊恩太太一起在花園用火盆燒掉了她的雜誌。凱絲看著紅色的小小火星升入空氣，想到了泰勒小姐。

她不能太常去想海倫；她還沒準備好面對這件事帶來的痛。她和莎拉都同意換到另一間學校可能比較好，換去一個沒人知道她過去、能重新開始的地方。

可是首先，還有一些事要做。

她感到追蹤中心門口有動靜，一抬頭就看到比利走出來。他是自己一個人。凱絲很高興，她從牆上溜下，拍掉牛仔褲上的塵土。比利慢慢走下階梯，若有所思。

她朝他走去。「嗨，比利。」她說。

「嗨，凱絲。」

他們站在那兒，不太敢看對方。比利玩弄著夾克衣襬。

「你想去散個步嗎？」凱絲問他。

「我得去學校。」

「不會太久，」她說，於是他同意了。轉角有個女人在賣花，凱絲停下腳步，買了一束粉紅康乃馨。兩人橫過馬路，朝公園走去。比利稍微在後面拖拉著腳步。

她等他跟上來。

「妳媽把我的追蹤器修好了。」他跟上來時這麼說。

「她答應過的，」凱絲回答，「你應該知道，她不會告訴任何人——就是追蹤器發生過什麼事。」

「我知道，她跟我說了。妳爸的事我很抱歉。」

「我不抱歉。」凱絲說，「他很清楚要是再違反宵禁法會怎樣。」她沒有說其實比利也違反了宵禁法。他雖逃脫了罪責，可是她希望他聰明一點，知道自己不可能再違反一次。現在他們離湖很近，她站在那裡眺望水面：平靜無波、陰鬱灰敗。她感到喉中彷彿卡著什麼，於是硬是吞下去。湖側，海倫．泰勒被發現的地方滿是花朵，粉紅和紅色相互混雜。她低頭望著自己手中的小小花束，感覺好像並不夠。

她走上前時，淚水刺痛雙眼。比利沒和她一起過去。她的每一步都走得艱辛。凱絲輕輕將自己的花放下，碰了碰那柔軟的花瓣。「再見，泰勒小姐，」她低聲說道，「對於這一切，我很抱歉。」

她用手背抹過臉頰，然後轉過身走回比利站著等她的地方。「我不敢相信她竟然死了，」他說，「在學校感覺超奇怪。我們宵禁課有個代課老師，可是她就只是坐在課堂前面，讓我們玩自己的平板。她甚至沒打算教我們任何東西。」

「你想要她教你什麼？」凱絲靜靜問道，「宵禁法有哪個部分你不了解？」

「我不知道，」比利說，「就只是……難道她什麼都不用教我們嗎？這不是她的工作嗎？」

凱絲不懂他為什麼還要大費周章。宵禁課現在是他們最不需要煩惱的問題。她開始意識到，海倫．泰勒的死對比利帶來的影響並沒有像她那麼深。他擔心的事物依舊很雞毛蒜皮。

「我爸媽要離婚了，」他將雙手塞進口袋。「我媽昨天搬了出去，現在只剩下我和山繆和我爸。」

「噢，」凱絲說，「你不是一直說希望這件事發生嗎。」

於是有了一段尷尬的停頓。「我想，我們晚點再見吧。」他說，然後便走開了。

凱絲沒看著他離開。她朝追蹤中心走去，在休息室一直等到母親準備要吃午餐的時間。這是兩人可以在不受打擾下度過的一段時光。

「是說，追蹤器鑰匙處理好了。」莎拉越過兩人共享的冰淇淋聖代說道。「和舊追蹤器一起直接進了粉碎機，現在要拿去回收。不會有人知道妳拿過。」

凱絲離開座位去擁抱母親。

她很久、很久都沒有放手。

第四十九章
凱絲

自從海倫・泰勒遭到應該深愛她的男人殺死，已過了六個月。半年。對凱絲來說感覺沒那麼久。在那充滿創傷的數日間發生的一切深深烙印在她腦海，她一個禮拜仍會有好幾次重播記憶，嘗試理解分析，問自己會怎麼做。可是現在，發生的頻率越來越少了。

她的父親又回到了監獄，因為二度違反宵禁外加移除追蹤器，被判十年徒刑。等到他能出獄，她就快要三十了。感覺好像一輩子那麼久。海倫・泰勒過世時也是三十歲。

而誰會知道經過十年世界會變成什麼樣？總之不會和現在一樣，一定會有改變，所有人都能感覺到。慈母之家的女人淨是在談論這些。凱絲現在比較懂了，知道該把她們的話當一回事。

海倫・泰勒的謀殺成為再次使女性怒氣燎原的星火。女性現在知道，追蹤器是可以移除的，只要得到機會，男人永遠都會試圖違反宵禁。同居諮商不可能次次找出暴力男性，男人也曉得。而在海倫死後數月，又有十三名女性被她們的伴侶殺害，比過去十年來還多。

潘蜜拉曾說這些男人會互相學習。他們在電視上看到新聞報導，在那些人扭曲的心靈中，有部分的人認為這麼做還是值得，監獄再也威嚇不了他們。其中一人說，他一定要挺身抵抗被女人掌控的權力，他要其他男人看見他們也能得到自由。這個問題在國會中被提出來討論，普遍共識認為，宵禁法一點用也沒有，還需要其他手段。

「妳準備好了嗎？」莎拉問。

凱絲一手拍拍長椅。「準備好了。」她說。

腳下的地面結了霜，她很高興自己有外套和圍巾。凱絲選了顏色明亮的粉紅色圍巾搭帽子。她站起身，握住母親的手，兩人邁開步伐，一起從小丘走下去。瑪波在下頭等著她們。

那張長椅是新加上的，擺在一個現在被稱為海倫小徑的地點，後面有塊小小的匾牌，寫著海倫的生卒日期。這是凱絲的點子。是她和新學校其他女孩一起募款而來的。

凱絲最少可以這麼做。

她們一起走向火車站，前去途中，越來越多女人加入，登上擁擠的火車。車子加速將她們載到倫敦。王十字車站人潮洶湧，舉目所望，凱絲看到的都是女人，好多好多女人。

她們在街上形成一條不斷增長的遊行隊伍，將公車和地鐵車廂擠得水洩不通，直到變成包圍國會大廈的一個圓，感覺彷彿國內每個女人都來了。許多雙手圍成一個不會斷開的圈圈。她們要求的，只有更多作為。

當莎拉捏捏凱絲的手，她望向母親，也捏了捏回應。

老師，這都是為了妳。

她深呼吸一口氣。「不要再有女人被殺，」她喊道，「保護女性安全。」

一個接一個，其他女人的聲音也加入。宵禁本來該保護她們，卻沒能做到。此時的她們一心同體。男人儘管被家暴法、宵禁法和追蹤器約束，還是不夠。也該找出真正的解法了。男性暴力一定要被遏止。

不管付出什麼代價。

致謝

首先，最重要的是要感謝我的經紀人，DKW Literary的Ella Diamond Kahn，謝謝妳的幫助和支持，這是我有生以來第一次對出版界和其他業界人士簡報想法。Stimola Literary的Allison Hellegers，謝謝妳帶它前進美國！

Cornerstone的Jennie Rothwell，謝謝妳這麼喜歡這本書，在英國的板權競標後出價簽下它。還要謝謝Emily Griffin和Katie Loughnane帶著這本小說經歷之後的編輯、出版各個階段。

Berkley的Jen Monroe，謝謝妳精確到點的編輯技巧、清晰的思路，還有耐心。

此外還有所有經手這本書的人：審稿人、封面設計、校對、譯者、公關、經銷商（以及所有我沒講到的！）

最後，我想感謝我的家人，特別是我的丈夫和孩子。謝謝他們持續不斷的支持，外加各種冷笑話。

作者備註

寫小說的經驗向來奇異。你的生活會分裂成兩個世界：真實的，和想像的。而比起真實的那個世界，你會更常把時間花在想像中。可是有時，想像和真實世界會相互碰撞，這就是發生在我和這本書上的事。

《宵禁殺機》寫於二〇一九年，在「新冠肺炎」、「自我隔離」和「社交距離」變成日常名詞之前。在當時，將大批人口關起來作為預防措施的想法好像只會發生在小說之中。那些合法遭到限制約束的人一定是活該，通常是做出嚴重到會讓他們進監獄的行為。其餘的人因為知道這種事絕不會發生在自己身上，所以能夠自在呼吸。

然而這事就這麼發生了。

《宵禁殺機》是在英國第一波封鎖開始三週後決定發行，當時全國很快意識到我們的自由有多輕易受到限制，對於接受先前無法想像的束縛的意願又有多少。

當然，《宵禁殺機》裡不同的地方在於，受限制的只有男性。國家不是遭到病毒侵擾，而是氾濫的男性暴力。在英國，平均每週就有三名女性遭男性殺害——每週。而且這個數字年年不變。對我來說，有趣的地方在於我們是用這種方式呈現訊息——我們談論有多少受害人，可是從沒討論有多少犯罪者。

二〇一九年，英國國家統計局（Office for National Statistics，簡稱ＯＮＳ）預估有一百六十萬名女性生活在家暴之中。我們之所以知道，是因為ＯＮＳ同時也記錄了罪犯的性別，犯下那些傷害罪的大部分是男性。說二〇一九年大約有一百六十萬名男性對同住女性施以暴力，絕非異想天開。你很可能在街上就經過他們身邊，可能和他們一起工作，可能請他們幫你修車，或檢查牙齒，或教你的小孩唸書，而你可能對此毫無頭緒。

家暴是祕密，是發生在其他女人身上黑暗又骯髒的醜事。除非——這件事發生在你的身上——就像我一樣。因為我是一位男性施暴者的女兒。我的父親讓我懂得許多我根本不想知道的男性暴力和高壓控制，以及男人是如何玩弄他們應該深愛並照顧的女性。我一直都曉得有一天我會寫出這一切，可是好像總找不到對的時機，直到那一天終於來臨。這是從#MeToo開始的。此事本該成為改變的轉捩點，可是它引發的效應似乎超越了界線，亦即出現另一個標籤：#NAMALT（如果你沒聽過，這意思是*Not All Men Are Like That*，不是所有男人都這樣。）一些名氣較大的男性丟了工作——沒有錯，而且他們也是活該。可是除此之外沒有帶來什麼真正的改變。#NAMALT像某種擋箭牌，它叫女人不要專注於男性的行為，而要反觀自己；它叫我們要#BeKind，要慈悲。畢竟，我們做出的可是相當嚴重的指控，我們也不想毀了一個男人的人生，對吧？別吵別鬧、去旁邊、別再說了、他不是有意的、他只是開玩笑、他不是那種人。你太情緒化、你妄想、你歇斯底里、你喝醉了、是你誤導他。不然你穿成那樣是想做什麼？看你害他做出什麼事。

可是，要是我們換個方式呢？要是我們以#EMALT（*Enough Men Are Like That*，這樣的男人夠多了）來回應#NAMALT呢？

我忍不住想（而且不是第一次），要是我們真的重視女性的生命，會怎麼做？我們從過去經驗知道，如果希望社會有所改變，一定要先改變法律。我就是從這裡著手。也許有些部分似乎不太真實，然而話說回來，也許不盡然。如果你仔細去想，曾有一度（至少在英國）以下這些都是合法：女性不能有繼承權；女人如果結婚，就會被解雇；不給女性投票權力；同工之下女性拿的薪水更少；拒絕提供女性廁所；男性強暴自己妻子——都是合法的。我找了一些已可應用的科技，這樣一來，故事宇宙就比較熟悉且有可信度，然後拋出諸多女性角色，她們分別處於女性生命歷程的不同階段，然後提出關鍵問題：

男性會是永遠的威脅嗎？

這一點，我就留給你們來評斷了。

臉譜小說選

宵禁殺機

After Dark

原著作者	珍・考伊（Jayne Cowie）
譯者	林零
書封設計	蕭旭芳
責任編輯	廖培穎
行銷企畫	陳彩玉、林詩玟
業務	李再星、李振東、林佩瑜
副總編輯	陳雨柔
編輯總監	劉麗真
事業群總經理	謝至平
發行人	何飛鵬
出版	臉譜出版 台北市南港區昆陽街16號4樓 電話：886-2-25007696　傳真：886-2-25001952
發行	英屬蓋曼群島商家庭傳媒股份有限公司城邦分公司 台北市南港區昆陽街16號8樓 客服專線：02-25007718；25007719 24小時傳真專線：02-25001990；25001991 服務時間：週一至週五上午09:30-12:00；下午13:30-17:00 劃撥帳號：19863813　戶名：書虫股份有限公司 讀者服務信箱：service@readingclub.com.tw 城邦網址：http://www.cite.com.tw
香港發行所	城邦（香港）出版集團有限公司 香港九龍土瓜灣土瓜灣道86號順聯工業大廈6樓A室 電話：852-25086231　傳真：852-25789337
馬新發行所	城邦（馬新）出版集團 Cite（M）Sdn. Bhd.（458372U） 41, Jalan Radin Anum, Bandar Baru Sri Petaling, 57000 Kuala Lumpur, Malaysia. 電話：603-90563833　傳真：603-90576622 電子信箱：services@cite.my
初版一刷	2024年11月
ISBN	978-626-315-559-6
	版權所有・翻印必究（Printed in Taiwan）
	定價：450元（本書如有缺頁、破損、倒裝，請寄回更換）

城邦讀書花園
www.cite.com.tw

國家圖書館出版品預行編目（CIP）資料

宵禁殺機／珍・考伊（Jayne Cowie）著；林零譯.
-- 初版. -- 臺北市：臉譜出版：英屬蓋曼群島商家庭傳媒股份有限公司城邦分公司發行, 2024.11
面；　公分. --（臉譜小說選；FR6610）
譯自：After dark
ISBN 978-626-315-559-6（平裝）

873.57　　113013619